grafit

Bibliografische Information der Deutschen Nationalbibliothek
Die Deutsche Nationalbibliothek verzeichnet diese Publikation
in der Deutschen Nationalbibliografie; detaillierte bibliografische Daten
sind im Internet über http://dnb.d-nb.de abrufbar.

© 2020 by GRAFIT in der Emons Verlag GmbH
Cäcilienstraße 48, D-50667 Köln
Internet: http://www.grafit.de
E-Mail: info@grafit.de
Alle Rechte vorbehalten
Umschlaggestaltung: Nele Schütz Design unter Verwendung von
shutterstock/Shebeko (Lakritzschnecke), supawat bursuk (Pistole),
alazur (Krone), Alexandra Lande (Palmenfruchtgummi),
elbud (Kronenkorken), Suti Stock Photo (Holzplatte), Alejo
Miranda (Fruchtgummi, herzförmig), Nataly Studio (Gummibärchen)
Gestaltung Innenteil: César Satz & Grafik GmbH, Köln
Lektorat: Ulrike Rodi
Druck und Bindearbeiten: CPI – Clausen & Bosse, Leck
ISBN 978-3-89425-677-7
1. Auflage 2020

Christiane Antons

Yasemins Kiosk

Eine bunte Tüte voller Lügen

Kriminalroman

grafit

Christiane Antons, geboren 1979 in Bielefeld, studierte Allgemeine und Vergleichende Literaturwissenschaft, Anglistik und Geschichte an der Universität Bielefeld. Sie absolvierte in Herford ein Hörfunkvolontariat beim Lokalradio und arbeitete mehrere Jahre als freie Mitarbeiterin für verschiedene Sender. Seit 2008 ist sie beim Westfälischen Literaturbüro in Unna e. V. tätig. Nach Stationen im Ruhrgebiet und Rheinland lebt sie heute wieder in Ostwestfalen.
www.christianeantons.de

Wer auf den Zehen steht, steht nicht fest.
Wer mit gespreizten Beinen geht,
kommt nicht voran.
Wer selber scheinen will,
wird nicht erleuchtet.
Wer selber etwas sein will,
wird nicht herrlich.

aus: Lǎozǐ, *Dàodéjīng*

Prolog

Vor einem Jahr war sie vierzig geworden. Und seine Welt war noch in Ordnung gewesen. Er liebte den Blick von hier oben, er liebte die Plattenbauten von Marzahn. Makellose Schönheit hatte ihn schon immer gelangweilt. Anlässlich der internationalen Gartenausstellung hatte er mit seinen Studenten einen Rundgang durch den Bezirk konzipiert, der die Besucher über die Geschichte der einst größten Plattenbausiedlung Europas informierte. Über den ersten Spatenstich unter dem DDR-Regime im Jahr 1977. Über die Gegenwart, die blumiger war, als manche es glauben mochten: Marzahn war eine der grünsten Ecken in der Hauptstadt. Und über die Zukunft, denn es entstanden neue Plattenbauten. Die einhundertfünfundsechzig schicken Wohnungen würden im kommenden Jahr fertiggestellt sein.

Das würde er allerdings nicht mehr erleben. Er schaute kurz in die Tiefe, doch das war keine gute Idee, das ließ den nächsten Schritt nur schwerer erscheinen. Deshalb konzentrierte er sich wieder auf den Horizont.

Die Rede zur Einweihung des neuen Wohnkomplexes, die er bereits als Rohfassung auf seinem Computer abgespeichert hatte, würde nun jemand anderes halten müssen. Das war ein Jammer. Aber spätestens in ein paar Tagen hätte ihn sowieso die Bezirksbürgermeisterin angerufen und ihm mitgeteilt, dass sie sich unter diesen Umständen leider um einen anderen Redner würde bemühen müssen.

So wie ihm auch der Dekan vergangene Woche mitgeteilt hatte, dass er unter diesen Umständen keinesfalls weiter lehren durfte. Ja, er wüsste natürlich um seine Verdienste für die Fakultät. Und ja, er war ebenfalls davon überzeugt, dass die Vorwürfe haltlos seien. Aber sie waren nun mal in der Welt und allein das Gerücht – ein Professor, der des sexuellen Miss-

7

brauchs beschuldigt wurde – sei für die Uni untragbar. Zudem stünde die unangenehme Sache mit der Doktorarbeit noch aus. Selbst wenn am Ende alles zu seinen Gunsten ausginge – ein Makel würde bleiben, da dürfte man sich nichts vormachen. Er als Dekan habe ja auch Verantwortung zu tragen. »Versuch es doch positiv zu sehen«, hatte der langjährige Weggefährte ihn aufbauen wollen. »Mein Ratschlag: Du hast das Pensionsalter fast erreicht. Begib dich etwas früher in den Ruhestand und genieße ab jetzt die schönen Dinge des Lebens.«

Doch sein Lebensinhalt war einzig die Lehre und Forschung. Alles, was ihm lieb und teuer gewesen war, lag nun in Schutt und Asche.

Mit einer Ohrfeige am vergangenen Freitag hatte es begonnen. Die Mutter einer Studentin war in seine Sprechstunde gestürzt und hatte ihm eine geknallt. In diesen Zeiten erledigten selbst das die Eltern für ihre erwachsenen Kinder. Er verzog den Mund zu einem bitteren Lächeln.

Was für eine Bestie er sei, hatte die Mutter ihn angezischt, bevor sie das Büro wieder verlassen hatte. Das war nicht als Frage formuliert, das war eine Feststellung gewesen. Die Fotos, die von ihm im Internet veröffentlicht worden waren, ließen ihn in der Tat als Bestie dastehen. Allein: Sie waren allesamt gefälscht – verdammt gut gefälscht – und der Höhepunkt einer Reihe von Anschuldigungen, die ihn, sein Leben und seine bisherige Arbeit in Misskredit gebracht hatten.

Er schaute auf den Plattenbau direkt gegenüber. Im Erdgeschoss befand sich seine Wohnung. Aus purer Gewohnheit hatte er auch dieses Mal das Licht in der Küche brennen lassen, bevor er sie verlassen hatte. Der gesamte Komplex gehörte zur Wohnungsbauserie WBS 70, das meistverbreitete Plattenbausystem der DDR ab 1970, und bestand aus elf Stockwerken. Die Höhe war mehr als ausreichend.

Als er des Plagiats beschuldigt worden war, war er zunächst

gelassen geblieben. Das war schon ganz anderen auf weitaus wichtigeren Posten passiert. Er war sich sicher gewesen, dass ihn die Überprüfung seiner Doktorarbeit entlasten würde. Doch dann hatte er irgendwann begonnen, an sich selbst zu zweifeln. Hatte er damals vielleicht doch vergessen, Quellen zu nennen? Hatte er in der Endphase, als das Geld knapp war und die Arbeit fertig werden musste, vielleicht doch hier und da Fünfe gerade sein lassen? Gott, es war schon so lange her, er war noch so jung gewesen. Seine Gedanken verfingen sich in der Vergangenheit. Es hatte ihn schon so viele schlaflose Nächte gekostet. Zu viele. Er hatte aufgehört, sich selbst zu trauen.

Doch die Sache mit dem sexuellen Missbrauch würde sich bestimmt aufklären. Allein, der Dekan hatte recht: Ein Makel würde bleiben. Sein Ruf war ruiniert, er würde nicht mehr lehren können. Und selbst wenn er in einer anderen Stadt an einer anderen Uni noch einmal Fuß fassen könnte, würde ihm das Gerücht stets hinterhereilen. Wie gut, dass seine Eltern dies nicht mehr erleben mussten.

Auf eine eigene Familie hatte er zugunsten der Wissenschaft verzichtet. Und seine letzte kurze Liebe – ja jung, aber bei Weitem nicht verboten jung – war eine große Enttäuschung gewesen. Zunächst hatte er sich gegen ihre Avancen gewehrt, doch sie war beharrlich und geschickt gewesen und hatte ihm versichert, dass sie mit Gleichaltrigen noch nie etwas habe anfangen können. Schließlich hatte er es geschehen lassen, hatte ihren Anblick, ihr offenes Lachen und ihre anregenden Gespräche genossen. »Intelligenz ist das neue Sexy«, hatte sie ihm ins Ohr geraunt.

Vor einigen Monaten hatte sie dann nicht nur sein Herz herausgerissen, sondern auch sein Konto leer geräumt. Wie naiv er gewesen war!

Ihn würden nicht viele Menschen vermissen. Niemand,

wenn er ehrlich war. Einer Handvoll Studenten würde es höchstens lästig sein, einen neuen Doktorvater zu suchen.

Sein Vermächtnis war seine Arbeit. Irgendwann, wenn alles aufgeklärt war, würden sie diese in Ehre halten und darauf aufbauen. Zumindest wollte er das glauben. Einmal am Ende noch an etwas glauben.

Er ließ seinen Blick stur am Horizont und ging nach vorn. Beim dritten Schritt trat er ins Leere.

1

»Wasch ihn ab!«

»Er ist doch nur auf den Teppich gefallen und der ist ganz sauber. Schau, nicht eine Fluse!« Nina Gruber hielt den Schnuller der kleinen Ela in der Hand und sah ihre Freundin prüfend an. »Entspann dich doch mal ein bisschen.«

»*Senin için söylesimi kolay*, du hast leicht reden«, antwortete Yasemin aufgebracht. »Es ist ja nicht dein Kind! Ich trag doch die ganze Verantwortung!« Mit geröteten Augen saß sie auf ihrem Sofa und versuchte halbherzig, mit einem Küchentuch die aufgeweichten Reste einer Maisstange von ihrer Jogging-hose zu entfernen.

Nina schloss für einen Moment die Augen und träumte sich in eine atemberaubend schöne Schneelandschaft. Sie war froh, dass sie vor einigen Jahren mit ihrer Therapeutin diese Entspannungstechnik erarbeitet hatte. Die half ihr nicht nur in Gesprächen mit ihrer Mutter Hetta, sondern neuerdings auch im Umgang mit Yasemin. Als die kleine Ela vor acht Monaten auf die Welt gekommen war, hatte Yasemin ihren gesunden Menschenverstand offensichtlich im Kreißsaal abgegeben und nur den Säugling wieder mit nach Hause genommen.

»Du weißt, wie lieb ich Ela habe. Mensch, ich war mit im

Krankenhaus und hab die Nabelschnur durchgeschnitten, schon vergessen?« Nina hob zum zehnten Mal den Löffel vom Boden auf und reichte ihn dem Kind, das zum Dank vergnüglich quietschte. »Ich weiß, du willst nur das Beste für deine Kleine, aber du schießt übers Ziel hinaus. Du bist todmüde – da wird man komisch.«

Nun brach Yasemin endgültig in Tränen aus. »Was ist, wenn ich nicht reiche?«, platzte es aus ihr heraus. »Sie hat doch nur mich, also muss ich alles doppelt gut machen.«

Nina setzte sich zu Yasemin auf das Sofa und nahm sie in den Arm. »So ein Quatsch«, entgegnete sie in einem ruhigen Tonfall und betonte dabei jedes einzelne Wort. »Sie hat auch mich und vor allem Dorothee. Eine bessere Ersatzoma kann man sich ja wohl nicht vorstellen.«

Als es an der Wohnungstür klingelte, fiel Nina ein Stein vom Herzen. »Guck mal, wenn man vom Teufel spricht!« Rasch öffnete sie die Tür. »Du kommst genau richtig«, flüsterte sie der Hauseigentümerin Dorothee Klasbrummel zu, die ihr fröhlich lächelnd einen Schokoladenkuchen entgegenstreckte. »Wir haben da mal wieder eine kleine Krise. Schlafmangel richtet wirklich schreckliche Dinge mit Menschen an«, erklärte Nina.

»Keine Sorge, ich bringe erste Hilfe«, sagte Doro leise, um dann laut: »Wo ist denn mein kleiner Engel?«, hinterherzuschieben, während sie ins Wohnzimmer lief. »Da ist er ja!«

Doro stellte den Kuchen auf dem Tisch ab, nahm Ela hoch und drückte ihr zur Begrüßung einen dicken Kuss auf die Wange. »Hallo, Yasemin, Liebes«, wandte sie sich schließlich an Elas Mutter. »Mach dich doch mal nützlich und koch uns einen Kaffee zum Kuchen, hm?«

Immer noch leise schluchzend nickte die und erhob sich müde vom Sofa.

»Ela zahnt und Yasemin hat heute Nacht mal wieder kein

Auge zugetan«, erläuterte Nina die aktuelle Lage. »Außerdem hat sie einen Lagerkoller.«

»Ja, sie muss hier mal raus. Wir sollten sie ermutigen, auch wieder selbst im Kiosk zu arbeiten«, schlug Doro vor.

»Das ist eine gute Idee«, stimmte Nina zu, bevor Yasemin mit drei Kuchentellern aus der Küche zurückkehrte.

Die junge Mutter nahm die kleine Ela von Doros Schoß und machte es sich mit ihr auf dem Sofa bequem. Doro verteilte die süße Nervennahrung derweil und räusperte sich. »Yasemin, ich habe einen neuen Auftrag vom Verlag erhalten. Ich soll einen Krimi aus dem Französischen ins Deutsche übersetzen.«

»Cool, freut mich für dich«, entgegnete Yasemin abwesend und verharrte mit ihrem Blick auf Ela, die ihrerseits interessiert ihren Schnuller betrachtete.

»Ja, das bedeutet aber auch, dass ich nicht mehr so häufig im Kiosk aushelfen kann. Und du weißt, dass Berkan gerade in den letzten Prüfungen für sein Studium steckt. Deshalb wäre es am besten, du übernimmst selbst wieder an zwei Tagen für ein paar Stunden den Kiosk. Ela kannst du ja entweder mitnehmen oder eine von uns«, sie zeigte auf Nina und sich, »passt auf sie auf. Wenn sie zum Beispiel Mittagsschlaf hält, kann ich prima im Nebenraum übersetzen.« Als Doro sah, wie Yasemin innerlich mit sich kämpfte, legte sie eine Hand auf das Knie der jungen Mutter. »Die Kunden vermissen dich. Alle fragen nach dir. Und niemand von uns kann ihnen die Haare schneiden. Die Friseurausbildung hast nur du und dein kleiner Salon im Hinterzimmer setzt langsam Staub an.«

Yasemin atmete hörbar aus. Sie setzte ihre kleine Tochter auf den Boden, die sogleich zu Doros Stuhl krabbelte und versuchte, sich an ihm hochzuziehen.

»Wenn ich ehrlich bin, würde ich echt gern wieder ein paar Stunden im Kiosk arbeiten. Ich vermisse meine Kunden, *ne yapıyım?* Aber meint ihr nicht, dass ich damit Ela vernachlässige?«

»Nein!«, entgegneten Nina und Doro wie aus einem Mund. »Es geht doch nur um ein paar Stunden in der Woche, die dir bestimmt guttun werden! Wenn du möchtest, bin ich in den ersten Tagen mit Ela einfach immer dabei. Wir kriegen das hin«, ermutigte Nina ihre Freundin.

»Hm«, entgegnete Yasemin zögerlich. »Ich denk drüber nach.«

Die Kaffeemaschine gab ihren letzten röchelnden Laut von sich und Yasemin trug wenig später mit einem zufriedenen Lächeln die Kanne in das Wohnzimmer. »Also gut. Unter einer Bedingung arbeite ich wieder«, sagte sie, während sie den Kaffee in die Tassen füllte. »Nina macht ein Date mit ihrem Superbullen Brüggendings klar und erfindet nicht länger bekloppte Ausreden, warum sie sich nicht mit ihm treffen kann. *Anlaştık mı*, einverstanden?« Yasemin, die sich zunächst Tim Brüggenthies' Nachnamen nicht hatte merken können, machte sich mittlerweile einen Spaß daraus und nannte ihn konsequent Brüggendings. Der Kriminalbeamte ließ es stoisch über sich ergehen.

Doro lächelte und griff zu ihrer Tasse. »Das ist eine ausgezeichnete Idee und ein faires Angebot, findest du nicht, Nina?«

»Ich … Was hat das denn jetzt plötzlich mit mir zu tun?« Entrüstet schüttelte sie den Kopf. Nina wusste, dass ihre beiden Freundinnen einen Narren an Tim gefressen hatten. Ständig lagen sie ihr in den Ohren, dass sie die Beziehung zu ihm nicht vergeigen sollte. Dabei hatten Tim und sie tatsächlich nie richtig darüber gesprochen, ob sie ein Paar waren, und Nina war das ganz recht so.

Sie blickte von ihrem Kuchenteller hoch, auf dem sie die Krümel von links nach rechts geschoben hatte. Die Frauen und selbst Ela, so bildete sie sich ein, schauten sie erwartungs-

13

voll an. Yasemin verschränkte demonstrativ ihre Arme. Nina seufzte schließlich und gab sich geschlagen. »Bitte schön. Zwischen Tim und mir ist alles bestens. Klar gehe ich mit ihm aus. Ich schreibe ihm gleich eine Nachricht. Seht ihr?« Sie nahm ihr Handy vom Tisch und tippte. »So. Erledigt. Und morgen«, sie deutete mit ihrem Zeigefinger auf Yasemin, »sehe ich dich im Kiosk hinterm Tresen.« Nina erhob sich. »Ich fahre jetzt zu Hetta. Gegen euch ist meine Mutter geradezu eine Erholung!«

Yasemin und Doro lachten, als die Polizistin die Wohnung verließ, und Ela quietschte vergnüglich in den höchsten Tönen.

2

Sie rieb sich ihre schmerzenden Waden mit Franzbranntwein ein. Sie hatte zu viel trainiert und zu schwer gehoben. Aber was sein musste, musste sein. Sechs Wochen lang hatte sie die Tagesabläufe dieser Frau studiert, nun stand sie kurz vor ihrem ersten Etappenziel. Jeden Morgen gegen halb acht verließ das miese kleine Stück ihre Wohnung und fuhr mit der Stadtbahn zu ihrer Arbeitsstelle. Zwischen siebzehn Uhr dreißig und achtzehn Uhr machte sie Feierabend. Jeden Dienstag und Donnerstag besuchte sie das Fitnessstudio. Freunde schien sie nur wenige oder keine zu haben. In der ganzen Zeit hatte sie sich mit niemandem getroffen. Zweimal hatte sie ihre Mutter im Pflegeheim besucht. Einmal hatte sie den Donnerstagstermin im Fitnessstudio geschwänzt und stattdessen allein den Abendmarkt auf dem Klosterplatz besucht.

In der dritten Woche hatte sie also eine Probemitgliedschaft abgeschlossen und dieselben Kurse wie ihre Zielperson besucht, Spinning und Body Pump. Anschließend war sie dem Miststück in die Sauna gefolgt und hatte beim zweiten Treffen, als sie günstigerweise allein schwitzten, mit ihr ein Gespräch angefangen. Menschen zu umgarnen, Interesse zu heucheln, das waren ihre Stärken.

Schließlich hatte sie sich mit einem gefakten Profil auf Facebook und Instagram mit dem Miststück angefreundet. Deren Fotos sprachen Bände. Null Farbgefühl, schreckliche Klamotten. Für die war Stil nur das Ende eines Besens. Folgerichtig reagierte kaum jemand auf ihre Postings. Hier ein Daumen hoch, dort ein Wow, nie ein Herz. Die wenigen sozialen Kontakte spielten ihr in die Hände. So hatte das Miststück beim neuerlichen Treffen im Fitnessstudio sofort zugestimmt, als sie sie gefragt hatte, ob sie nach dem nächsten Work-out nicht Lust hätte, etwas mit ihr zu unternehmen.

»Ich war schon so lange nicht mehr im Kino«, hatte sie gesagt. Also hatten sie beschlossen, sich einen Film anzuschauen und anschließend etwas trinken zu gehen. Wie es aussah, gierte ihre Zielperson nach Kontakten, die sie von ihrem Loser-Leben ablenkten.

Ihr blieben noch drei Tage Zeit. Bis dahin würde sie alles vorbereitet haben.

3

Nina schüttelte noch immer den Kopf, während sie das Treppenhaus hinunterlief. Das hatten sich die Freundinnen fein ausgedacht. Vor dem Haus winkte sie Yasemins Cousin Berkan zu, der die Tagesschicht in dem Kiosk übernommen hatte, und stieg in ihren alten Golf.

Manchmal zweifelte sie, ob das eine wirklich so gute Idee gewesen war, dass sie nun alle drei unter einem Dach lebten. Sie würden die Balance finden müssen, sich nicht gegenseitig zu viel in ihre Leben einmischen zu wollen. Doch für Yasemin war das damals die klügste Lösung gewesen. Kurz nachdem sie

schwanger geworden war, war eine Wohnung in dem Mehrparteienhaus frei geworden und Doro hatte Yasemin angeboten,
dort einzuziehen. Die hatte nicht lange gezögert. So musste
sie, um in ihrem Kiosk zu arbeiten, nur eine Treppe hinunter-
steigen und mit Doro und Nina waren zwei Babysitter für
Ela zur Hand. Yasemins Mutter, die in zweiter Ehe mit einem
Polen verheiratet war, freute sich zwar außerordentlich über
ihre Enkelin. Doch sie wohnte weit weg, genoss in ihrem Haus
in Sopot ihren Ruhestand.

Nina nahm die linke Hand vom Lenkrad und tastete in ihrer
Jackentasche nach dem Briefumschlag. Wenn sie länger darüber
nachdachte, war es schon gut so, wie es war. Ihre Freundinnen
und sie bildeten ein Team und konnten sich aufeinander verlassen. Yasemin und Doro hatten ihr in den vergangenen Monaten
viel Zuspruch geschenkt, während sie ihr Berufungsverfahren
hatte durchstehen müssen. Ihrer Mutter Hetta hatte sie noch
gar nichts von ihrem Erfolg erzählt, den sie errungen hatte.

Links tauchte der Obersee auf und Nina bog in die Straße,
die in die gegenüberliegende Siedlung führte, um wenig später
vor dem Haus, in dem sich Hettas Wohnung befand, zu parken.
Sie realisierte, dass sie von ihrer Mutter zwei Wochen lang
nichts gehört hatte, und hoffte, dass alles in Ordnung war.

»Wer da?«, schallte Hettas kratzige Stimme gewohnt un-
charmant durch die Gegensprechanlage.

»Ich bin's, Nina.«

»Oh, die verlorene Tochter!«

Der Türöffner summte und Nina trat in den kühlen Flur.
Ihre Mutter wartete in der zweiten Etage an der Wohnungstür
auf sie und sah erstaunlich frisch aus.

»Hallo, Hetta, gut siehst du aus.« Sie umarmte ihre Mutter
flüchtig, bevor sie die Wohnung betrat und sich kritisch um-
schaute. Nicht sonderlich aufgeräumt, doch es herrschte auch
kein Chaos.

16

»Willst du einen Kaffee?«, fragte ihre Mutter und ging in die Küche, ohne die Antwort abzuwarten. »Kuchen habe ich nicht da, du hast deinen Besuch ja nicht angekündigt.«

Nina hörte das Geräusch eines Feuerzeugs. Das Rauchen würde ihre Mutter wahrscheinlich bis ans Ende ihrer Tage nicht aufgeben.

»Ach, Mist, jetzt weiß ich, was ich vergessen habe.« Nina grinste ihre Mutter an, als die ihr im Wohnzimmer eine Tasse reichte und sich zu ihr setzte. »Ich wollte beim Bäcker halten und uns ein paar Teilchen mitbringen.«

»Soso.« Hetta aschte in die Zimmerpflanze rechts von ihr.

»Von wem habe ich eigentlich meine guten Manieren? Von dir ja offensichtlich nicht.«

»Was denn? Das ersetzt den Dünger! Guck doch, wie prächtig die Pflanze wächst«, entgegnete Hetta ungerührt. »Aber du bist doch nicht hier, um über meine Manieren zu reden. Was verschafft mir die Ehre?«

»Muss ich einen Grund haben, um meine Mutter zu besuchen?«

»In der Regel hast du den. Meistens kontrollierst du, ob ich meine Pillen nehme und bei Verstand bin.«

»Und?« Nina schaute Hetta von der Seite an. »Bist du?« Ihre Mutter war bipolar und hatte sich in der Vergangenheit häufiger geweigert, regelmäßig ihre Medikamente einzunehmen. Seit ihrem letzten stationären Aufenthalt lief es jedoch erstaunlich gut.

»Ja, ich habe mir gedacht, das ist das kleinere Übel. Die Alternative wäre gewesen, dass du mir ständig vorwurfsvoll in den Ohren hängst und ich im schlechtesten Fall wieder in die Klapse komme.«

Die beiden lächelten sich für einen Augenblick an und Nina spürte eine Entspanntheit zwischen ihnen, die sie seit ihrer Kindheit nicht gefühlt hatte. Seit sie vor knapp zwei Jahren aus Wuppertal in ihre Heimatstadt Bielefeld zurückgekehrt war, hatte sich das Verhältnis zu ihrer Mutter gebessert.

Sie griff in ihre Jackentasche und zog den Brief des Landgerichts heraus. »Ich bin hergekommen, um dir das hier zu zeigen und Freude zu teilen.« Nina reichte Hetta das Schreiben.

Die nahm es in ihre nikotingelben Finger. »Das«, sagte sie, nachdem sie den Inhalt gelesen hatte, »ist in der Tat erfreulich.«

Dafür, dass ihre Mutter durch und durch Ostwestfälin war, war das eine nahezu euphorische Reaktion.

»Was planst du jetzt? Gehst du zurück zu den Bullen nach Wuppertal?«, fragte Hetta.

Nina schüttelte langsam den Kopf. »Nein. Die Sozialstunden, die mit meiner Bewährungsstrafe verbunden sind«, sie tippte mit ihrem Finger auf das Schreiben, »werde ich hier ableisten. Ob ich wieder in den Polizeidienst zurückkehren kann, weiß ich erst nach meinem Disziplinarverfahren. Angeblich stehen die Chancen gut, meint meine Anwältin.« Sie zuckte mit den Schultern. »Ich weiß aber nicht, ob ich überhaupt wieder als Polizistin arbeiten will.«

»Du könntest dann ja erst mal ein Sabbatjahr einreichen.«

»Du meinst, so ganz in echt?« Die beiden lachten.

Nach ihrer Freistellung damals hatte Nina allen erzählt, sie habe ein Sabbatjahr eingereicht. Die Wahrheit, dass man sie vom Dienst suspendiert hatte, weil sie bei einem Einsatz in Wuppertal einem prügelnden Familienvater an den Kragen gegangen war, hatte sie erst nach und nach preisgegeben. In erster Instanz war sie zu einer Freiheitsstrafe verurteilt worden. Ihre Anwältin war jedoch in Berufung gegangen. Das Ergebnis lag nun schriftlich zwischen Hettas überquellendem Aschenbecher und ihrer Kaffeetasse: In zweiter Instanz war sie zu einer zehnmonatigen Bewährungsstrafe sowie Sozialstunden verurteilt worden.

»Hast du schon eine Idee, wo du die Sozialstunden ableisten willst?«, fragte Hetta und zündete sich eine weitere Zigarette an.

»Nein, darum will ich mich nächste Woche kümmern.« Nina steckte den Brief wieder ein.

»Ich habe da vielleicht eine gute Idee«, entgegnete Hetta nachdenklich. »Aber ich mach mich erst mal schlau und melde mich dann bei dir.«

»Na, du machst es ja spannend.«

Ihre Mutter schaute in Ninas leere Tasse. »Noch einen Kaffee?«

»Nein, danke. Ich muss wieder los. Es war«, Nina erhob sich vom Sofa und zögerte für einen Moment, »richtig nett bei dir.«

Hetta nickte. »Beim nächsten Besuch könntest du dich allerdings mal nützlich machen und mit deiner alten Mutter um den Obersee spazieren. Im Herbst ist es da besonders schön, wenn die Bäume ringsherum bunt sind.«

Nina schaute sie überrascht an. »Ja, da hätte ich wohl Lust drauf. Tschüss, Hetta.«

Ihr Handy piepte, als sie die Wohnungstür hinter sich zuzog. Langsam ging sie das Treppenhaus hinunter und las dabei Tims Antwort auf ihre Nachricht.

Wow. Endlich mal wieder ein Lebenszeichen. Morgen Abendessen? Griechisch? Italienisch? Japanisch?

Noch immer schlug ihr Herz höher, wenn sie eine Nachricht von ihm erhielt. Doch auch wenn sie Tims Nähe wirklich genoss, brauchte sie zwischendurch Abstand, sonst zog sich ihr Brustkorb bedrohlich eng zusammen. Ihrer Mutter hatte sie von Tim noch nichts erzählt. Hetta hatte ein Talent dafür, ihre Beziehungen madig zu reden. Und das Traurige war, dass sie in der Vergangenheit immer recht behalten hatte.

Gerne griechisch, schrieb Nina zurück.

Nur Sekunden später piepte es erneut.

Okay. Ich hole dich um 18:30 Uhr ab. Freu mich.

Sie zögerte. Dann fing sie an, eine Antwort zu tippen, löschte sie wieder, tippte erneut, löschte. Schließlich ließ sie ihr Handy seufzend in die Tasche gleiten.

4

Siehst du, was ich alles ohne dich schaffe?, schrieb sie. *Du hast gedacht, ich pack das nicht, stimmt's? Soll ich dir etwas verraten? Ich schaffe alles. Ich vollbringe das, was du versäumt hast. Ich weiß genau, wie du jetzt guckst. Du hast diesen spöttischen überheblichen Blick, den du immer hast, wenn ich dir von meinen Plänen erzähle. Aber ich werde es perfekt zu Ende bringen. Für dich. Für uns.*

Sie schickte die Nachricht ab und in jenem Moment erschien ihre gemeinsame Wohnung vor ihren Augen. Die Jahre, die sie zusammen durchs Leben gegangen waren. Für einen Augenblick spürte sie dieses unerträgliche Ziehen im Magen. Die Zweifel, ob sie wirklich all das allein schaffen konnte.

Doch sie kannte ein wirksames Gegenmittel, scrollte in ihren Nachrichten und las erneut eine ältere, die sie empfangen hatte:

Du nervst mit deinem ständigen Jammern. Du kriegst dein Leben einfach nicht geschissen. Nie ziehst du was durch. Du kannst froh sein, dass du mich hast und in meinem Windschatten fahren darfst.

Es funktionierte auch dieses Mal. Das Ziehen im Magen verschwand. Wurde ersetzt durch eine tiefe Entschlossenheit.

Morgen startete Projekt Nummer fünf.

5

Nina blickte aus ihrem Wohnzimmerfenster auf die Hügel des Teutoburger Waldes. Sie liebte die Aussicht.

Nichts war in diesem Sommer davon zu spüren gewesen, dass das Mittelgebirge ein Regenfänger war. In manch schlafloser Nacht hatte sie versucht, sich in die Eistruhe des Kiosks zu träumen. Als Tim Ninas Gestöhne über die ständige Hitze nicht mehr hatte ertragen können, hatte er sie eines Abends mit zwei riesigen Tüten Eiswürfeln überrascht. Wortlos hatte er die in die Badewanne gekippt und schließlich auf ein gemeinsames, erfrischendes Bad bestanden. Das wiederum hatte dazu geführt, dass sehr viel Eis nicht allein aufgrund der hohen Außentemperaturen geschmolzen war.

Schmunzelnd blickte Nina auf die Uhr und begab sich rasch ins Bad. Tim war immer pünktlich und würde in fünf Minuten an ihrer Tür klingeln. Zügig trug sie schwarze Wimperntusche auf, rieb sich ein wenig Gel in die Hände und brachte ihre Kurzhaarfrisur in Form. Anschließend schminkte sie sich mit einem dezenten rosafarbenen Lippenstift, den Yasemin ihr geschenkt hatte.

Es klingelte an der Tür. Nina schnappte sich ihre Jacke und verließ die Wohnung. Tim wartete unten an seinem SUV und öffnete die Beifahrertür.

»Schöner Lippenstift.« Er gab ihr einen Kuss zur Begrüßung.

»Danke schön.« Sie musterte ihn betont auffällig von oben bis unten. »Schöne Socken.«

»Die siehst du doch gar nicht unter der Jeans.«

»Aber sie sind bestimmt schön. Schlicht schwarz, wette ich. Klassisch. Zeitlos.«

»Steig ein und halt die Klappe.«

Nina lachte. »Wie war deine Woche?«

Er fuhr los und legte eine Hand auf ihren Oberschenkel.

»Unspektakulär. Viel Bürokram. Im Moment verhalten sich in Bielefeld fast alle brav.«

Nina nickte. »Sogar meine Mutter. Ich habe sie gestern besucht und es war unspektakulär nett. Das ist spektakulär.«

»Freut mich.« Brüggenthies lächelte und bog nach wenigen Kilometern links in Richtung der Kliniken Bethel ab.

»Stell sie mir doch irgendwann mal vor«, sagte er nicht zum ersten Mal und nicht zum ersten Mal nickte sie zur Antwort kurz, um nicht zu unhöflich zu wirken.

Nach einigen Metern hielt er in einer Seitenstraße vor einem Restaurant. »So, da wären wir auch schon. Madame hat sich griechisch gewünscht und so soll es sein.«

Seit sie mit Tim ausging, waren sie noch nie in demselben Restaurant essen gewesen. Jedes Mal überraschte er sie mit einer Gaststätte, die sie noch nicht kannte.

»Das *Castello* ist familiengeführt«, erklärte er, als er Nina die Tür aufhielt.

Im Inneren fühlte sie sich auf Anhieb wohl. Die Wände waren mit rötlichen Backsteinen verkleidet, Rundbögen und Säulen sowie Bilder von griechischen Landschaften verliehen dem Raum Gemütlichkeit. Der Wirt duzte Tim, begrüßte Nina herzlich und bat sie, an einem der Holztische Platz zu nehmen. Sie bestellten ihre Getränke, bevor sie in die Speisekarten schauten.

»Ich empfehle dir das Lamm«, sagte Tim.

Nina blickte hoch. »Du, Vegetarier Tim, empfiehlst mir das Lamm? Wie glaubwürdig ist das denn bitte?«

Er lachte. »Es ist nicht so, dass ich nie Fleisch gegessen habe. Außerdem habe ich Freunde, die keine Vegetarier sind.«

»Ach? Seit wann genau bist du denn Vegetarier?«

»Seit drei Jahren.«

»Und warum der Wandel?«

»Stichwort Massentierhaltung. Und überfischte Meere.«

»Wow. Du handelst oft so vernünftig und richtig, dass ich mich schlecht fühle.«

»Völlig zu Recht.«

»Solange du allerdings mit einem SUV durch die Gegend fährst, kriegst du keinen Heiligenschein von mir.« Sie klappte die Karte zu. »Ich folge deinem Rat und wähle das Lamm. Dazu nehme ich einen trockenen Rotwein.«

»Sehr gute Wahl. Ich nehme den vegetarischen Auflauf und einen Retsina. Und freu dich auf die Vorspeisen, die gehen hier aufs Haus.« Auch Tim legte die ledergebundene Speisekarte zur Seite.

Der Wirt nahm ihre Bestellung auf. Nachdem sie wieder zu zweit am Tisch waren, umschloss Tim mit seinen ihre Hände.

»Wie geht's Yasemin mit Ela?«, wollte er wissen.

»Ela geht es prima. Yasemin dreht jedoch ziemlich am Rad und ist sehr auf die Kleine fixiert. Sie glaubt, zweihundert Prozent geben zu müssen, weil sie alleinerziehend ist. Wir versuchen, sie wieder ein wenig im Kiosk einzubinden, damit sie unter Leute kommt und einen Grund hat, sich regelmäßig den Babybrei aus den Haaren zu waschen.«

»Guter Plan.« Nach einer kleinen Pause fragte er: »Möchtest du eigentlich auch mal Kinder in die Welt setzen?«

Nina wurde heiß und kalt. Damit hatte sie nicht gerechnet. »Stellen die Frage nicht eigentlich immer die Frauen den Männern?«, versuchte sie, sich aus der Affäre zu ziehen.

Er schenkte ihr ein Lächeln und wartete offensichtlich auf eine vernünftige Antwort.

Nina löste ihre Hände und lehnte sich im Stuhl zurück. Langsam öffnete sie ihren Mund, obwohl sie keine Ahnung hatte, was sie antworten sollte. Aus den Augenwinkeln sah sie den Wirt auf ihren Platz zusteuern.

»Bitte schön, hier kommen eure Getränke und kleine Appetitanreger.«

»Mhm, das sieht ja lecker aus«, rief Nina erleichtert aus und hob das Glas, um mit Tim anzustoßen. »Wann gehen wir eigentlich mal wieder auf die Alm, um Fußball zu gucken?«, brachte sie das Gespräch auf sicheres Terrain.

Er zögerte sichtlich, bevor er sein Glas in die Hand nahm und ihr schließlich zuprostete.

»Darf ich ihn mal probieren?«, fragte Nina und deutete auf den Retsina. Schweigend schob er ihr das Glas zu. Sie nahm einen Schluck und verzog unmittelbar den Mund. »Eigenwillig.«

Nun musste Tim lachen. »Passt doch zu dir.«

6

Sie betrachtete das Miststück von der Seite. Schaute die eigentlich nicht in den Spiegel, bevor sie das Haus verließ? Es war ihr fast peinlich, mit ihr gesehen zu werden, aber sie wollte in dieser Nullachtfünfzehn-Stadt ja nicht ihr restliches Leben verbringen. Sie hatte Besseres verdient.

Der Film war gut gewesen, den hatte sie ja auch ausgewählt. Anschließend waren sie durch den Ravensberger Park in eine nahe gelegene Kneipe spaziert. Seitdem plapperte das Miststück ihr einen Keks an die Backe. Sie erzählte von ihrer Arbeit und diesem einen boshaften Kollegen, der ihr das Leben schwer machte. Von ihrer Mutter, um die sie sich gerne mehr kümmern würde. Und über den Schmerz, der einen ereilt, wenn ein Mensch immer weniger wird, den man liebt. Sie hörte nicht wirklich hin. Zwischendurch zu nicken und freundlich zu gucken, war völlig ausreichend.

Als sich das Miststück nach ihrer zweiten Weißweinschorle auf die Toilette verabschiedete, streute sie ihr das Mittel ins Getränk. Sie hatte extra einen Platz in einer Nische gewählt, niemand schenkte ihr Beachtung. Sie hatte gründlich recherchiert und hoffte, dass die Dosis des Antihistaminikums stimmte. Das Miststück sollte einschlafen und nicht sterben. Wo blieb denn sonst das Vergnügen?

Es dauerte ein bisschen, dann verlor ihr Gegenüber häufiger den Faden beim Erzählen und ihr Wimpernschlag wurde langsamer. »Mir ist irgendwie … komisch«, lallte sie schließlich.

Mit beruhigender Stimme und besorgtem Blick bot sie dem kleinen Miststück deshalb an, sie sicherheitshalber nach Hause zu fahren. Ein dankbares Nicken war die Antwort.

Sie zahlte und stützte die Frau, als sie die Kneipe verließen. In ihrem Wagen verlor ihre Zielperson das Bewusstsein, besser hätte das Timing nicht sein können.

Sie konnte kaum fassen, wie gut bislang alles funktioniert hatte und wie einfach es gewesen war. Um nicht zu euphorisch zu werden und deshalb womöglich einen Fehler zu begehen, stellte sie sich eine schwierige Rechenaufgabe und beschäftigte sich damit, während sie durch die beleuchteten Straßen ihrem Ziel entgegenfuhr.

7

Yasemins Kiosk war nicht einfach eine Anlaufstelle, an der man Weingummi, Zigaretten, Kaffee, Zeitschriften oder Bier erhielt. Ihr Kiosk war ein Ort mit Herz, zu dem die Menschen kamen, weil sie bei einem Kaffee einen kurzen Schnack am Tresen halten wollten oder weil die junge Kioskbesitzerin ihnen im Hinterzimmer gegen Bares auf die Hand die Haare schnitt.

Yasemin gab auf ihre Kunden acht. Für Erika aus der Nachbarschaft hatte sie immer Wollknäuel im Sortiment, damit die über Achtzigjährige dafür nicht bis in die Innenstadt fahren musste. Für Witwer Heinz hielt sie stets eine Packung Weinbrandpralinen parat, die sonst niemand kaufte.

Nina schlenderte an der roten Bank, auf der *Gönn dir eine Pause* geschrieben stand, vorbei und betrat den Kiosk. Sie lächelte zufrieden, denn hinter dem Tresen hielten Doro und Yasemin ihre Köpfe über Papiere. Die kleine Ela saß neben ihnen in einem Pappkarton, nahm ein altes Telefonbuch auseinander und brabbelte dabei lautstark vor sich hin.

»Ist das schön, dass du wieder in deinem Kiosk stehst, Yasemin! Und gut zu wissen, dass du noch andere Kleidungsstücke als Jogginganzüge besitzt.«

Ihre Freundin streckte ihr als Antwort die Zunge heraus. »*Sen kendin işine bak!* Das sagt die, der ich 'nen Lippenstift kaufen musste, weil sie mit Ende vierzig keinen eigenen besessen hat.«

»Ey! Mitte dreißig!«

Yasemin machte eine wegwerfende Handbewegung. »Egal. Ab dreißig geht's eh bergab.«

»Na, dann sieh mal zu, dass du die nächsten sieben Jahre noch in vollen Zügen genießt, ich glaube aber nicht, dass du …«

»Ihr Lieben, gerade benehmt ihr euch beide nicht erwachsener als Ela«, unterbrach Doro mit erhobener Hand den Schlagabtausch. »Yasemin, ich würde dir gerne noch kurz die letzten Bestellungen zeigen, die ich in Auftrag gegeben habe. Dann bist du wieder auf dem Laufenden und ich kann mich ein paar Stündchen an meinen Schreibtisch setzen.«

»Sorry, lasst euch nicht stören.« Nina goss sich hinter der Theke eine Tasse Kaffee ein, schnappte sich einen Schokoriegel und setzte sich draußen auf die Bank. Sie schloss die Augen, um die Strahlen der Herbstsonne auf ihrem Gesicht zu genießen, da hörte sie eilige Schritte näher kommen.

Erika steuerte zielstrebig auf den Kiosk zu. »Nina, wunderbar, dass ich auch dich antreffe. Ist Dorothee im Kiosk?«

»Ja, Yasemin und sie sind mit Papierkram beschäftigt.«

»Umso besser, dann habe ich euch alle drei zusammen. Die Papiere werden warten müssen. Komm!«

Entschlossenen Schrittes ging die alte Dame die Stufen so zügig hoch, dass sie schneller die Tür erreichte als Nina, die sie ihr eigentlich hatte aufhalten wollen.

»Ist alles in Ordnung, du wirkst etwas …«

»Nichts ist in Ordnung, aber ich baue auf euch.« Der Satz ließ Yasemin und Doro umgehend hochschauen.

»Erika, was ist los? Wie können wir dir helfen?«

»Yasemin, Schätzchen, mein Neffe Pascal steckt in riesigem Schlamassel und benötigt dringend eure Hilfe.« Erika atmete tief durch und hielt sich am Tresen fest.

Doro schob ihr einen Stuhl hin und Erika setzte sich dankbar. »Nina, tu mir einen Gefallen und dreh das Schild an der Tür für einen Moment auf *Zu*. Das, was ich euch jetzt zu erzählen habe, muss sonst niemand hören.«

8

Sie hatte nicht lange nach einer geeigneten Unterkunft suchen müssen. Ihre magischen Bücher hatten ihr einmal mehr die Lösung präsentiert. Sie hatten bereits ihre Tränen im dunkelsten Moment aufgefangen, um ihr dann den Weg aus der Krise aufzuzeigen.

Hier im Wald würde sie niemand stören. Die paar Wanderer, die am Wochenende oberhalb des leer stehenden Hauses entlangschritten, stellten keine Gefahr dar. Um sicherzugehen, hatte sie das als Allererstes im Vorfeld getestet. Dazu hatte sie ein Radio in voller Lautstärke in den Keller gestellt und auf dem Wanderweg gelauscht. Es war nichts zu hören gewesen. Danach hatte sie den Raum nach ihren Vorstellungen ausgestattet.

Sich selbst hatte sie eine Leseecke eingerichtet mit einem Tisch, einem Stuhl und einer batteriebetriebenen Lampe. Für das Miststück hatte sie eine Matte, eine Decke, einen Stuhl und einen Eimer mitgebracht.

Sie musste fast lachen, weil das Laufband, das sie zudem aufgestellt hatte, so absurd in diesem alten, feuchten Kellerraum wirkte. Es hatte sie an ihre körperlichen Grenzen gebracht, das Stromaggregat hier hochzuhieven, aber sie hatte es geschafft. Trotz Wadenkrampf. Das Miststück vom Parkplatz in der Schubkarre hierher zu transportieren, war dagegen ein Kinderspiel gewesen.

Nun saß sie in ihrer Leseecke und wartete darauf, dass ihre Gefangene, die vier Meter vor ihr geknebelt und gefesselt auf dem Stuhl saß, aufwachte. Sie mochte die Zahl vier, deshalb hatte sie diesen Abstand gewählt.

Die Zeit vertrieb sie sich damit, Radio zu hören und lustlos in einer Modezeitschrift zu blättern. Wäre sie Chefin dieses armseligen Blatts, hätte sie die Moderedakteurin gefeuert.

Nach einer weiteren Stunde gab die Frau endlich erste Laute von sich und bewegte ihren Kopf. Dann versuchte sie, ihre Arme zu bewegen, registrierte aber offenbar, dass etwas nicht stimmte, dass dies kein normales Erwachen am Morgen in ihrem Bett war. Ihre Bewegungen wurden hektischer, das Miststück öffnete die Augen, hob den Kopf, blickte sie nun direkt an und verstand – nichts.

Für einige Minuten betrachtete sie lächelnd dieses Schauspiel und die aufsteigende Panik in den Augen ihrer Gefangenen, ehe sie schließlich zu ihr schritt. Mit dem Zeigefinger bedeutete sie ihr, leise zu sein, und nahm ihr den Knebel aus dem Mund.

Als das Miststück trotz der Warnung laut: »Hilfe, was … wo bin ich?«, brüllte, gab sie ihr mit der flachen Hand eine Ohrfeige, die sie abrupt zum Schweigen brachte.

»Wenn du weiterleben willst, gehorche mir.«

Die Frau sah sie ungläubig an. »Wer bist du wirklich? Was habe ich dir getan?«

Sie lächelte süß und flüsterte ihr ins Ohr: »Ich bin deine Vergangenheit, die dich einholt.«

9

Auf dem Tresen standen eine Flasche Gin und vier Gläser. »Los, Frühschoppen. Schütt erst mal was für 'n Kreislauf ein«, hatte Erika gesagt und Yasemin hatte die Notfall-Flasche aus dem Hinterzimmer geholt.

»Na, dann schieß mal los«, sagte die junge Kioskbesitzerin, nachdem sie den ersten Schluck zu sich genommen hatten.

»Also, mein Neffe Pascal, der ist für mich wie mein eigener Sohn. Ihr wisst ja, dass seine Eltern früh gestorben sind.« Erika blickte zu Doro, die ihr aufmunternd zunickte. »Pascal betreibt ein Cateringunternehmen. Er hat damals den Feinkostladen seiner Eltern übernommen und das Geschäft vor einigen Jahren erweitert. Das mit dem Catering läuft mittlerweile richtig gut. Was man von seiner Ehe leider nicht behaupten kann. Und irgendjemand versucht jetzt auch noch, seine Existenz zu ruinieren! Seit ein paar Wochen werden schlimme Gerüchte gestreut. Ich kenne mich mit diesem Internet ja nicht aus, aber die schreiben böse Dinge in seinem Gästebuch und auf diesem …«

»Facebook«, half Yasemin.

»Ja, da auch. Überall werden Lügen verbreitet! Er muss euch das alles dringend selbst erzählen.«

»Das ist Rufmord. Wenn die Anschuldigungen erfunden sind, sollte er damit zur Polizei gehen«, riet Nina.

»Das will er nicht. Seine Ex-Frau sucht jeden noch so kleinen Grund, ihm das gemeinsame Sorgerecht für seine Tochter zu entziehen. Wenn die Sache an die große Glocke gehängt wird mit Polizei und allem Pipapo, kriegt sie davon bestimmt Wind und wird es gegen ihn verwenden.«

»Schaut die Ex-Frau nicht ins Internet und kriegt das ohnehin mit?«, fragte Nina skeptisch.

Erika schüttelte den Kopf. »Die hat mit Internet seit einiger Zeit nix mehr am Hut. Sie ist mit ihrem Liebhaber«, Erika schnaubte bei dem Wort, »für den sie Pascal verlassen hat, auf einen Bauernhof gezogen und will dem natürlichen Leben auf die Spur kommen. Isst kein Fleisch, heizt mit einem Ofen und umarmt Bäume.« Erika wischte mit ihrer Hand vor ihrem Gesicht hin und her. »Ballaballa, wenn ihr mich fragt. Für die kleine Emma ist das wie ein Abenteuerurlaub, wenn sie bei ihrer Mutter ist. Und ein Kind braucht seine Mutter. Aber eben auch den Vater. Pascal kann im Übrigen nicht völlig ausschließen, dass ...« Erika stockte und überlegte offenbar, ob sie den Satz zu Ende bringen sollte.

»... dass seine Frau hinter der ganzen Sache steckt«, sprach Nina die Befürchtung aus und Erika nickte.

»Deshalb will er erst recht nicht die Polizei einschalten. Die würde bestimmt auch in die Richtung ermitteln und die kleine Emma würde davon garantiert etwas mitbekommen. Das will doch kein Mensch.« Erika warf verzweifelt ihre Arme in die Höhe. »Ach, wären die beiden doch einfach zusammengeblieben. Ich mag Emmas Mutter, ehrlich! Barbara und Pascal haben gut zusammengepasst. Was ist das heute mit euch jungen Leuten? Sobald es schwierig wird, der eine mal länger arbeiten muss oder die andere etwas seltsam wird, geht ihr alle sofort getrennte Wege. Ihr schmeißt Ehen wie Plastiktüten weg! Und die Kinder leiden.« Erikas Augen wurden feucht.

»Na ja, ganz so ist es ja nun nicht«, widersprach Nina. »Es bringt doch den Kindern nichts, wenn sie ihre Eltern jeden Tag streiten sehen. Und früher war auch nicht alles ...«

Doro hob die Hand, um Nina zu unterbrechen. »Wie dem auch sei«, sagte sie in einem Ton, der Nina signalisierte, dass dies nicht der geeignete Zeitpunkt für eine Grundsatzdiskussion war. »Tatsache ist: Pascal hat ein Problem.«

Erika nickte. »Ihr habt doch damals die Sache mit Yasemins Stalker auf eigene Faust gelöst. Und deshalb wollte ich euch fragen, ob ihr nicht nachforschen könnt, wer meinem Pascal Böses will. Ich weiß wirklich nicht, wen ich sonst um Hilfe bitten könnte. Die Firma – das ist seine Existenz!« Erika schaute die drei Frauen mit flehendem Blick an.

»Meine Damen, ich finde, das ist eine fantastische Idee.« Doro, die hinter Yasemin stand, schenkte Nina einen vielsagenden Blick und deutete stumm mit ihrem Zeigefinger auf die Kioskbesitzerin. Nina verstand und nickte. Für die junge Helikoptermama würde ein neuer Fall die perfekte Abwechslung darstellen.

»Ja, es wird Zeit, dass wir unsere Kommandozentrale in Doros Wohnzimmer wiederaufleben lassen«, stimmte sie zu. »Yasemin, du bist dabei, oder?«

Die zögerte sichtlich und strich der kleinen Ela über den Kopf, die ungerührt das Waschschild ihrer Stoffgiraffe begutachtete. »Wie soll ich das mit meiner Kleinen und dem Kiosk auf die Kette kriegen? Ela braucht ihre *anne*.«

»Natürlich braucht Ela ihre Mutter!« Doro legte einen Arm um Yasemin. »Aber du kennst doch das Sprichwort: Es braucht ein ganzes Dorf, um ein Kind zu erziehen. Wir sind doch zu dritt! Mindestens eine von uns ist immer für Ela da. Und die meiste Zeit werden wir ohnehin alle zusammen verbringen.«

Nina sah, wie Yasemin mit sich kämpfte. »Na gut«, antwortete sie schließlich. »Ich kann dir ja eh nix abschlagen, Erika. Dann lasst uns mal loslegen.«

10

Eine Studie vom University College London hatte ergeben, dass Ungewissheit mehr Stress verursachen kann als die Gewissheit, dass dir Schmerzen zugefügt werden. Deshalb hatte sie das Versteck zunächst zügig verlassen, nachdem das Miststück aufgewacht war. Die Gefangene sollte einige Stunden geknebelt und gefesselt ihren Gedanken nachhängen, die feuchten Wände anstarren und sich in ihren Ängsten verlieren. Sie lächelte, während sie durch Bielefeld fuhr. Die Stadt war längst erwacht und ihr strahlte ein sonniger Herbsttag entgegen. Das hob ihre Laune zusätzlich. Sie war eine Sonnenanbeterin und hasste die dunklen Monate. Spontan beschloss sie, sich in einem Café eine kleine Pause zu gönnen. Vielleicht könnte sie sich sogar nach draußen setzen und unter einer Decke geschützt ihre Nase in die Sonne halten. Danach würde sie erledigen, was erledigt werden musste. Weiter falsche Fährten legen.

Sie parkte ihren Wagen in der Altstadt und ging in Richtung des Alten Marktes, wo sich ein Café an das nächste reihte. In ihrem Kopf ratterte es unaufhörlich. Sie durfte bloß nichts vergessen, es nicht vermasseln. Sie ging noch einmal ihre nächsten Schritte durch. Und schüttelte dann diese fiesen kleinen Selbstzweifel, die sich für einen Moment in ihren Kopf gebohrt hatten, ab.

Sie würde es all diesen Losern zeigen. Um sich zu entspannen, stellte sie sich eine Aufgabe: 87 mal 93. Während sie rechnete, steuerte sie auf ein Café in einer Seitenstraße zu. Sie würde sich einen Milchkaffee und ein Croissant bestellen. Hoffentlich bekam sie ein warmes, das würde dann besonders gut schmecken, wenn sie es mit Butter und Marmelade bestrich. Die Extrakalorien durfte sie sich zur Feier des Tages gönnen.

Als sie sich an einen kleinen Tisch direkt ans Fenster setzte, denn draußen war es doch zu frisch, hatte sie die Antwort parat. Sie lautete 8.091.

11

Seit Nina in Doros Haus wohnte, gab es für sie zwei feste Termine in der Woche. Jeden Sonntagabend schaute sie gemeinsam mit Yasemin und Doro den Tatort im Fernsehen. Während ihre beiden Freundinnen stets hoch konzentriert das Geschehen verfolgten, übernahm sie zuverlässig die Rolle der Spielverderberin und ließ Kommentare fallen wie »Das ist so unrealistisch« oder »Ja, schon klar. Er war's. Wie lahm«.

Je nachdem, was gerade zur Hand war, warf Yasemin dann Chipstüten, Kissen und neuerdings auch Babyspielzeug in ihre Richtung.

Jeden Mittwochabend lud Dorothee Yasemin und Nina zum Essen ein. Ihre Vermieterin war eine ausgezeichnete Köchin, die sie je nach Jahreszeit mit deftigem Braten, Rouladen, einer raffinierten Suppe oder auch mal einem Salat verwöhnte. Doch als Nina an diesem Abend Doros Wohnung betrat, roch es weder nach köstlichem Gebratenen noch war wie sonst der Tisch liebevoll gedeckt. Stattdessen war Doro damit beschäftigt, ihr Wohnzimmer in die Kommandozentrale von einst zu verwandeln. Rechts neben dem Schreibtisch hatte sie bereits Platz für die Magnetwand freigeräumt, die sie damals genutzt hatten, um ihre Ermittlungsergebnisse zusammenzutragen.

»Hilf mir mal gerade«, bat sie Nina und führte sie in ihren Abstellraum. Gemeinsam trugen sie die Magnetwand an den vorgesehenen Platz. »Sehr schön.« Doros Wangen waren von der Anstrengung des Tragens und vielleicht auch vor Vorfreude gerötet. »Jetzt schmiere ich uns schnell ein paar Brote, schneide uns Gürkchen auf und sobald Yasemin hochkommt, planen wir unser Vorgehen.«

Während Dorothee in die Küche verschwand, setzte sich Nina leise seufzend aufs Sofa. Sie hatte sich auf ein warmes Abendessen gefreut, doch daraus wurde wohl nichts. Bei ihr blieb die Küche meistens kalt, zum Kochen fehlten ihr Lust und Geduld. In der Regel schmierte sie sich ein Brot, aß einen Fertigsalat oder ein Müsli. Und sie kannte so ziemlich jeden Schnellimbiss der Stadt. Deshalb stellten Abendessen bei Doro und die gelegentlichen Restaurantbesuche mit Tim ihre kulinarischen Highlights dar.

Sie blickte nach rechts. Von Doros Mitbewohnerin Thekla, die neben dem Sofa im Terrarium hauste, konnte sie kein Mitleid erwarten. Die Vogelspinne verharrte starr in der linken Ecke ihres Domizils. Auf dem Wohnzimmertisch entdeckte Nina die Zeitschrift eines lokalen Lions Clubs und nahm sie in die Hand.

»Bist du eine Löwin?«, fragte Nina Dorothee, die aus der Küche zurückkehrte.

»Nein, Jungfrau«, antwortete die prompt und lachte los, als sie das Blatt in Ninas Händen sah. »Ach so, ja. Ich bin da Mitglied. Ich gestalte manchmal Flyer für Veranstaltungen und schreibe auch Pressemitteilungen. Dinge, für die man die eigenen vier Wände nicht verlassen muss. Der Lions Club unterstützt lokale Vereine und Initiativen.« Doro war auf Heimarbeit angewiesen, denn sie litt an Agoraphobie.

Nina blätterte durch das Magazin. Als sie auf der hinteren Seite bei einem Nachruf hängen blieb, entfuhr ihrer Vermieterin ein tiefes Seufzen und Nina blickte hoch. »Kanntest du den Mann?«

Doro nickte. »Ich habe mit Volker ein paar Semester zusammen studiert. Ein sehr intelligenter Typ. Zudem sehr attraktiv«, setzte sie hinterher und lächelte dabei. »Er war einige Jahre jünger als ich. Ich habe ja erst eine Ausbildung gemacht und später mit dem Studium begonnen. Wir haben ab und zu gemeinsam Referate gehalten und manches Mal ist unser Kaffee kalt geworden, wenn wir uns getroffen haben. Die Gespräche mit ihm waren so wunderbar anregend.« Für einen Moment blickte sie verträumt aus dem Fenster. »Er ist dann, nachdem er einige Jahre hier an der Uni gelehrt hat, wie gefühlt jeder dritte Ostwestfale nach Berlin gegangen. Ach, egal. Vergangene Zeiten.« Sie winkte ab. »Aber es hat mich traurig gemacht zu lesen, dass er tot ist. Das ist kein Alter, um zu sterben«, fügte sie leise hinzu.

»Nein, das ist es nicht«, stimmte Nina zu. Der Artikel verriet, dass Volker 1955 geboren worden war. Es war von einem plötzlichen Tod die Rede, Details wurden nicht genannt. Sie hatte die Zeitschrift gerade wieder auf den Tisch gelegt, als es an der Wohnungstür klopfte.

Nina deutete Dorothee an, dass sie öffnen würde. Yasemin gab ihr vor der Tür mit dem Zeigefinger vor dem Mund zu verstehen, dass die kleine Ela neben ihr in der Babyschale schlief und sie bloß keinen Mucks von sich geben sollte. Auf Zehenspitzen schlichen die beiden Frauen in Doros Schlafzimmer, zogen die Gardinen zu, stellten die Kleine in den kühlen Raum und begaben sich anschließend zurück ins Wohnzimmer.

»Yasemin, Liebes, wunderbar, da bist du ja. Ela schläft?«, begrüßte Dorothee sie.

Die junge Mutter nickte. »Ja, schauen wir mal, wie lange.«

»In Ordnung. Dann lasst uns schnell beginnen.« Doro stellte die geschmierten Brote und die sauren Gurken auf dem Wohnzimmertisch neben dem Stövchen ab. »Bedient euch«, forderte sie ihre Freundinnen auf, während sie an die Magnetwand trat und darauf *Pascal* notierte.

Liebevoll umkreiste sie den Namen. »Ich habe gestern Abend schon ein wenig recherchiert. Seit 2006 ist Pascal alleiniger Besitzer des Feinkostgeschäftes *Neumann*. Vorher hat er eine Ausbildung zum Koch gemacht, danach in einigen Küchen sein Können verfeinert und eine Zeit lang im Ausland gearbeitet. 2016 hat er zusammen mit Marcel Höhner das Cateringunternehmen *Neumann* gegründet. Bis zum vergangenen Jahr führten das beide zusammen, dann ist Höhner ausgestiegen. Seitdem ist Pascal auch alleiniger Besitzer des Cateringunternehmens.«

»Warum ist sein damaliger Partner ausgestiegen?«, hakte Nina nach.

Doro zeigte mit dem Finger nacheinander auf Yasemin und sie. »Das wäre eine erste Frage, die ihr Pascal bei eurem Antrittsbesuch stellen könnt.«

Ein kurzer Laut drang aus dem Schlafzimmer ins Wohnzimmer und Yasemin sprang wie von Thekla gestochen vom Sofa auf.

»Du weißt doch, die Kleinen träumen manchmal nur, da muss man vielleicht nicht sofort …«

Doch so schnell wie Yasemin in den Flur gerannt war, hatte sie Doros Ratschlag gar nicht mehr gehört.

»Ela hatte ihre Augen noch zu, hat sie wohl wieder mal nur geträumt«, verkündete Yasemin erleichtert, als sie sich wenig später zurück aufs Sofa plumpsen ließ. »Wo waren wir?«

Nina und Doro lächelten sich an.

»Nina und du, ihr fahrt zu Pascal und führt ein erstes Gespräch. Erika hat ihm bereits angekündigt, dass ihr morgen Nachmittag vorbeikommt. Ich kümmere mich so lange um den Kiosk und gerne auch um Ela, falls du sie nicht mitnehmen möchtest.«

»Aber ich könnte ja auch im Kiosk und bei meiner Süßen bleiben und du könntest …«

»Du weißt, dass ich das Haus nicht verlasse.«

»Aber damals hast du es doch auch geschafft«, versuchte Yasemin es erneut.

»Das war eine Ausnahmesituation. Ich war mit Medikamenten vollgepumpt und ihr wart in Todesgefahr. Ich brauche noch etwas Zeit.«

»Es ist schon großartig, dass du mittlerweile problemlos deine Wohnung verlässt, Doro, und dich innerhalb des Hauses und im Kiosk frei bewegst, nicht wahr, Yasemin?« Nina warf der Angesprochenen einen vielsagenden Blick zu. »Du wünschst dir ja auch manchmal, dass du entspannter mit Ela umgehst, aber manche Dinge brauchen eben ihre Zeit.«

»Okay, okay.« Die junge Mutter hob entschuldigend die Arme. »Sorry, Doro, ich wollte nicht doof zu dir sein.«

Die winkte ab. »Ist schon gut, Liebes. Ich weiß, du meinst es nur gut und möchtest mich bestärken. Wer möchte noch eine Scheibe Brot?« Sie hielt den Teller einladend hoch.

Yasemin bediente sich und stieß sich, noch während sie kaute, vor den Kopf. »Das hab ich ja ganz vergessen, Nina: Wie war denn dein Essen mit Brüggendings?«

»Es war ... nett.«

»Nett? Nett ist der kleine Bruder von scheiße. Jetzt sag mal wirklich, wie es lief«, forderte Yasemin sie auf und Dorothee lachte. »Yasemin, wenn Ela etwas älter ist, solltest du hier und da vielleicht über deine unverblümte Ausdrucksweise nachdenken.«

Nina rutschte auf ihrem Platz hin und her. »Er hat mich gefragt, ob ich Kinder haben möchte«, murmelte sie schließlich.

»Oho!«, reagierten ihre beiden Freundinnen wie aus einem Mund.

Ninas Wangen wurden heiß. »Ob ich mir prinzipiell so ganz allgemein vorstellen kann, irgendwann mal Kinder in die Welt zu setzen«, versuchte sie zu relativieren. »Und ich habe nicht wirklich darauf geantwortet«, fügte sie leise hinzu.

»Weil ...?«, versuchte Yasemin weitere Informationen aus ihr herauszukitzeln.

»Weil mir die Frage die Kehle zugeschnürt hat.« Nina griff schnell nach der letzten Scheibe Brot mit Salami, obwohl sie keinen Hunger mehr hatte.

Ihre beiden Freundinnen schwiegen.

»Dann solltest du vielleicht in dich hineinhorchen, warum das so ist«, entgegnete Doro nach einer Weile.

Im Nebenzimmer gab Ela unmissverständlich zu verstehen, dass es mit der Nachtruhe fürs Erste vorbei war.

»Ich geh jetzt mit ihr runter. Zeit für eine Nachtmilch. *Iyi geceler*, bis morgen!« Yasemin verschwand im Flur und wenige Sekunden später hörten Doro und Nina die Wohnungstür ins Schloss fallen.

»Wie läuft's denn mit deinen Übersetzungen?«, versuchte Nina rasch, das Thema zu wechseln.

Doch Dorothee ignorierte ihr klägliches Ablenkungsmanöver und goss nach. »Das Schöne daran, eine alte Frau zu sein, ist ja, dass man ungeniert Ratschläge verteilen kann, egal, ob der Adressat sie hören will oder nicht. Der Mensch ist ein Herdentier, liebe Nina. Tim Brüggenthies ist in meinen Augen ein toller Mann. Liebst du ihn?«

Nina starrte auf ihre Tasse und wusste die Antwort. Aber zu lieben und mutig genug zu sein, sich dem ganz hinzugeben, waren in ihren Augen zwei verschiedene Paar Schuhe.

Doro wartete nicht länger. »Ich denke, du tust gut daran, deine Altlasten abzuwerfen und dich in neue Gewässer zu wagen. Damit meine ich nicht, dass du Kinder in die Welt setzen sollst. Oder ein Haus bauen musst. Ich meine die Bereitschaft, sich auf eine ernsthafte Beziehung mit einem Menschen einzulassen. Sonst endest du womöglich als alte alleinstehende Frau, die in ihrer Wohnung hockt, eine Spinne oder schlimmer noch eine Katze als Haustier hat und von Tag zu Tag seltsamer wird.«

»Ich habe nicht den Eindruck, dass du von Tag zu Tag …«

»Ich rede ja auch nicht von mir!« Doro schaute sie entrüstet an.

Nina wollte sich hastig entschuldigen, da zwinkerte ihr ihre Vermieterin schelmisch zu.

Erleichtert nahm Nina noch einen Schluck Tee und erhob sich dann. »Wie immer hast du recht, liebe Doro«, sagte sie zum Abschied. »Wir werden sehen. Aber fürs Erste«, sie zeigte auf die Magnetwand, »haben wir einen Fall zu lösen.«

12

Die Herbstsonne war hinter den Hügeln des Teutoburger Waldes versunken, als sie wieder das Versteck aufsuchte. Sie hatte nicht viel Zeit. Das Miststück schaute sofort auf, als sie den Kellerraum betrat, und gab panische Laute von sich.

Sie wartete mit einigen Metern Abstand, bis die Frau aufgab und still wurde. Doch der Blick, den ihr das Miststück zuwarf, gefiel ihr nicht. Er trug zu viel Wut in sich und zu wenig Respekt. Sie schritt auf die Gefangene zu und gab ihr eine saftige Ohrfeige. »Schau. Mich. Nie. Wieder. So. An«, zischte sie.

Es trug Früchte, Angst flackerte in den Augen der anderen auf. Schließlich nahm sie eine Wasserflasche aus ihrer Tasche, hielt sie ihr vor das Gesicht und sagte: »Ich gebe dir etwas zu trinken, wenn du still bleibst.«

Die Frau nickte hektisch.

Erneut wartete sie ein paar Sekunden, dann befreite sie ihre Gefangene von dem Knebel und führte die Wasserflasche an ihren Mund. Diese trank so hastig, dass das Wasser links und rechts aus ihrem Mund auf ihre Kleidung lief.

»Benimm dich. Hat dir niemand Tischmanieren beigebracht?«

Sie nahm ihr die Flasche wieder weg. Als das Miststück

daraufhin versuchte, noch ein letztes Mal ihren Mund an die Flasche zu führen und flehende Laute von sich gab, holte sie erneut aus. »Du hast für jetzt genug. Und trink das nächste Mal langsamer.«

Sie steckte ihr den Knebel wieder in den Mund, setzte sich in ihre Leseecke, nahm ein Buch aus ihrer Tasche und schlug die erste Seite auf. »Und jetzt lese ich dir etwas vor.«

13

Ihr Telefon riss Nina unsanft aus dem Schlaf. Doch als sie mit einem Auge auf ihren Wecker schaute, wusste sie, dass sie keinen Grund hatte, sauer zu sein. Halb zehn war eine Uhrzeit, zu der man guten Gewissens Menschen anrufen durfte. Die Welt konnte ja nichts dafür, dass Nina ein ausgesprochener Morgenmuffel war.

Sie raffte sich auf, holte sich das Telefon, das auf ihrem Sofa lag, und legte sich damit wieder unter die noch warme Decke.

»Hallo?«

»Ich finde ja, dieses ›Hallo‹ ist eine Unart. Du hast doch einen Namen!«

»Guten Morgen, Hetta, ich dich auch«, antwortete sie. »Kleine Vorwarnung: Du hast mich geweckt und ich hatte noch keinen Kaffee. Mein Geduldsfaden ist also im Moment wie deiner stets ist: extrem kurz.«

»Dann sieh mal zu, dass du dir einen Kaffee besorgst. In zwei Stunden hast du einen Termin auf dem Friedhof in Schildesche.«

»Wer ist gestorben?«

»Niemand, den wir kennen. Aber deine treu sorgende Mutter hat dir eine Stelle für deine Sozialstunden besorgt. Allerdings nur, wenn du dich Carl gegenüber etwas weniger bescheuert verhältst als mir.«

»Und Carl ist?«

»Der Friedhofsgärtner. Stell dir vor: Arbeit im Freien, bei der dir kaum Menschen über den Weg laufen – zumindest keine lebenden. Ist doch genau das Richtige für dich!«

Nina dachte einen Moment nach. Auch wenn sie es nur ungern zugab, hatte ihre Mutter recht. Die Vorstellung, in einem Pflegeheim oder Kindergarten auszuhelfen, gefiel ihr schon allein wegen der vielen Regeln, Vorgesetzten und Kollegen nicht. Sie hatte ein Problem mit Autoritäten. Aber ein bisschen gärtnern bei frischer Luft, das könnte ihr in der Tat gefallen.

»Okay. Wo muss ich hin?«

»Carl erwartet dich um zwölf Uhr vor der Friedhofskapelle. Benimm dich.«

Nina verdrehte die Augen und rang sich ein »Danke, Hetta« ab. Sie hörte, wie sich ihre Mutter eine Zigarette anzündete und einen tiefen Zug nahm.

»Gern geschehen«, entgegnete sie, ganz ohne Sarkasmus in der Stimme. Ihre Mutter war stets für eine Überraschung gut.

Exakt fünf vor zwölf zeigte die Uhr an, als Nina ihr Auto auf dem Parkplatz des Friedhofs abstellte. Ob sie dies als Zeichen für etwas werten sollte? Sie schmunzelte. Höchstens als Zeichen dafür, dass sie sich zügig und ohne Umwege zur Kapelle bewegen sollte, denn ein zu spätes Kommen würde sicherlich keinen guten Eindruck erwecken.

Sie spazierte über den alten Teil des Schildescher Friedhofs und sah bereits von Weitem einen Mann im Eingangsbereich der weiß getünchten Kapelle stehen. Es nieselte. Nina beschleunigte ihren Schritt, um schneller das Vordach der Kapelle zu erreichen.

»Mahlzeit, ich bin Nina Gruber. Sie haben mit meiner Mutter telefoniert, vielen Dank, dass ich mich vorstellen darf.« Sie streckte dem Mann die Hand hin.

Er war fast zwei Köpfe größer als sie und hatte einen kräftigen Händedruck. Wegen der Kappe, die er trug, lag sein Gesicht zur Hälfte im Schatten. »Mahlzeit. Kein Problem. Hab gehört, du hast einem prügelnden Familienvater die Fresse poliert? Glückwunsch.«

Nina schaute für einen Moment auf ihre Schuhspitzen und nickte. »Klingt so, als hätte Hetta Sie über das Wesentliche bereits informiert.«

Carl lachte leise. »Sagen wir, sie ist eine Frau der klaren Worte. Aber das weißt du als ihre Tochter ja bestimmt besser als jeder andere. Und offiziell weiß ich sowieso von nichts. Lass uns uns mal duzen, sonst fühle ich mich so alt.«

Nina nickte erneut.

»Willste eine kleine Runde über den Friedhof drehen oder biste aus Zucker?«

Nun lachte sie. »Meine Jacke ist wasserfest.«

Er deutete auf die Kapelle hinter ihnen. »Die wurde 1930 gebaut und steht seit 2002 unter Denkmalschutz.«

Nina betrachtete das schlichte Kreuz auf der Hauptgiebelfläche. »Ich finde die Kapelle sehr schön. Auch wenn es sich komisch anfühlt, das zu sagen.«

»Weil dort Tote aufgebahrt werden? Der Tod gehört nun mal zum Leben, auch wenn das den meisten Menschen nicht passt. Ich bin schon immer gerne über Friedhöfe spaziert. Da isses so angenehm …«

»… ruhig«, komplettierte Nina den Satz.

Er nickte. Sie ließen die Kapelle hinter sich liegen und spazierten los. »Auf dieser Seite findest du übrigens auch noch ein paar sehr schöne alte Familiengräber.«

Nach einer Weile gelangten sie an eine Hauptstraße, die den alten vom neuen Part des Friedhofs trennte. Während sie an der Fußgängerampel warteten, blickte sie Carl von der Seite an und fragte sich, wie alt er wohl war. Mitte fünfzig vielleicht? Seine Hände waren kräftig und offensichtlich Arbeit gewohnt.

»Ich bin gerne an der frischen Luft«, sagte er plötzlich recht laut, als ob er Ninas Betrachtung unterbrechen wollte. Sie überquerten die Straße und betraten den jüngeren Friedhofsteil.

»Ich auch«, sagte sie schnell.

»Da«, Ninas Blick folgte seinem Fingerzeig, »ist die Grabstätte des Konvents der Breslauer Ursulinen. In den Fünfzigerjahren wurde das Ursulinenkloster in Schildesche gebaut.«

»Interessant. Wie lange bist du hier schon als Gärtner tätig?«, erkundigte sich Nina.

Er zuckte mit den Schultern. »Seit zwölf Jahren.«

»Und was hast du vorher …«

Er unterbrach ihre Frage. »So, da vorne ist dann unser Mitarbeiterhäuschen. Bis wir das erreichen, kannste dir überlegen, ob du deine Sozialstunden hier ableisten willst.«

»Da muss ich nicht lange überlegen. Ich habe morgen einen Termin mit der Bewährungshilfe und würde das mit denen besprechen«, entgegnete Nina.

Er nickte. »Wenn das klargeht, erwarte ich dich nächste Woche hier. Und dann heißt's für dich FFZ.«

»FFZ?«

»Erfährste dann.« Er führte zum Abschied seine Hand zu seiner Kappe und deutete zur Eingangspforte am Ende des Weges. »Du findest selbst raus, nicht?«

Sie mochte Carl.

14

»Und wenn sie den Obstbrei wieder nicht isst, kannste ihr ein halbes Brot schmieren. Wenn sie doch Obst isst, kannste ihr auch so 'ne Hirsestange dazugeben oder …«

»Yasemin, ich mache das nicht zum ersten Mal. Ela und ich werden einen schönen Nachmittag miteinander verbringen und ihr fahrt jetzt bitte. Dein Kind wird nicht verhungern. Ihr seid höchstens zwei Stündchen weg.«

»So lange habe ich Ela noch nie allein gelassen«, jammerte Yasemin.

Doro deutete mit einer Kopfbewegung Richtung Ausgang und formte lautlos an Nina gerichtet die Worte: »Geht jetzt!«

Die legte Yasemin, die Ela noch auf dem Arm hielt, ihre Hand auf die Schulter. »Kommst du? Ich habe heute Abend noch ein Date mit Tim, zu dem ich gerne pünktlich erscheinen würde.«

Yasemin drehte sich erstaunt um. »Echt?«

»Echt.« Nina nahm Yasemin Ela ab und übergab sie an ihre Vermieterin. »Tschüss, Doro, bis später!«

Beim Hinausgehen hielt Nina einer jungen Frau die Tür auf und grüßte freundlich. Die antwortete mit einem Nicken und betrat zögerlich den Kiosk.

»Komm, wir nehmen meinen Wagen«, störte Yasemin Ninas Beobachtung.

Die beiden steuerten auf den Innenhof zu. Hinter dem mittleren Garagentor verbarg sich ein wunderschön restaurierter alter Mercedes in einem knalligen Rot, den einst Doro besessen hatte. Sie hatte ihn Yasemin geschenkt, nachdem die junge Kioskbesitzerin beschlossen hatte, ihre Prüfungsangst zu überwinden und ihren Führerschein zu machen.

»Schließt du eigentlich das Garagentor nie ab?«, fragte Nina skeptisch, als Yasemin es einfach hochschob.

»Wer soll denn hier was klauen? Erika oder Heinz?«

Nina war versucht zu antworten, dass im Hinterhof auch schon mal eine Leiche abgelegt worden war, verkniff es sich aber, um nicht alte Geschichten aufzuwühlen. Ehe sie sich in das Prachtstück setzte, schob sie im Fußraum eine Colaflasche und leere Weingummitüten zur Seite.

»Ich habe eben Mittag gegessen, mein Magen ist voll, also halte dich bitte etwas zurück«, mahnte sie. Yasemin fuhr wahnsinnig gerne Auto. Und oft fuhr sie wahnsinnig Auto. Mal zu zügig, mal zu langsam, je nachdem, was sie gerade zu erzählen hatte. Pro Fahrt begegneten ihnen mindestens ein *göt herif*, also Arschloch, und mehrere *aptallar*, Idioten. Das war auch der Grund, warum Yasemin nie mit Ela Auto, sondern immer nur Bus und Bahn fuhr: »Weil einfach zu viele Idioten einen Führerschein besitzen.«

Nach einer Viertelstunde hielten sie vor einem schicken Einfamilienhaus in einer Neubausiedlung und Nina schickte ein kurzes Dankesgebet in den Himmel, dass die Fahrt so harmlos verlaufen war.

Wider Erwarten öffnete ihnen nicht Pascal Neumann die Tür, sondern eine sympathisch wirkende Frau, die Nina um einige Jahre jünger schätzte, als sie selbst es war. Vielleicht hatte sie auch einfach nur einen gesünderen Lebensstil – was zugegebenermaßen keine große Kunst wäre.

»Guten Tag, mein Name ist Nina Gruber und das ist Yasemin Nowak, wir haben einen Termin mit Pascal Neumann.«

Die Frau lächelte sie freundlich an. »Hi, ich bin Lena.« Die blonde Schönheit reichte ihnen die Hand und führte sie ins Wohnzimmer. Ihr khakifarbener Jumpsuit schmiegte sich an ihren scheinbar makellosen Körper. »Pascal ist gerade im Bad, er kommt sofort. Kaffee?«

»Immer«, antwortete Nina und Yasemin ergänzte: »Wir sind kaffeesüchtig.«

Sie setzten sich auf das cremefarbene Ledersofa. Das Wohnzimmer war modern mit hellen Möbeln im skandinavischen Stil eingerichtet.

»Ich dachte, Pascal und seine Frau sind getrennt?«, flüsterte Yasemin, als Lena in die Küche verschwunden war.

»Ja, seine Frau heißt ja auch nicht Lena, sondern Barbara«,

erinnerte Nina Yasemin, bevor Pascal Neumann aus dem Flur getreten kam.

»Ah, die Privatermittlerinnen, die meine Tante in den höchsten Tönen gelobt hat. Danke für Ihr Kommen.« Auch er schüttelte Nina und Yasemin zur Begrüßung die Hand. »Meine Freundin Lena Sanders haben Sie ja bereits kennengelernt. Schatz, bringst du mir auch einen Kaffee?«, fragte er Richtung Küche.

»Schon in Arbeit«, rief Lena über den Lärm hinweg, den die bohnenmahlende Kaffeemaschine produzierte.

Er setzte sich ihnen gegenüber und lehnte sich zurück. Optisch passte das Paar hervorragend zusammen. Sein weißes Anzugshemd saß wie eine zweite Haut an seinem Oberkörper. Ein Asket, dachte Nina. Auch wenn Pascal Neumann in Sachen Feinkost und Catering unterwegs war, schien er selbst keinen Bissen zu viel zu sich zu nehmen.

»Ich bin Ihnen sehr dankbar, dass Sie sich bereit erklärt haben, mir zu helfen. Allerdings drückte sich Erika etwas, sagen wir, schwammig aus, was Ihre Qualifikationen angeht. Sie erzählte mir, Sie«, er wandte sich an Nina, »sind Polizistin im Ruhestand? Dafür scheinen Sie mir etwas jung zu sein.«

Nina lachte. »Das beruhigt mich. Sabbatjahr, kein Ruhestand«, griff sie auf ihre alte Notlüge zurück.

»Ah, in Ordnung.« Sein Blick wanderte zu Yasemin, die getrocknete Breireste von ihrem Ärmelsaum knibbelte und nicht merkte, dass er sie stirnrunzelnd beobachtete. »Und Sie sind … Kioskbesitzerin?«

Yasemin ließ zunächst nicht von ihrem Ärmel ab, sondern nickte nur. »Ja, auch. Und *anne*. Und jemand, der bereits undercover in einer Kanzlei ermittelt hat, weil ich das Arschloch finden wollte, das meinen Bekannten getötet und in meinem Altpapiercontainer wie eine alte Zeitung abgelegt hat. Ach, und einen Stalker hatte ich auch noch an den Hacken, den

46

haben wir aber ebenfalls aussm Verkehr gezogen. Reicht das als Qualifikation oder wollen Sie 'nen schriftlichen Lebenslauf?« Nun blickte sie von ihrem Ärmel hoch und Pascal Neumann direkt in die Augen.

Nina räusperte sich. »Yasemin, ich bin mir sicher, Herr Neumann wollte lediglich wissen, woran er ist und …«

Doch sein Lachen unterbrach ihren Versuch, aufkommende Wogen zu glätten.

»Frau Nowak, Sie gefallen mir! Schon mal über eine Karriere in der Küche nachgedacht? Mit diesem Ton könnten Sie es weit bringen. Mich haben Sie überzeugt. Ich bin auch gerne bereit, für Ihre Dienste zu zahlen.«

Nun schenkte auch Yasemin ihrem neuen Klienten ein Lächeln. »Lassen Sie mal gut sein. Erika hat uns um einen Gefallen gebeten. Dafür nehmen wir kein Geld, das ist ein Freundschaftsdienst.«

In dem Moment betrat Lena Sanders mit einem Tablett den Raum. »So, bitte schön. Vier Latte macchiato und ein paar unfassbar gute Kekse aus Pascals Geschäft. Die müsst ihr probieren.«

»Danke schön.« Nina nahm ihr Glas in die Hand. »Wir arbeiten übrigens nicht zu zweit, sondern zu dritt«, führte sie aus, als auch Lena Sanders sich zu ihnen gesetzt hatte. »Erika hat bestimmt unsere Vermieterin und Freundin Dorothee Klasbrummel erwähnt. Sie kümmert sich vor allem um Internetrecherchen und passt auf Yasemins Nachwuchs auf, wenn wir unterwegs sind.«

»Erika sagte, Sie haben selbst eine Tochter? Wie alt isse denn?«, nahm Yasemin den Faden auf.

Pascal Neumanns Blick wurde weich. »Emma ist fünf und mein ein und alles.«

»Jau, versteh ich«, entgegnete Yasemin.

»Und Ihre Frau soll auf keinen Fall von Ihren Problemen

etwas mitbekommen, wir sind auch da bereits im Bilde. Können Sie denn ausschließen, dass Ihre Frau …«

»Ex-Frau«, korrigierte Pascal Neumann Nina und blickte kurz zu Lena.

»… dass Ihre Ex-Frau hinter der Sache steckt, um Sie in ein schlechtes Licht zu rücken?«

»Ach, Schatz, das glaube ich nicht«, meldete sich Lena zu Wort. Er deutete ihr mit seiner rechten Hand, ihm das Reden zu überlassen. Sie griff zu ihrem Latte macchiato und lächelte.

»Meine Ex-Frau und ich haben alles andere als ein entspanntes Verhältnis. Aber mal abgesehen davon, dass sie überhaupt nicht internetaffin ist und meiner Meinung nach gar nicht in der Lage wäre, diese Aktionen auf die Beine zu stellen, glaube ich nicht, dass sie über so viel kriminelle Energie verfügt.«

»In Ordnung, Herr Neumann. Trotzdem werden wir Ihrer Frau, Verzeihung, Ex-Frau auf den Zahn fühlen müssen. Diskret natürlich, machen Sie sich keine Sorgen«, fügte Nina hinzu, weil ihm der Einwand schon auf dem Gesicht geschrieben stand.

»So, und jetzt legen Sie mal los und erzählen uns, was überhaupt bisher passiert ist«, forderte Yasemin.

Pascal Neumann schritt zu einem alten Sekretär, der neben der Terrassentür stand, und kehrte mit einem Tablet in der Hand zurück. Er legte es mittig auf den Tisch, sodass alle Anwesenden daraufblicken konnten.

»Das hier sind meine Facebook- und Instagram-Accounts.« Der Gastronom hatte zwei Seiten im Browser geöffnet und wischte seine Seiten durch. »Seit ungefähr drei Monaten hinterlassen Trolle Kommentare, die mich in Verruf bringen. Selbstredend von Fake-Accounts. Am Anfang nur vereinzelt. Da habe ich sie einfach gelöscht. Aber dann ging es richtig los. Ich wurde angegriffen, weil ich Kritik unkommentiert löschen würde. Die echten positiven Kommentare, die meine Kunden hinterlassen, zeigen inzwischen kaum noch Wirkung. Dafür wird gerne behauptet, die seien gefälscht. Das ist alles so unfassbar bescheuert.« Er seufzte. »Seit einigen Wochen werden Bilder meines vermeintlichen Essens hochgeladen. Hier zum Beispiel.« Er vergrößerte ein Bild, auf dem ein Salat mit verwelkten Blättern zu sehen war. »Oder hier.« Auf dem nächsten Foto war eine Pizza abgebildet, auf dem nicht nur Schinken, sondern auch eine Fliege mitgebacken worden war. »Wenn so etwas passiert, melde ich nun diesen Beitrag und schreibe eine kurze Stellungnahme darunter, dass die Bilder gefälscht sind und ich mir rechtliche Schritte vorbehalte. Egal, wie viele Lügen und Proteste die Person – oder sind es mehrere? – in Folge postet, darauf reagiere ich nicht mehr.«

»Das ist klug. *Don't feed the troll*«, entgegnete Nina.

»Hä?«, fragte Yasemin.

»Das ist eine Redewendung. Es gibt Leute im Netz, die wollen einfach provozieren, sogenannte Trolle. Wenn du sie weiter fütterst und reagierst, setzen die ihr Tun umso aggressiver fort und damit lieferst du ihnen automatisch mehr Aufmerksamkeit und eine größere Plattform«, erläuterte Nina.

Pascal Neumann nickte. »Das habe ich auch gelernt. Ein Bekannter hat mir den Tipp gegeben, so zu verfahren. Die Accounts, von denen diese Verleumdungen geschrieben werden, sind schnell gelöscht. Sie zurückzuverfolgen bringt nichts, sagte mir mein Bekannter. Wer diese gezielte Aktion gegen mich fährt, wird seine wahre Identität gut genug verschleiern. Und rechtliche Schritte anzustrengen, würde unendlich viel Zeit und Geld kosten.«

»Davon ist auszugehen, ja.«

Er seufzte. »Die Angriffe eskalieren langsam, das sehen Sie ja. Es vergeht kaum ein Tag, an dem ich nicht irgendwo im Netz eine neue Lüge über mich finde. Das Gästebuch auf meiner Website habe ich bereits gesperrt. Ich bin mehr und mehr ratlos, wie ich weiter verfahren soll.«

Nina und Yasemin betrachteten die letzten Einträge. Es waren allesamt Beleidigungen.

»Meine Bewertung ist in den letzten zwei Monaten von fünf Sternen auf zwei gesunken. Und langsam hat das Konsequenzen auf die Auftragslage. Bei meinen Großkunden bin ich in die Offensive gegangen. Ich habe ihnen von dieser Rufmordkampagne erzählt und ihnen versichert, dass das bald ein Ende hat. Sie halten mir die Stange. Noch. Kleinere Stammkunden kontaktieren mich zum Teil nicht mehr.«

»Das Mobbing findet nur digital statt?«, hakte Nina nach.

»Bis vor Kurzem ja. Dann fingen plötzlich diese Anrufe in meiner Firma an.«

»Was für Anrufe?«

»Eine verzerrte Stimme, die den Mitarbeitern Lügengeschichten erzählt.«

»Wie muss ich mir das konkret vorstellen?«

Pascal Neumann stand auf und blickte aus der Terrassentür in den Garten. »Ich habe noch nie das Glück gehabt, persönlich so ein Gespräch entgegenzunehmen. Die Stimme beginnt wohl immer mit demselben Wortlaut: Was für ein Mensch ist Ihr Chef, der … Und dann kommt immer irgendein Schwachsinn. Zum Beispiel: der vergammeltes Fleisch einkauft. Oder: der seine Mitarbeiter unterschiedlich schlecht bezahlt.«

»Tun Se?«, fragte Yasemin.

»Tue ich was?« Er löste seinen Blick vom Garten und wandte sich an die Kioskbesitzerin. »Vergammeltes Fleisch kaufen? Ich bitte Sie! Ob Sie es glauben oder nicht, ich gehe meinem Job aus Leidenschaft nach. Kochen ist mein Leben! Und ich behandele auch meine Mitarbeiter anständig. Das ist kein einfacher Job. Meistens arbeitet man, wenn andere Freizeit haben. Und ich entlohne gut.«

»Was ist eigentlich mit dem Mitgründer Marcel Höhner? Wieso ist der ausgestiegen?«

Pascal Neumann zögerte, bevor er antwortete. »Er ist vor einem guten Jahr ausgestiegen. Ohne ihn hätte ich das Unternehmen so nicht aufziehen können. Letztlich war es ihm aber zu viel Stress und Risiko. Wir haben uns geeinigt und ich habe ihn ausbezahlt. Wir sind noch immer befreundet.«

»Und da sind Sie sich sicher? Ich meine, man kann den Leuten nur vorn Kopp gucken«, gab Yasemin zu bedenken.

»Mag sein. Ich kenne Marcel aber seit der Schulzeit. Wir sind durch dick und dünn gegangen. Glauben Sie mir. Wenn ich mich im Leben auf jemanden verlassen kann, dann auf ihn. Und umgekehrt.«

»Das ist schön, aber wir werden uns trotz allem auch einmal mit Marcel unterhalten. Wo wohnt er?«, hakte Nina nach.

Er seufzte. »Seine Werkstatt liegt an der Eckendorfer Straße. Da treffen Sie ihn häufiger an als zu Hause. Aber ich sage Ihnen noch einmal: Das ist verlorene Zeit.«

Nina schenkte ihm ein freundliches Lächeln. »Vielleicht kann uns Ihr ehemaliger Partner Hinweise geben, die zur Lösung des Falls beitragen und die Sie nicht auf dem Schirm haben. Man muss ja nicht gleich vom Schlimmsten ausgehen. Vertrauen Sie uns bitte. Erika tut es ja auch.«

»Keks?« Lena Sanders hielt Yasemin und Nina einladend den Teller hin. Beide nahmen sich ein Gebäckstück.

»Mhm. Wirklich köstlich«, urteilte Nina, nachdem sie abgebissen hatte, und Yasemin nickte zustimmend. »Wie sieht's denn mit Mitbewerbern aus? Erzfeinde?«, richtete sich Nina wieder an Pascal Neumann.

Der schüttelte den Kopf. »Nicht dass ich wüsste. Bisher war das leben und leben lassen. Und warum sollte ausgerechnet jetzt jemand etwas gegen mich haben? Meine Großkunden habe ich vor einem knappen Jahr akquiriert. Hätte dieser Terror kurz danach begonnen, wäre das ja denkbar. Aber jetzt? Und eigentlich würde ich keinem meiner Kollegen so etwas zutrauen. Wir pflegen hier eine gesunde Konkurrenz, mehr nicht. Bielefeld ist groß genug für alle Caterer, die ihren Job gut machen.«

Nina erhob sich. »In Ordnung, das war's fürs Erste, Herr Neumann. Falls Ihnen noch etwas einfällt, lassen Sie es uns wissen. Wahrscheinlich müssen wir auch Ihren Mitarbeiterinnen und Mitarbeitern auf den Zahn fühlen. Aber eins nach dem anderen. Wir melden uns.« Nina hielt ihre Hand hin und Pascal Neumann ergriff sie mit festem Druck.

»Danke für den Kaffee«, wandte sich Yasemin an Lena.

»Bitte schön, ich bringe euch raus.« Lena führte die beiden durch den Flur zurück zur Haustür. »Wo hast du eigentlich deinen Kiosk?«, erkundigte sie sich bei Yasemin.

»In der Siegfriedstraße.«

Sie nickte. »Vielleicht schau ich mal rein, wenn ich in der Gegend bin. Ich hoffe, ihr könnt Pascal schnell helfen, er leidet wirklich sehr unter dieser Sache«, fügte sie leise hinzu.

Nina reichte auch ihr die Hand zum Abschied. »Wenn dir noch etwas Wichtiges einfällt, weißt du ja, wo du uns findest.«

Als die beiden die Autotüren hinter sich geschlossen hatten, brachte Yasemin die Sache auf den Punkt. »Pascal ist aber schon ein Alphamännchen, ne?«

Nina lächelte. »Ich glaube, das musst du auch sein, wenn du in der Küche bestehen willst. Komm, wir fahren jetzt in die Kommandozentrale und bringen Doro auf den Stand der Dinge.«

15

4. September 1991
Heute war der erste Tag auf dem Gymnasium. Wir mussten erst zur dritten Stunde zur Schule kommen und

es gab eine Begrüßungsfeier in der Aula. Mama hat sich
extra freigenommen, um mich zu begleiten. Sie trug ihr
Kostüm für besondere Anlässe, wie sie es nennt, und sah
perfekt aus. Ich hatte meine beste Strumpfhose an, die
weiße, und mein Lieblingskleid aus Jeans. Ich habe den
ganzen Morgen nichts gegessen und getrunken, damit
ich mir bloß keinen Flecken auf die Kleidung mache.
Nach der Begrüßung hatten wir nur eine Stunde in der
Klasse und haben unseren Stundenplan bekommen. Ich
kenne niemanden, meine Freunde sind auf die Gesamt-
schule gegangen. Aber Mama meint, nur das Abi auf
dem Gymnasium ist das wahre Abi. Ich sei für Höheres
bestimmt. Meine Klassenlehrerin heißt Frau W. und ist
nett. Wobei Mama immer sagt, mit nett allein kommt
man nicht weit. Aber ich werde mal weit kommen, das
weiß ich schon jetzt!

»Klingt hoffnungsvoll, oder?« Langsam klappte sie das kleine Buch zu. Dann starrte sie eine Weile stumm auf das Miststück. »Noch trägst auch du Hoffnung in dir, nicht wahr? Noch re- dest du dir bestimmt ein, dass alles gut werden wird. Dass du hier heile wieder rauskommst.« Sie lächelte, nahm ihre Tasche und ging zum Ausgang.

Es waren vier Schritte von ihrer Leseecke bis zur Tür. Be- vor sie diese sicher von außen verschloss, drehte sie sich noch einmal zu ihrer Gefangenen um. »Weißt du, was Heiner Müller einst gesagt hat? Hoffnung ist nur ein Mangel an Information.«

16

Im Treppenhaus roch es vielversprechend nach deftigem Essen. Nina sog die Luft laut durch die Nase ein.

»Ich tippe auf jeden Fall auf Rosmarinkartoffeln«, verkündete Yasemin.

»Als ob man Kartoffeln riechen kann!«

»Kann man. Aber vor allem den Rosmarin. Es sei denn, man hat so gar keine Ahnung.« Sie drehte sich zu Nina um und streckte ihr die Zunge heraus. »Da fällt mir ein, hattest du nicht gesagt, du bist heute Abend mit Brüggendings verabredet?«

»Das war eine Notlüge, um dich von Ela wegzukriegen.«

»Du Biest.«

»Ich dich auch.« Nina warf Yasemin einen Kussmund zu.

Als Doros Türöffner summte und sie durch den Flur ins Wohnzimmer schritten, nickte Yasemin. »Sach ich ja. Rosmarin.«

»Hallo, meine Lieben! Da unser Mittwochs-Essen ausgefallen ist, dachte ich mir, wir holen das heute nach und ihr könnt mir von eurem Besuch bei Pascal erzählen. Ich war in der Zwischenzeit übrigens auch fleißig.«

»Wo ist Ela?«, fragte Yasemin plötzlich mit Panik in der Stimme.

»Ela liegt nebenan in ihrem Reisebettchen und schläft tief und fest. Sie hat gut gegessen, die Windel anständig vollgemacht und wir haben viel gelacht.« Doro winkte Yasemin und Nina zur Schlafzimmertür und öffnete sie leise.

Für einen Moment blickten die drei Freundinnen gemeinsam auf das friedlich schlafende Baby und lauschten ihren regelmäßigen Atemzügen.

»Ist sie nicht das vollkommenste Geschöpf?«, flüsterte Yasemin gerührt und Nina und Doro nickten.

Leise zogen sie die Tür wieder hinter sich zu und begaben sich ins Esszimmer.

»Ich hoffe, ihr habt Hunger? Ich habe gekocht. Es gibt Hühnerkeulen mit Rosmarinkartoffeln«, sagte Doro. »Setzt euch, ich tische auf.«

Yasemin schaute Nina triumphierend an.

Sie aßen größtenteils schweigend, unterbrochen von kurzen Seufzern, weil es so vorzüglich schmeckte. Wieder einmal hatte Dorothee sich selbst übertroffen. Als sie beim Nachtisch angelangt waren und ihr Tiramisu löffelten, berichteten Yasemin und Nina endlich von ihrem nachmittäglichen Besuch bei Pascal Neumann.

»Demnach werden wir uns nun in den kommenden Tagen die Ex-Frau und den Ex-Partner Höhner vornehmen«, schloss Nina ihre Erzählung und leckte dabei den letzten Rest ihres Tiramisus vom Löffel ab. Doro nickte, ging zur Wandtafel und notierte eifrig.

»Wie ihr euch geschickt der Ex-Frau annähert«, sie tippte mit ihrem Zeigefinger auf den Namen an der Tafel, »ohne dass ihr Pascal in die Bredouille bringt, weiß ich bereits.«

»Na, dann schieß mal los«, sagte Yasemin.

»Erika erwähnte ja, dass Barbara Neumann, die Ex, abgeschieden auf einem Bauernhof lebt. Aber auch wenn Frau Neumann zurück zur Natur will, braucht sie Geld, um zu leben. Und das verdient sie mit Kursen und Seminaren, die sie auf ihrem Hof anbietet. Im Netz findet sich eine Website, sehr einfach von einer Agentur gestaltet. Es sieht also so aus, als ob Barbara Neumann wirklich nicht sehr internetaffin ist. Auf der Seite gibt's allgemeine Infos über den *Hof Ensō* und den Hinweis, dass man sich ein Seminarprogramm bestellen kann. Das lag heute in meiner Post.« Doro ging zum Schreibtisch und hielt triumphierend eine Broschüre hoch. »Ein Schweigeseminar, bei dem man seine eigene innere Stimme wiederfinden soll, eignet sich weniger für unsere Zwecke. Aber am kommenden Wochenende findet ein Töpferkurs nur für Frauen statt und das klingt doch sehr gesellig. Da habe ich euch zwei angemeldet.«

»Töpfern. Schön. Das habe ich schon in der Schule gehasst«, antwortete Nina.

»Von deinen persönlichen Vorlieben mal abgesehen, musst du zugeben, dass das ein sehr guter Weg ist, um undercover zu ermitteln. Während des Seminars könnt ihr ganz zwanglos mit Pascals Ex-Frau ins Gespräch kommen. Vielleicht gelingt es euch ja sogar, einen Blick ins Haus zu werfen, und ganz eventuell stolpert ihr zufällig über einen PC, der sich dann anschaltet. Und wenn der schon mal hochgefahren ist, kann man ja schauen, ob man irgendwelche Spuren findet.« Doro warf ihren Freundinnen einen unschuldigen Blick zu.

»Ich finde Töpfern super. Ich töpfere für Ela einen Becher.«

»Klar, fall du mir jetzt noch in den Rücken«, entgegnete Nina.

»Du, meine Liebe, könntest mir doch eine schöne Obstschale basteln. Oder deiner Mutter einen neuen Aschenbecher«, regte Dorothee an. »Wie dem auch sei, Sonntag geht's um zehn Uhr für euch los. Hier ist die Adresse.«

17

Auf das Datum genau war es zwei Jahre her. Damals hatte es geregnet, doch heute prahlte der September mit seiner ganzen Schönheit. Was für ein herrlicher Herbsttag es war!

Sie blickte vom Johannisberg hinunter auf die Stadt, nippte an ihrem Prosecco und fühlte sich königlich. Seit siebenhundertdreißig Tagen war sie auf sich allein gestellt. Der Anfang ihrer Reise war hart gewesen. Sie hatte sich wie ein erbärmlicher Wurm gefühlt: Hilflos. Klein. Einsam.

Sie verzog ihren Mund zu einem bitteren Lächeln. Wie naiv sie damals gewesen war, als sie gedacht hatte, ein Seelenklempner könnte ihr helfen und würde sie verstehen. Nichts hatte der verstanden! »Das war keine liebevolle Verbindung, die Sie erlebt haben. Das war eine destruktive Beziehung. Ich lade Sie ein, mit mir daran zu arbeiten, dass Sie mit Ihren Gefühlen besser umgehen können. Dass Sie sich selbst genug sind, aber auch lernen, die Bedürfnisse anderer wahrzunehmen. Sonst werden Sie nie in der Lage sein, liebevolle Verbindungen aufzubauen. Dazu müssen Sie ehrlich zu sich selbst und gleichzeitig fähig sein, Kritik anzunehmen. Wollen Sie das probieren?«

Nein, das hatte sie nicht gewollt. Stattdessen hatte sie sich nach diesem Schwachsinnsmonolog erhoben und den Therapeuten gefragt, ob er sein Diplom auf einer Baumschule gemacht habe. Und von einem Kerl in einem billigen Polyesteranzug würde sie sich ohnehin nichts sagen lassen.

So ein verfickter Spinner!

Dass sie wusste, was Liebe ist, das bewies sie seit zwei Jahren jeden Tag eindrucksvoll. Sie schätzte, dass sie ihre Mission in spätestens zwei Monaten beenden würde. Eine wohlige Wärme durchströmte ihren Körper. So ein durchdachtes Meisterwerk hätte ihr niemand zugetraut. Und jeder, der sich ihr in den Weg stellte, würde es bitter bereuen.

Sie drehte sich um und kehrte zurück zu der Party, bevor man sie vermisste. Ihre Zeit war gekommen, ihr Projekt lief perfekt. Von wegen, sie sei nicht in der Lage, Dinge durchzuziehen!

18

»Wenn du jetzt nicht runter vom Gaspedal gehst, kotze ich in deinen Fußraum!«

»Ist ja schon gut. Weichei.« Yasemin verringerte die Geschwindigkeit. »Diese Kurvenstraße ist wirklich dazu gemacht, sie – wie sagt Doro immer – flott! Sie ist dazu da, sie flott zu nehmen.« Ihre Freundin nickte zufrieden.

»Pfft!« Nina erinnerte der Weg an eine Passstraße in den

Alpen. Sie fuhren über den Hügel ins angrenzende Steinhagen, um irgendwo im Nirgendwo zu töpfern. Es war halb zehn und Nina hatte noch keinen einzigen Schluck Kaffee getrunken, weil sie zu allem Überfluss verschlafen hatte.

Als sie den Ortskern hinter sich gelassen hatten und beidseits nur Felder und Wälder zu erblicken waren, setzte Yasemin irgendwann ihren Blinker rechts und fuhr in eine schmale Straße. Nach einer Weile entdeckten sie ein Hinweisschild zum *Hof Ensō*. Yasemin drosselte die Geschwindigkeit abrupt, als sie in einen nicht geteerten Feldweg einbog. Am Ende des Weges war bereits das Gehöft zu sehen.

»Ich hoffe, auch alternative Menschen am Arsch der Welt trinken Kaffee«, murmelte Nina missgelaunt, als sie ausgestiegen waren und auf das Hauptgebäude zusteuerten.

»Och, Nina, jetzt mach dich mal locker!« Yasemin legte einen Arm um ihre Schulter.

»Vergiss du vor lauter Begeisterung bitte nicht, dass wir zum Ermitteln und nicht zum Töpfern hier sind!«, zischte die Polizistin leise und stapfte in die Deele.

»Guten Morgen!« Eine Frau Mitte vierzig in Wollpulli, Jeans und robusten Wanderstiefeln schüttelte ihnen die Hand. »Ihr müsst Yasemin und Nina sein, die übrigen Teilnehmerinnen kenne ich alle schon von früheren Workshops.« Sie zeigte auf sechs weitere Frauen, die hinter ihnen am Tisch saßen, frühstückten und freundlich winkten. »Kommt, setzt euch zu uns. Kaffee? Tee?«

»Kaffee, bitte«, entgegnete Nina erleichtert.

»Hallo, ich bin Yasemin, ich hab die wundervollste Tochter, die es gibt, sie ist acht Monate alt, fast neun, heißt Ela und ich will ihr was töpfern! Habt ihr Ideen für mich? Ich hab nämlich gar keine Ahnung vom Töpfern, will's aber unbedingt probieren und meine Freundin«, Yasemin blickte zu Nina, die sich an ihrer Kaffeetasse festhielt, »begleitet mich netterweise, weil ich allein zu feige war. Und wenn Ela älter ist, kann ich dann mit ihr zusammen töpfern.« Yasemin strahlte die anwesenden Frauen entwaffnend an.

Das Eis war gebrochen, noch bevor Nina sich ihr erstes Brötchen geschnappt hatte.

Nachdem sie in Ruhe zu Ende gefrühstückt hatten, waren die Frauen in die angrenzende Scheune hinübergewechselt, in der Barbara Neumann ihre Werkstatt eingerichtet hatte. Der Töpferofen versetzte Nina prompt in ihre Kindheit zurück. Er sah exakt so aus wie der, der im Kunstraum ihrer Schule gestanden hatte. Die Kunstlehrerin hatte Nina damals unverblümt wissen lassen, dass sie künstlerisch außerordentlich talentfrei sei, aber im Lehrerzimmer habe sie erfahren, dass sie ja immerhin sehr sportlich sei. »Tja, du bist eben anscheinend mehr Junge als Mädchen«, hatte ihre Lehrerin missbilligend geendet. Ninas Reaktion: »Und Sie sind anscheinend mehr Arschloch als weniger, ne?«, hatte ihr damals selbstredend einen Tadel eingebracht. Nina grinste. Das Gesicht der Lehrerin war es definitiv wert gewesen.

»So, ihr Lieben, jede findet an ihrem Platz alles, was sie für ihre Arbeit benötigt«, brachte Barbara Neumann sie wieder in die Gegenwart zurück. »Ihr seid natürlich völlig frei in dem, was ihr töpfern möchtet. Ich gebe euch zunächst eine kleine Einführung in die Grundlagen und komme dann nach und nach an eure Plätze, sodass wir eure individuellen Probleme lösen können.«

Während Yasemin an Barbara Neumanns Lippen hing, ließ Nina den Vortrag an sich vorbeirauschen und starrte auf den Tonklumpen, der vor ihr auf der Arbeitsfläche lag. Nach einer Weile bemerkte sie, dass jede der Frauen bereits freudig knetete. Seufzend feuchtete sie ihre Hände an und nahm den Ton zwischen ihre Finger.

»Probiere es doch mit einer Schale. Runde Formen beruhigen«, hörte sie Barbara Neumanns Stimme hinter sich und zuckte zusammen.

»Aha«, entgegnete Nina nur.

»Du, Barbara, sag mal, du hast ja eben erzählt, dass man zu Hause auch statt mit Ton mit Fimo töpfern kann«, lenkte Yasemin die Aufmerksamkeit auf sich. »Das möchte ich gerne ausprobieren. Kann ich dir vielleicht dann eine Mail schicken, wenn ich mich zu blöd anstelle und noch 'ne Frage hab?«

Gar nicht dumm, dachte Nina.

Barbara Neumann schüttelte den Kopf. »Ich habe leider keinen Computer.«

»Echt nich?«, ließ Yasemin nicht locker. »Aber du hast doch eine Website.«

Barbara nickte. »Die betreut meine Nachbarin, die einen Kilometer von uns entfernt wohnt und sich mit solchen Sachen selbstständig gemacht hat. Einmal in der Woche kommt sie rum und informiert mich über eingegangene Mailanfragen. Es sind nicht viele, denn auf der Seite steht ja, dass nur Anmeldungen per Post berücksichtigt werden.«

»Verlierste dadurch nicht potenzielle Kunden? Post ist ja echt 'nen bisschen oldschool, ne?«

Barbara Neumann zuckte mit den Schultern. »Mag sein, aber das ist dann eben so. Mein Partner und ich haben dieses Leben aus Überzeugung gewählt. Wir möchten einen Kontrapunkt zu der heutigen Wegwerfgesellschaft setzen. Zu diesem übermäßigen Konsum und diesem ständigen und überall erreichbar sein. Privat- und Arbeitsleben verschmelzen und das ganze Leben muss öffentlich zur Schau gestellt werden. Was soll das alles?« Ihre Wangen färbten sich rot und ihre Stimme war lauter geworden. Barbara Neumann war offensichtlich in ihrem Element. Drei der anderen Teilnehmerinnen nickten eifrig.

»Habt ihr Kinder?«, mischte sich Nina unvermittelt ein.

Barbara blickte sie ob des Themenwechsels irritiert an. »Ich habe eine Tochter«, antwortete sie schließlich.

»Und was sagt die zu eurem analogen Leben?«, versuchte Nina, sie aus der Reserve zu locken.

Die Seminarleiterin schaute auf Ninas Tonklumpen. »Wenn sie bei mir ist, findet sie es wunderbar. Mein Mann und ich sind geschieden, wir haben gemeinsames Sorgerecht. Ich weiß nicht, ob du Kinder hast, Nina. Aber hier seine Kindheit zu verbringen«, sie zog mit ihrem Arm einen Halbkreis, »ist doch wie in Büllerbü. Was kann man daran nicht mögen?«

»Und dein Mann? Wie sieht der das?«, fragte Yasemin.

»Mein Ex-Mann. Der sieht das naturgemäß anders«, antwortete Barbara knapp. »So, ihr lieben Frauen.« Sie klatschte in die Hände und schaute in die Runde. »Genug von mir. Wir sind zum Töpfern hier. Ich möchte euch noch ein paar praktische Tipps mit an die Hand geben. Kommt bitte alle an meinen Arbeitsplatz.«

Die Zeit verging für Ninas Geschmack zu langsam. Ganz anders empfand dies offensichtlich Yasemin, die ein bislang verstecktes Talent für sich entdeckt zu haben schien. Nachdem sie eine wunderschöne Tasse für Ela getöpfert hatte, arbeitete sie nun konzentriert an einer kleinen Skulptur. Liebevoll hielt eine Frauenfigur ein Baby in ihren Armen. Nina hatte Yasemin seit der Geburt ihrer Tochter nicht mehr so entspannt gesehen wie in diesem Augenblick. Sie selbst hingegen befolgte halbherzig Barbaras Rat und versuchte sich an einer Schale, bis der richtige Zeitpunkt endlich gekommen zu sein schien. Als alle Teilnehmerinnen in ihre Arbeit vertieft waren und auch Barbara sich einen Tonklumpen auf ihre Töpferscheibe gelegt hatte, fragte sie die Seminarleiterin leise: »Wo sind denn die Toiletten?«

»Im Hauptgebäude, wo wir gefrühstückt haben. Die kleine Treppe hoch und dann gleich links.«

Nina nickte, reinigte sich die Hände notdürftig mit einem Tuch und wechselte ins andere Gebäude. Die Gästetoilette befand sich im Flur vor den privaten Wohnräumen. Leise öffnete Nina die Verbindungstür und horchte. Niemand schien sich in der Wohnung aufzuhalten. Der kurze Flur führte direkt ins Wohnzimmer, von dem die Küche abging. Die Räume waren spartanisch, aber geschmackvoll mit alten Holzmöbeln eingerichtet. Auf der Fensterbank standen zwei Tonskulpturen und eine Vase. Nirgends erblickte Nina einen Fernseher oder einen Computer. Ohnehin sah sie kaum technische Geräte. Vorsichtig zog sie die Schubladen des Wohnzimmerschranks heraus, aber nirgendwo lag ein Tablet oder Notebook.

In der Küche stand ein Gasherd. Mit Holz wurde hier offensichtlich nicht gekocht, da hatte Erika wohl übertrieben. Nina blickte über die Arbeitsfläche: kein Toaster, kein Wasserkocher, keine Mikrowelle. Vergeblich suchte sie hinter den Schranktüren nach technischen Geräten, sondern fand lediglich Töpfe, eine alte Pfanne, Geschirr und Besteck.

Nina schlich zurück in den Flur und öffnete vorsichtig eine weitere Tür, hinter der sie das Schlafzimmer vermutete. Als sie auf das Bett blickte, war sie froh, dass sie so leise gewesen war. Der bärtige Mann, der in Jeans, Shirt und mit verschränkten Armen auf dem Bett lag, schlief tief und fest. Er musste Barbara Neumanns Lebensgefährte sein.

Für einen Augenblick starrte Nina fasziniert auf diesen Mann, der erstaunlicherweise nahezu lautlos schlief. Spätestens ab dem dritten Jahrzehnt war es doch eigentlich Naturgesetz, dass Männer im Schlaf ganze Wälder abholzten. Oder, wie Tim zu sagen pflegte: »Ich schnarche so laut, um durch den Krach potenzielle Bedrohungen wie Bären aus dem Schlafzimmer fernzuhalten.«

Sie löste schließlich ihren Blick von diesem seltenen Männerexemplar, um sich links und rechts umzuschauen, doch auch hier entdeckte sie keinen Computer. Nina atmete möglichst flach und nachdem sie die Tür wieder geschlossen hatte, verharrte sie einige Sekunden, um zu lauschen, ob der Mann vielleicht doch noch wach geworden war. Aber der schien einen sehr gesunden Schlaf zu haben. Das lag wahrscheinlich am fehlenden Elektrosmog und am regelmäßigen Umarmen der Bäume.

Nina sah in den letzten Raum, ein winziges Badezimmer, in dem sich erwartungsgemäß keine elektrische Zahnbürste und erst recht kein Computer befanden.

Als sie Sekunden später die Wohnungstür öffnete, stieß sie einen erschrockenen Laut aus. Barbara Neumann stand direkt vor ihr und starrte sie an.

Nina fasste sich ans Herz. »Himmel, hast du mich erschreckt! Entschuldige, ich muss mich verlaufen haben. Wo, sagtest du, war noch gleich das Klo?«

Schweigend deutete Barbara Neumann auf die Tür rechts von ihr.

Nina stieß sich vor den Kopf. »War ich mal wieder zu schnell unterwegs und bin einfach dran vorbeigerauscht.«

Dem bohrenden Blick ausweichend, schob sie sich an Barbara Neumann vorbei in den Toilettenraum. Dort atmete sie tief aus und versuchte, sich zu beruhigen.

Nach einer Weile klopfte es an der Tür. »Entschuldigung, ich müsste auch mal«, hörte sie eine hohe Stimme, die zu Natalie, einer der anderen Kursteilnehmerinnen, gehörte. »Nach drei Kindern kann ich nicht mehr so gut halten, weißt du?«

Nina verdrehte die Augen. Auf diese Information hätte sie gut verzichten können. Sie betätigte die Toilettenspülung und lächelte Natalie beim Herausgehen bemüht freundlich an.

Als sie die Scheune wieder betreten hatte, meinte sie, Barbaras stechenden Blick im Rücken zu spüren.

»Und?«, fragte Yasemin sie flüsternd.

Nina schüttelte als Antwort nur den Kopf.

In der Kaffeepause, in der sich Yasemin mit den weiteren Teilnehmerinnen angeregt über ihre Töpferkünste unterhielt, nutzte Nina die Chance und ging in die Offensive.

»Entschuldige bitte, dass ich eben in eure privaten Räume gestolpert bin. Das war wirklich nicht meine Absicht«, wandte sie sich an Barbara, die sich einen Kaffee eingoss und etwas abseits von den anderen stand.

Die Kursleiterin ließ etwas Milch in ihre Tasse tropfen, rührte den Kaffee eine gefühlte Ewigkeit um und blickte dann lächelnd zu Nina hoch. »Ist schon gut. Du hast da einen Nerv getroffen, aber dafür kannst du ja nichts.«

Nina sagte nichts. Manchmal ermutigten nicht Worte, sondern das Schweigen des Gegenübers, weiterzureden. »Mein Ex-Mann und ich sind leider in einen Rosenkrieg verwickelt.« Barbara seufzte. »Vor einigen Wochen«, sie strich sich eine Strähne aus dem Gesicht, »hat eine Frau an einem meiner Seminare teilgenommen. Sie kam mir von Beginn an seltsam vor, etwas stimmte mit ihrer Aura überhaupt nicht.« Bei dem Wort musste Nina sich zusammenreißen, nicht genervt aufzustöhnen. *Aura. Karma. Chakra.* Das alles lief bei ihr unter dem Oberbegriff *Quatschgedöns.*

»Später habe ich sie in unserer Wohnung erwischt«, fuhr Barbara Neumann fort, »wie sie gerade eine Schublade aufzog. Mein Mann … mein Ex-Mann hatte sie beauftragt, hier herumzuschnüffeln, in der Hoffnung, dass sie irgendetwas findet, das mich in Misskredit bringen könnte.«

Jetzt war Nina baff. »Hat die Frau das gesagt?«

Barbara nickte. »Ich habe sie natürlich zur Rede gestellt und wollte die Polizei rufen. Sie hat mich angefleht, das nicht zu tun. Sie sei alleinerziehend, habe einen kleinen Sohn, es nur des Geldes wegen gemacht und so weiter und so weiter. Ich bin dann weich geworden, hab sie ziehen lassen und ihr gesagt, sie soll sich nie wieder hier blicken lassen.«

»Wie sah die Frau aus? Perfekt gestylt? Blonde Haare?«

»Nein, braune Haare und eher der Graue-Maus-Typ. Aber wieso interessiert dich das?«, fragte die Seminarleiterin argwöhnisch.

Damit sie ausschließen konnte, dass Lena Sanders involviert war. Nina verfluchte sich innerlich selbst. Wie konnte sie nur so unvorsichtig sein! Offensichtlich vergaß sie langsam, aber sicher, wie man anständig ermittelte. Sie lachte laut auf, um Zeit zu schinden, und dachte derweil fieberhaft nach.

»Wenn ich dir das jetzt sage, hältst du mich für komplett bescheuert«, fabulierte sie, nahm sich nun auch eine Tasse und goss langsam Kaffee hinein. »Yasemin und ich schauen jeden Sonntag gemeinsam Tatort«, fuhr sie fort. »Ist dir schon mal aufgefallen, dass die bösen Frauen dort meistens blond und besonders attraktiv sind? Also haben wir uns vor einiger Zeit vorgenommen, einen Reality Check zu machen. Immer, wenn wir nun im wirklichen Leben etwas über fiese Frauen hören, checken wir die Haarfarbe. Bislang steht es siebzehn zu fünfzehn zu sechs – blond, brünett, rot.« Nina war sich sicher, dass Barbara Neumann ihr diese bekloppte Geschichte niemals abnehmen würde. Aber es war das Beste, was ihr Hirn auf die Schnelle ausgespuckt hatte.

Zu ihrer Erleichterung schmunzelte die Seminarleiterin. »Ich habe keinen Fernseher, aber nette Statistik, die ihr da erhebt. Im Nachhinein ärgere ich mich, dass ich die Frau einfach weggeschickt habe. Hätte ich sie offiziell angezeigt, hätte ich das im Sorgerechtsstreit gegen meinen Ex verwenden können. Auch wenn er natürlich bestritten hat, die Frau engagiert zu haben.«

»Ist er denn so ein schlechter Vater oder warum willst du das alleinige Sorgerecht? Zahlt er nicht? Arbeitet er nur?«

Sie winkte ab. »Geld ist nicht das Problem. Er hat einen Feinkostladen und ein gut laufendes Cateringunternehmen, das immer erfolgreicher wird. Trotzdem nimmt er sich Zeit für seine Tochter. Zumindest seit wir getrennt sind. Damals, während er sich sein Geschäft aufgebaut hat, haben wir ihn kaum noch zu Gesicht bekommen. Das war auch einer der Gründe, warum ich … Na ja, egal.« Barbara Neumann atmete hörbar durch die Nase aus. »Er redet mich und meinen Lebensstil ständig vor unserer Tochter schlecht und differenziert nicht zwischen unserer Beziehungsebene und der Eltern-Kind-Ebene. Wäre ihr Lebensmittelpunkt hier, wäre vieles einfacher.«

Nina schaute für einen Moment in ihre Tasse. »Ich habe keine Kinder, also sollte ich wohl keine Meinung dazu äußern. Aus eigener Erfahrung kann ich dir nur sagen, dass ich mir beim Aufwachsen einen Papa gewünscht hätte. Vielleicht könnt ihr beide eure Differenzen ja noch aus der Welt räumen.« Sie zuckte mit den Schultern.

»Ja, dazu bin ich auch lange bereit gewesen und habe manche dicke Kröte geschluckt. Aber als diese Frau hier aufgetaucht ist, ist mir endgültig die Hutschnur geplatzt. Das hat das Fass zum Überlaufen gebracht. Nun kämpfe ich für das alleinige Sorgerecht.« Barbaras entschlossener Blick verriet, dass dies keine leeren Worte waren.

Nina nickte und schaute auf die Uhr. »Ich mache mich mal besser wieder an meine Obstschale. Sonst muss ich noch nachsitzen.«

Yasemin war sehr fleißig gewesen. Am Ende des Tages hatte sie eine Mutterfigur mit Kind, einen Becher und eine schön geformte Vase fertiggestellt. Ninas Obstschale sah man an, dass sie mit bedeutend weniger Hingabe erschaffen worden war. Da der Ton vor dem Brennen trocknen musste, hatte Barbara ihnen mitgeteilt, dass sie ihre Kunstwerke in einer guten Woche würden abholen können.

»Die Vase schenke ich Doro, da freut sie sich bestimmt«, erklärte Yasemin auf der Rückfahrt und drückte aufs Gaspedal.

»Schön. Du musst aber leben, um sie ihr überreichen zu können, also fahr bitte vorsichtiger«, konterte Nina.

Eine Zeit lang starrte sie schweigend auf die vorbeifliegende Landschaft. Dann sah Nina Yasemin von der Seite an. »Und, was denkst du?«

»Dass du das Töpfern wirklich sein lassen solltest.«

Nina rollte mit den Augen. »Was denkst du über Pascals Ex?«

»Die hat damit nix zu tun.«

Nina nickte. »Sehe ich genauso. In der Wohnung war kein Computer und es wirkt so, als ob sie wirklich davon überzeugt ist, dass Pascals Catering bestens läuft. Wusstest du, dass er eine Frau engagiert hat, die auf dem Hof rumschnüffeln sollte? Zumindest behauptet Barbara das.«

Yasemin blickte kurz erstaunt zu ihr hinüber. »Echt? Nee, wusste ich nich. Also, wenn ich ehrlich bin, finde ich Barbara sogar echt nett.«

»Ja, das geht mir auch so – sofern ich ihr Aura-Gerede ausblende. Aber vergiss nicht: Die Sorgerechtssache geht uns nichts an. Und Sympathie hin oder her, was Pascal im Moment widerfährt, ist nicht fair. Das könnte seine ganze Existenz ruinieren.«

Yasemin nickte. »Jau. Ich finde es einfach nur schade, dass die kein Paar mehr sind und sich so an die Gurgel springen.«

Nina seufzte. »Stimmt. Aber das ist deren Baustelle und nicht unsere.«

19

5. September 1991
Heute war der erste richtige Tag in der Schule. Frau W.
unterrichtet uns in Deutsch, Englisch und Geschichte.
Der Mathelehrer, Herr K., ist streng und ein Arsch. Nach
den Hausaufgaben habe ich Freundschaftsbänder ge-
bastelt. Eins für mich und eins für meine Freundin, die
ich hoffentlich bald an der neuen Schule finden werde.
Aber es muss die Richtige sein. Eine, auf die ich mich
verlassen kann und die immer zu mir hält. Man nimmt
sich nicht jeden zur Freundin. Sie muss mich schon ver-
dienen.

»Hast du jemals in der Schulzeit ein Freundschaftsband geschenkt bekommen, hm? Und wenn ja, hast du es in Ehren
gehalten?« Sie schaute der Frau in die Augen.

Für einen Moment meinte sie, Erkenntnis aufblitzen zu
sehen, die aber schnell wieder der Erschöpfung wich. Das
kleine miese Stück musste verdammten Durst und Hunger
haben. Sie hatte ihr immer nur das Nötigste an Wasser und
zwischendurch Brühe und Brot gegeben.

Bevor die zu lethargisch wurde, würde sie ihre Gefangene
ordentlich in den Hintern treten und Adrenalin in ihre Adern
pumpen. »Schau mal, ich habe hier etwas für dich. Du wirkst,
als ob du anfängst, dich zu langweilen. Ich möchte aber keinesfalls eine schlechte Gastgeberin sein. Ich habe etwas vorbereitet, ich hoffe, es gefällt dir.« Sie nahm aus ihrer Tasche
dickere Fäden, die an einem Ende zusammengeknüpft waren,
und band sie vorne an den Griff des Laufbands. »Kleine Ge-
schenke erhalten die Freundschaft. Mir hat noch nie jemand
ein Armband geknüpft, doch das wird sich jetzt ändern.« Sie
löste die Fesseln ihrer Gefangenen.

Mit schmerzverzerrtem Gesicht rieb die sich ihre Handgelenke. Als sie dem Miststück den Knebel aus dem Mund nahm, hustete und würgte die Frau. »Wasser! Kann ich bitte einen Schluck Wasser haben?«, fragte sie mit heiserer Stimme.

»Steh auf«, befahl sie ihr, die Bitte ignorierend. »Steh auf und geh aufs Laufband.«

Sie hielt ihrer Gefangenen die Pistole an den Hinterkopf. Langsam versuchte die sich zu erheben. Sie knickte weg. Offenbar waren ihre Beine eingeschlafen. Sie versuchte es erneut.

»Nun mach schon.« Sie schubste das Biest auf das Laufband und startete es. Um ihre Aufgeregtheit zu dämpfen, multiplizierte sie im Kopf 107 mit 85. »Deine Aufgabe ist erdenklich simpel. Du knüpfst mir jetzt ein Freundschaftsband, während du läufst. Ich werde die Schnelligkeit nach und nach erhöhen, es soll ja nicht langweilig werden. Gibst du auf, bevor das Armband fertig ist, erschieße ich dich. So einfach ist das. Haben wir uns verstanden?«

20

Morgens tickten die Uhren anders, davon war Nina seit ihrer Schulzeit überzeugt. Man schaut kurz weg oder schließt für eine Minute die Augen und beim nächsten Blick auf die Uhr ist schon wieder eine halbe Stunde vergangen. Hektisch trocknete sich Nina ab, zog Jeans, Pulli und Turnschuhe an und goss für die Fahrt Kaffee in einen Becher. Sie war spät dran, aber wenn die Ampelphasen es gut mit ihr meinten, würde sie an ihrem ersten Tag doch noch pünktlich erscheinen.

Ausgerechnet jetzt klingelte ihr Handy. Tims Name leuchtete auf dem Display auf. Sie drückte den Anruf weg. Sie würde ihn in Ruhe in der Mittagspause anrufen.

Außer Atem stand sie eine Minute vor neun vor der Hütte.

So hatte Carl das kleine Gebäude genannt, in dem er und seine Mitarbeiter Büroarbeit erledigten und bei schlechtem Wetter ihre Mittagspause verbrachten.

Carl trat im Moment ihrer Ankunft aus der Tür und führte zum Gruß die Hand an seine Kappe. »Pünktlich. So muss das.« Er schritt zum Schuppen, der gegenüber der Hütte stand, und kehrte mit einem Besen und einer Harke in der Hand zurück. »FFZ – du erinnerst dich?«

Nina nickte.

»Fächern, fegen, zupfen. Komm, ich zeige dir die Beete, die du dir heute vornehmen sollst. Im Herbst haben wir besonders viel zu tun. Das ganze Laub, weißt du. Deshalb trifft es sich sehr gut, dass du dem Typen die Fresse poliert hast und jetzt hier bist.«

»Ich habe ihm ja nicht richtig die ... Ach, lassen wir das«, murmelte Nina.

»Hier.« Carl blieb stehen und zeigte auf einen Wegesrand. Die Blätter der alten Büsche und Bäume bedeckten das Unkraut. »Deine Tagesaufgabe.« Er reichte ihr die Gartengeräte. »Erst Laub, dann Unkraut. Wir sehen uns um Punkt zwölf zur Mittagspause in der Hütte.«

Nina summte eine erfundene Melodie vor sich hin, als sie nachmittags mit ihrem Wagen zurück nach Hause fuhr. Sie fühlte sich von der frischen Luft angenehm durchgepustet und ärgerte sich noch nicht einmal über die hundertste neue Baustelle, die ihr auf der Rückfahrt einen weiteren Umweg bescherte. In der Pause hatte sie mit Carl und einem Kollegen Skat gekloppt und sich mit einem gewonnenen Grand große Anerkennung erspielt. Nina freute sich auf den nächsten Tag und fragte sich, ob das dem Richter wohl gefallen würde. Ihr Handy klingelte.

»Hey, alles klar bei euch im Kiosk?«, begrüßte sie Yasemin am anderen Ende.

»'türlich. Bist du schon auf dem Rückweg?« Im Hintergrund brüllte Ela.

»Ja, ich bin in fünf Minuten da.«

»Trifft sich gut. Lena Sanders ist hier und will mit uns quatschen. Gib Gummi.«

Yasemin hatte aufgelegt, bevor Nina etwas entgegnen konnte. Das Telefonat erinnerte sie daran, dass sie Tim in der Mittagspause nicht zurückgerufen hatte. Das würde nun bis nach dem Gespräch mit Lena warten müssen. Was Pascal Neumanns Freundin ihnen wohl zu erzählen hatte? Nina drückte aufs Gaspedal.

21

Als Nina Yasemins Kiosk betrat, war das erste Geräusch, das sie hörte, Elas begeistertes Juchzen.

»Dann macht der Reiter plumps.« Lena Sanders hielt Ela auf ihrem Schoß und bereitete der Kleinen mit diesem alten Kinderreim offensichtlich große Freude.

Yasemin stand auf der obersten Sprosse ihrer Leiter und sortierte Spirituosen in das Regal ein, während Doro auf einem Hocker saß und in ihrem Kaffee rührte.

»Tach, die Damen«, grüßte Nina in die Runde und setzte sich schwungvoll auf den Tresen. »Habt ihr nach dem harten Arbeitstag auch einen Kaffee für mich?«

»Aber sicher, Liebes. Macht einen Euro fünfzig«, antwortete Dorothee trocken und drehte sich zur Maschine. »Hier, natürlich mit Zucker.« Nur einen Augenblick später schob sie ihr eine dampfende Tasse Kaffee über den Tresen.

»Jetzt will ich auch einen!« Yasemin kletterte die Leiter herunter, setzte sich neben Nina und schlug ihr zur Begrüßung kräftig auf den Oberschenkel. »Lena, willste auch eine Tasse?«, wandte sie sich an Pascal Neumanns Freundin. »Geht aufs Haus. Ich habe aber nur Filterkaffee, kein Macchiato-Gedöns. Wir sind hier …«

»… bodenständig«, half Doro schnell aus.

Lena lächelte. »Ich mag bodenständig und nehme gerne einen Filterkaffee.«

»So, jetzt wo wir komplett sind, leg doch mal los«, forderte Yasemin ihren Besuch auf und schnappte sich das Kind von Lenas Schoß.

Die nahm zunächst die Tasse vom Tresen, trank einen Schluck und musterte die drei Frauen nacheinander. »Ich möchte mich noch mal bei euch dafür bedanken, dass ihr versucht, Pascal zu helfen. Er kann wirklich jede Hilfe gebrauchen. Zum einen fürchtet er um das Sorgerecht für Emma, das bringt ihn beinahe um den Verstand. Zum anderen hat er Angst um seine Existenz. Als ich Pascal kennengelernt habe, war er ganz anders, ein unglaublicher Charmeur.« Sie seufzte. »Ich möchte mir mit ihm eine Zukunft aufbauen, wisst ihr? Deshalb nehme ich das im Moment alles in Kauf. Emma hat mich noch nicht kennengelernt, weil er Sorge hat, dass seine Ex ausflippt. Übers Zusammenziehen haben wir auch noch nicht gesprochen. Aber unter uns: Es ist gar nicht so einfach, mit über dreißig einen anständigen Mann zu finden, und Pascal ist ein echter Glücksgriff. Am Ende wird sich bestimmt alles fügen.«

Yasemin schaute Nina mit vielsagendem Blick an. »Haste die Stelle mit über dreißig und anständiger Typ gehört? Heute schon Tim angerufen?«

Dorothee knuffte Yasemin warnend in die Seite.

Lena blickte Nina verunsichert an.

»Ignorier die zwei und erzähl einfach weiter«, winkte Nina ab. Ihre beiden Freundinnen giggelten wie alberne Teenager, rissen sich dann aber glücklicherweise wieder zusammen.

»Okay. Also, ich schätze, ihr könnt ihm nur helfen, wenn ihr auch alle Informationen habt. Und deshalb bin ich hier.« Sie hielt für einen Moment inne. »Ich weiß ein paar Sachen über Marcel, die Pascal nicht weiß. Ich habe das vor ihm verschwiegen, weil ich ihn nicht zusätzlich belasten will. Marcel ist sein bester Freund und er lässt nichts auf ihn kommen.«

»Aber?«, hakte Yasemin nach, als Lena Sanders zögerte.

Die seufzte. »Aber baggert der beste Freund die Freundin seines Freundes an?«

Nina musste innerlich erst die vielen Freunde in einem Satz sortieren und runzelte dann die Stirn. »Hat er eindeutige Avancen gemacht oder was genau ist passiert?«

Lena Sanders stand vom Hocker auf und ging am Regal mit den Fertigprodukten vorbei, ohne ihnen irgendeine Form von Beachtung zu schenken. »Einige Wochen, nachdem wir zusammengekommen sind, gab es ein Abendessen mit Marcel und seiner Frau. Wir haben uns im Restaurant getroffen. Pascal war es wichtig, dass ich seinen besten Kumpel kennenlerne. Seine Frau Sabine ist, sagen wir … eher zurückhaltender Natur. Das machte es anfangs etwas zäh.«

»So in Richtung ostwestfälisch zurückhaltend oder wie meinste das?«, fragte Yasemin nach.

Lena lachte kurz auf. »Nein, mehr so … Ach, das ist schwierig zu beschreiben. Aber je mehr Wein floss, desto lockerer wurden alle. Es war ein netter Abend. Bis zu dem Moment, wo ich auf die Toilette gegangen bin.« Sie atmete hörbar aus. »Marcel hat mich im Flur auf dem Rückweg abgefangen, wie in so einem schlechten Film.«

»Und dann?«, fragte Yasemin und reichte die unruhiger werdende Ela an Doro weiter, die hinter dem Tresen eine Spieluhr und einen Beißring hervorzauberte.

»Er war schon ziemlich angetrunken, wir waren bei der dritten Weinflasche angelangt – wobei die Männer den Großteil getrunken hatten. Na ja, er meinte, dass ich mit Pascal ja finanziell einen guten Fang gemacht habe, aber dass er mich nicht so einschätzen würde, als ob Geld für mich alles wäre. Ich sollte mich nicht blenden lassen. Pascal sei hinter der Fassade nicht so gutherzig, wie er sich gerne gebe. Ihn, als seinen besten Freund, hätte er ja schließlich auch um eine Menge Geld gebracht. Aber es würden im Leben ja noch andere Dinge zählen als nur der schnöde Mammon. Dabei«, Lena stockte kurz, »fasste er an meinen Po. Ich habe seine Hand sofort weggenommen, ihm gesagt, dass ich ihm zugutehalte, dass er betrunken sei, und dass das alles besser unter uns bliebe. Danach habe ich Pascal gesagt, dass ich schlimme Kopfschmerzen hätte und dringend nach Hause müsste.«

»Haste ihm wenigstens kräftig eine gescheuert?«, fragte Yasemin empört. »Der kann dir doch nicht einfach an den Hintern fassen – da musste dich doch wehren!«

»Ich wollte kein Aufsehen erregen«, erwiderte Lena angespannt. »Es war ein edles Restaurant und Pascal kennt den Besitzer.«

»Das ist doch kein Grund, das so durchgehen zu lassen«, insistierte Yasemin, aber Dorothee gab ihr ein Zeichen, Lena eine Pause zu gönnen.

»Ist nach diesem Vorfall noch etwas passiert?«, fragte Doro, während sie zum fünften Mal die Spieluhr für Ela aufzog und leise die Melodie von *La Le Lu* erklang.

Lena schüttelte den Kopf.

»Danke für dein Vertrauen.« Nina nahm den letzten Schluck aus ihrer Tasse. »Wir wollten Marcel ja ohnehin einen Besuch abstatten. Dafür sind diese Hintergrundinformationen sehr hilfreich.«

»Könnt ihr Pascal von meinem Besuch bitte nichts erzählen?«

Nina zögerte einen Augenblick. »Fürs Erste schweigen wir,

wenn du das wünschst. Je nachdem, was sich sonst so ergibt, könnte es natürlich passieren, dass wir diesen Vorfall auch vor Pascal ansprechen müssen.«

Lena nickte. »So habe ich aber noch etwas Zeit, zu überlegen, wie ich es ihm beibringe.«

Die Türglocke des Kiosks ertönte und Erika trat zusammen mit einer ihrer Strickfreundinnen ein. »Lena, Schätzchen, das ist ja eine nette Überraschung. Was machst du denn hier?«

»Ach, du hast immer so von Yasemins Kiosk geschwärmt, da wollte ich mal persönlich vorbeischauen. Ich war ohnehin gerade in der Nähe.«

»Schön, schön. Wie geht's meinem Neffen?«

»Er hält den Kopf hoch.«

Erika nickte. »Meine drei Powerfrauen hier werden dem bösen Spuk bald ein Ende bereiten. Und bis dahin hältst du ihn bei Laune, hm?«

»Ich gebe mein Bestes«, erwiderte Lena und umarmte die alte Dame innig. »Deshalb muss ich auch los. Er bat mich, noch ein paar Besorgungen zu erledigen.«

»Sag mal, könntest du mir dann vielleicht Ginkgo-Tabletten mitbringen? Mein Knie ist heute besonders angeschwollen, dann könnte ich mir den Gang zur Apotheke sparen.«

»Sicher. Warte, ich schreibe es mir lieber auf, damit ich es nicht vergesse.« Lena nahm ihren Einkaufszettel aus der Handtasche und notierte sich rasch *Ginkgo-Tabl. Erika* mit einem Kugelschreiber, den Nina ihr aus der Schublade des Tresens gereicht hatte.

»Danke, Liebes.«

»Immer gerne, Erika. Ich schmeiße sie dir später in den Briefkasten. Danke an euch für den Kaffee.« Sie winkte Nina, Yasemin und Doro zum Abschied zu.

»Nettes Mädchen, nicht? Aber Barbara ist eben Emmas Mutter und … Egal. Jetzt bringt mich erst mal auf den aktuellen

Ermittlungsstand«, forderte Erika, nachdem Lena den Kiosk verlassen hatte.

22

Es war bereits dunkel, als Nina nach diesem langen Tag wieder ihre Wohnung betrat. Zunächst hatten sie Erika erzählt, was sie bislang herausgefunden hatten. Nur, dass ihr Neffe eine Frau angeheuert haben sollte, um seine Ex auszuspionieren, verschwiegen sie. Nina wollte Pascal direkt darauf ansprechen. Anschließend hatten die drei Freundinnen in der Kommandozentrale ihre bisherigen Ergebnisse an der Tafel zusammengetragen. Dorothee hatte auf Ninas Wunsch zudem Lena Sanders Hintergrund recherchiert, der sich als nahezu langweilig herausgestellt hatte. Sie arbeitete Teilzeit in der Jobvermittlung, das wussten sie schon von Erika. Und im Netz war nichts Nennenswertes über sie zu finden.

Nachdem sie gemeinsam ihre nächsten Schritte besprochen hatten, war Nina endlich in ihre eigenen vier Wände zurückgekehrt. Ihr Magen knurrte vorwurfsvoll, denn sie hatte seit dem Mittag nichts gegessen. Sie schlug sich ein Ei in die Pfanne. Während es vor sich hinbrutzelte, schaute sie auf ihr Handy. Tim hatte vor zwei Stunden erneut versucht, sie zu erreichen. »Mist, verdammter«, murmelte sie. Schnell wählte Nina seine Nummer.

Es tutete. Lange. In dem Moment, als sie wieder auflegen wollte, hörte sie zunächst laute Hintergrundgeräusche. Musik. Eine Frauenstimme.

Eine Frauenstimme?

»Hallo?«, meldete sich Tim endlich.

»Hi, ich bin's. Es tut mir leid, ich wollte mich schon längst …«

»Nina?«, brüllte er. »Ich versteh dich nicht. Bin unterwegs. Ist laut hier.«

Irrte sie sich oder klang er angetrunken? Unter der Woche? Das war eigentlich nicht sein Stil.

»Ich ruf dich morgen auf dem Weg zur Arbeit an.«

»Okay, viel Spaß noch«, entgegnete sie zu leise und spürte ein Ziehen in ihrer Magengegend. Sie hasste dieses Gefühl.

Es klickte in der Leitung.

Das Brutzelgeräusch erinnerte sie daran, dass ihr Ei mehr als fertig gebraten war. Lustlos schob sie die Pfanne von der heißen Platte und stellte den Herd aus. Hunger verspürte sie keinen mehr.

23

Sie stank widerlich nach Schweiß. Ihre Haare waren nass, die Wangen leuchteten rot.

»Tja, Sport ist Mord, stimmt's?« Sie deutete auf den Fuß des Miststücks. »Da hast du dich eben aber auch verdammt ungeschickt angestellt. Na ja«, sie ließ das Freundschaftsband an ihrem Finger in der Luft baumeln, »immerhin hast du deine Aufgabe erfüllt. So können wir beide noch ein paar Tage länger Spaß miteinander haben.« Zunächst würde sie das Miststück körperlich mürbe machen und ihr dann mit einer besonderen Überraschung das Herz brechen. Weil sie es nicht anders verdient hatte.

Sie nahm einen Schluck aus einer Flasche. »Hm, dieses Gefühl, wenn das kühle Wasser langsam die Kehle herunterrinnt und den Durst löscht. Herrlich! Tja, wärst du nicht so doof gewesen, hätte ich dir die ganze Flasche gegönnt.« Sie ging auf die wieder gefesselte Frau zu und schüttete den Großteil des Flascheninhalts über ihren Knöchel, der wegen der Schwellung bereits kaum noch zu erkennen war. Einen kleinen Rest Wasser gab sie dem Miststück zu trinken. »Wahrscheinlich eine Bänderdehnung oder ein -riss. Vielleicht hast du dir auch nur den Knöchel geprellt. Wie dem auch sei. Daran«, sie betonte das Wort und machte eine kleine Pause, bevor sie weitersprach, »wirst du wohl nicht sterben.« Das Entsetzen, das in den Augen des Miststücks zu lesen war, und die Tränen, die ihr die Wangen hinunterliefen, verschafften ihr dieses warme Gefühl im Bauch, das sie so genoss.

»Ach, das hätte ich ja beinahe vergessen!« Sie stieß sich mit der Hand vor den Kopf. »Ich bräuchte noch eine Unterschrift von dir.« Sie holte aus ihrer Tasche einen Brief, streckte ihrer Gefangenen einen Stift hin, hielt ihr die Pistole an den Kopf und befahl: »Unterschreib.«

Das Miststück überflog den Inhalt des Briefes und schluchzte. Nachdem die Geschundene mit zittriger Hand unterschrieben hatte, nickte sie zufrieden. »Und jetzt verrätst du mir die PIN deiner Bankkarte. Im Gegensatz zu dir muss ich ja an meine Zukunft denken.«

24

Man sieht nur, was man weiß, hatte mal ein kluger Mann gesagt. Nina waren die kleinen Schildchen, die neben vereinzelten Gräbern in der Erde steckten, noch nie aufgefallen. Auf manchen war der Name einer Gärtnerei gedruckt, andere waren schlicht grün und trugen keine Beschriftung. »Das sind unsere«, hatte Carl ihr am Morgen knapp erklärt. Und so hatte sie den Vormittag damit verbracht, von den Gräbern Unkraut zu pflücken, für die die Stadt mit der Pflege beauftragt worden war.

Auf den meisten Grabsteinen las Nina Namen von Menschen, die mindestens sechzig Jahre alt geworden waren. Namen wie *Hans-Otto Ehlebracht* oder *Renate Höwelkröger*. Doch als Nina auf einem Stein lediglich den Vornamen *Denis* und die Jahresangabe 1982–2015 las, durchfuhr sie ein Schauer. Wieso pflegte niemand das Grab eines Menschen, der als junger Mann gestorben war? Vielleicht war sie diesem Denis sogar irgendwann mal begegnet. Im Kindergarten. Oder in der Schule. Er war im selben Jahr wie sie geboren.

Sie befreite sein Grab besonders sorgfältig von Unkraut und versuchte, den Kloß in ihrem Hals hinunterzuschlucken. Wie war der Mensch wohl gewesen, der unter ihr seine letzte Stätte gefunden hatte? Wie las sich seine Geschichte? Plötzlich stieg Panik in Nina hoch. Was, wenn es später einmal niemanden gab, der ihr Grab pflegen würde?

Tim hatte sich am Morgen nicht wie angekündigt bei ihr gemeldet. Und sie konnte niemandem die Schuld dafür geben als sich selbst. Wieso hielt sie ihn auch ständig auf Abstand? Warum war sie nicht ein Mal in ihrem Leben richtig mutig?

Gegen späten Mittag hatte sie die Hälfte der Gräber in Schuss gebracht und suchte Carl, um sich zu abzumelden. Sie traf ihn vor der Hütte. »Hälfte habe ich, Chef, Rest morgen.«

Sie nickte ihm zum Abschied zu. Er nickte zurück. Nina schätzte diese Gespräche, die sich auf das Wesentliche konzentrierten.

Sie stieg in ihr Auto und fuhr stadtauswärts. Nach einer knappen halben Stunde hatte sie ihr Ziel erreicht. *Höhner Autos* stand auf dem Schild, das von der Straße aus auf die Werkstatt und den Autoverkauf aufmerksam machen sollte. Sie stellte ihren Wagen ab und trat ins Büro, die Tür stand offen.

»Guten Tag, wie kann ich Ihnen helfen?«, wurde sie freundlich von einer älteren Frau begrüßt.

»Guten Tag, ich suche Marcel Höhner. Ich benötige ein Auto für meine Mutter und würde mir gerne eins von Ihren gebrauchten auf dem Hof zeigen lassen.«

»Mein Schwiegersohn ist in der Werkstatt. Gehen Sie einfach rechts durch das große Garagentor. Er liegt unter einem der drei Autos. Und falls er nicht sofort für Sie Zeit hat, kommen Sie zurück, dann gibt's hier einen Kaffee.«

Nina bedankte sich und schritt hinüber zur Werkstatt. Sie traf Marcel Höhner unter Wagen Nummer zwei an, einem älteren Ford Fiesta. »Herr Höhner? Mein Name ist Nina Gruber, haben Sie eine Minute für mich?«

Der Angesprochene rollte unter dem Auto hervor und sagte nach einem kurzen Blickkontakt: »Sie brauchen ein neues Auto, nicht zu teuer, aber verlässlich und ohne Schnickschnack. Schnickschnack ist nicht Ihr Ding.«

Für einen Moment war sie baff, wie gut er sie eingeschätzt hatte, fand ihre Stimme aber schnell wieder. »Genau. Kein Schnickschnack. Deshalb komme ich direkt zur Sache: Ich bin nicht wegen eines Autos hier. Ich bin wegen Ihres Freundes Pascal Neumann hier.«

Er nickte. »Der 'nen Haufen Scheiße an den Hacken hat.« Er erhob sich vom Rollbrett und lehnte sich an das Heck des Wagens.

»Ja. Treffender hätte ich es nicht zusammenfassen können.« Marcel Höhner war – wie er dort in seinem Blaumann und mit rabenschwarzen Haaren vor ihr stand – eine ausgesprochen angenehme Erscheinung. Lecker anzuschauen, hätte Yasemin gesagt. Doch Nina wies sich schnell innerlich zurecht und konzentrierte sich auf den eigentlichen Grund ihres Besuchs. »Sie sind also im Bild.«

»Klar, wir treffen uns ja regelmäßig und Pascal hat mir bei einem Bier von diesen armen Würstchen erzählt, die ihm die Hölle im Netz heißmachen. Arschlöcher.« Er hielt inne und musterte sie erneut. Dieses Mal etwas gründlicher. »Dann sind Sie also einer der drei Engel für Charlie.«

Sie lächelte. »Hat uns Pascal Neumann so bei Ihnen angekündigt? Nun ja, der Vergleich hinkt etwas, weil wir keinen Charlie haben. Wir sind unsere eigenen Bosse und das gefällt uns ziemlich gut.« Nina biss ihren Kiefer aufeinander. Dass Pascal Neumann seinem Freund ihren Besuch angekündigt hatte, verhinderte den angestrebten Überraschungseffekt. »Ihr Kumpel hat ja auch noch privat ziemlich viel Stress mit seiner Ex-Frau«, fuhr sie zunächst mit einem harmlosen Thema fort und lockerte dabei ihren Kiefer. »Glauben Sie, Emmas Mutter könnte etwas damit zu tun haben?«

»Barbara?« Er schüttelte den Kopf. »Die beiden haben sich auseinandergelebt, aber sie ist ein feiner Mensch. Nein, das traue ich ihr nicht zu.« Er hielt kurz inne, dann fuhr er fort. »Als Pascal und ich die Firma gegründet haben, hat er extrem viel gearbeitet. Er musste parallel ja auch noch das Feinkostgeschäft schmeißen. Mittlerweile hat er dafür einen Angestellten. Die viele Arbeit hat der Beziehung sicher nicht gutgetan, auch wenn er Barbara versprochen hat, dass es nach der Anfangsphase wieder weniger werden würde. Und Barbara wurde immer … Sagen wir, sie hat sich in der Zeit sehr verändert, ohne dass Pascal es groß mitbekommen hätte. Hat plötzlich lieber Bäume als ihn umarmt. Na ja, und schließlich hat sie, als sie in die Walachei gefahren ist, um in einer Vollmondnacht über Kohle zu laufen, diesen anderen Macker kennengelernt. Dann war's ganz vorbei.«

»Soso. Und war der extreme Arbeitsaufwand für Sie der Grund, warum Sie aus dem Cateringunternehmen schließlich ausgestiegen sind?«

»Ich habe nie so viele Stunden hineingesteckt wie Pascal. Das war von Anfang an zwischen uns so abgesprochen gewesen. Ich habe mich hauptsächlich finanziell beteiligt und einen Tag in der Woche und an den Wochenenden mit angepackt. Finanzkram, Organisatorisches, manchmal im Service. Zwischendurch hat auch meine Frau ausgeholfen. Für das Essen waren Pascal und seine Leute zuständig, die sind ja vom Fach. Ich kann mit Salatöl wenig anfangen und steh mehr auf das hier.« Er hob eine Flasche Motoröl hoch.

»Und warum sind Sie schließlich ausgestiegen?«, hakte Nina nach.

Er atmete hörbar aus. »Weil wir einige Jahre nur gerade so über die Runden gekommen sind. Es war kein Desaster, aber auch nichts, was großen Gewinn gebracht hat. Dann wollte Pascal weiter investieren. Einen Foodtruck kaufen und solche Sachen. Mir schien das Risiko zu hoch. Ich habe ein Haus abzuzahlen.« Er zuckte mit den Schultern. »Ich hatte mir das einfacher vorgestellt. Statt in einen Aktienfonds habe ich Geld in Pascals Traum investiert. Es kam nur eben unterm Strich bei zu viel Aufwand zu wenig raus. Also bin ich ausgestiegen. Zu einem Zeitpunkt, an dem Pascal mich auszahlen konnte, ohne dass es ihm das Genick brach.«

Marcel Höhners Antwort deckte sich mit der Aussage, die Pascal von sich gegeben hatte. »Tja. Und kurz nach Ihrem Ausstieg hatte Pascal dann die Großkunden an der Angel«, versuchte Nina, ihr Gegenüber aus der Reserve zu locken.

»Ja, das war ein bisschen Ironie des Schicksals. Aber es hätte eben auch genau anders laufen können. Und – Moment mal, worauf wollen Sie hinaus?«, fragte er entrüstet. »Dass ich Pascal seinen Erfolg nicht gönne und deshalb versuche, ihn fertigzumachen? Na, ich sag mal so: Wenn das Ihr Ermittlungsansatz ist, dann gute Nacht für Pascal!«

»Und ich sag mal so: Wenn ich nicht jedem möglichen Motiv nachgehen würde, wäre ich eine schlechte Ermittlerin.«

Mit viel Misstrauen schaute er ihr in die Augen. Als sie seinem Blick standhielt, lächelte er. »Mag sein. Wissen Sie was? Durchsuchen Sie ruhig alle Computer, die Sie hier oder in meinem Privathaus finden. Haben Sie einen IT-Spezialisten an der Hand? Wollen Sie mein Handy überprüfen? Starten

Sie besser gleich und arbeiten Sie zügig, denn es ist Zeitverschwendung. Und glauben Sie mir: Ich will, dass Sie die fassen, die Pascal das Leben gerade zur Hölle machen. Allein schon, damit wir wieder entspannt über Autos reden können statt über irgendwelche Vollpfosten.« Er drehte sich zum Waschbecken und reinigte sich mit einer Handpaste seine ölverschmierten Hände.

»Kennen Sie Lena Sanders?«

Für einen Moment hielt er in der Bewegung inne. »Kennen ist zu viel gesagt. Ich bin ihr zweimal begegnet.«

»Was halten Sie von ihr?«

»Ich würde nach wie vor lieber Barbara an Pascals Seite sehen, wenn Sie es genau wissen wollen. Aber ich mische mich in die Frauenwahl meines besten Kumpels nicht ein.«

»Auch nicht im Toilettengang eines Restaurants, wenn sich die Gelegenheit bietet?«

»Hä?«

Falls sein verständnisloser Blick gespielt ist, sollte er über eine Zweitkarriere als Schauspieler nachdenken, dachte Nina. »Lena Sanders hat uns erzählt, dass Sie sich bei einem gemeinsamen Restaurantbesuch abfällig über Pascal geäußert und sie bedrängt haben.«

»Ich soll ... was bitte? Das ist doch nicht Ihr Ernst! Spinnt die?« Marcel Höhner pfefferte das Handtuch in die Ecke. »Hat sie das auch Pascal erzählt? Ich sag Ihnen mal was: An dem Abend im Restaurant streifte mehr als einmal ihr schicker lilafarbener Pumps meine Waden. Beim ersten Mal dachte ich noch an Zufall, beim zweiten Mal nicht mehr. Ich habe mein Bein weggezogen und Lena den Rest des Abends nahezu links liegen lassen, damit es keine Missverständnisse gibt.« Er warf einen Blick in Richtung des Büros, in dem seine Schwiegermutter saß, und senkte seine Stimme. »Hören Sie, ich bin seit zwölf Jahren verheiratet. Lena Sanders ist zweifelsohne eine hübsche Erscheinung. Aber für sie würde ich weder meine Ehe noch meine langjährige Freundschaft zu Pascal riskieren.«

»Wenn das so war, wie Sie sagen – warum haben Sie dann Ihrem besten Freund nichts von dem Vorfall erzählt?«

Marcel Höhner hob die Augenbrauen. »Es ist ja nicht wirklich etwas passiert. Warum sollte ich viel Lärm um nichts machen? Pascal hat schon genug um die Ohren und Lena scheint ihn von seinen Problemen abzulenken. Er will sie ja nicht heiraten.«

Ein Auto fuhr auf den Hof und parkte direkt vor dem geöffneten Werkstatttor.

»Scheiße, ich habe den Termin vergessen«, gab Marcel Höhner erschrocken von sich.

Die Fahrerin blickte Nina durch die Windschutzscheibe an.

»Das ist Sabine, meine Frau. Ich wäre Ihnen sehr dankbar, wenn Sie ihr gegenüber nichts von diesen unverschämten Anschuldigungen erwähnen würden«, stieß der Mechatroniker hervor, bevor sie aus dem Auto stieg.

»Hallo, Schatz.« Marcel Höhner ging ihr entgegen und gab ihr zur Begrüßung einen Kuss.

Nina hob grüßend die Hand und lächelte seine Frau freundlich an. Sabine Höhner nickte knapp. Mit zurückhaltender Natur hatte Lena Sanders sie recht charmant umschrieben, befand Nina.

»Ich melde mich, wenn die Ersatzteile geliefert worden sind. Geben Sie meiner Schwiegermutter bitte noch Ihre Kontaktdaten«, wandte sich Marcel Höhner an Nina und legte dann einen Arm um die Schulter seiner Frau. »Wir sollten losfahren, Liebes, damit wir nicht zu spät kommen.«

25

Der Boden blitzte, die Regale waren geschrubbt und der Warenbestand geprüft. Während sie arbeiteten, hatte Nina Yasemin erzählt, was sie bei ihrem Besuch in der Werkstatt von Marcel Höhner erfahren hatte.

»Und? Was denkste? Ist er ein verlogener Arsch oder nicht?«

Die Türklingel ließ Nina innehalten, doch die hereintretende Kundin widmete sich gleich den Zeitschriften und kehrte ihnen den Rücken zu.

»Er klang sichtlich geschockt, als ich ihn auf Lena ansprach«, fuhr sie deshalb mit gedämpfter Stimme fort. »Ich bin mir nur nicht sicher, warum. Weil es die Wahrheit oder weil es eine falsche Anschuldigung ist?«

»Aber glaubst du, dass Lena lügt?«, entgegnete Yasemin.

Nina hob ratlos ihre Arme. »Ich schließe zumindest nichts aus. Ich kann mir noch keinen anständigen Reim auf diese ganze Geschichte machen. Warum hat er so ein Theater vor seiner Frau abgespielt? Er schien fast Schiss gehabt zu haben.«

Aus der Ecke hörten sie, dass die Kundin in etwas blätterte.

»Suchen Sie eine bestimmte Zeitschrift? Ich helfe gern«, sprach Yasemin sie nun über die Regale hinweg an. Doch die reagierte nicht. Die Kioskbesitzerin schaute irritiert zu Nina. Die zuckte mit den Schultern.

Wenig später legte die Kundin zwei Zeitschriften und das passend abgezählte Geld auf den Tresen und lächelte zum Abschied, bevor sie wieder verschwand. Nachdem Nina ihr Gesicht hatte sehen können, erkannte sie die Frau wieder. Es war dieselbe Person gewesen, der sie vor einigen Tagen beim Hinausgehen die Tür aufgehalten hatte.

»Es gibt seltsame Menschen«, stellte Yasemin fest, als die Kiosktür wieder ins Schloss gefallen war.

»Vielleicht ist die Frau einfach menschenmüde«, entgegnete Nina nachdenklich.

»Hä?«

»Den Begriff hat Hetta mal in einer Phase benutzt, als es ihr nicht gut ging. Damals hatte sie null Bock, sich mit anderen Menschen zu unterhalten. Es war ihr schon zu viel, mich um sich zu haben.«

»Aha. Ich bin nicht menschenmüde, aber müdemüde, seit Ela auf der Welt ist. Apropos: Kaffee?«, fragte Yasemin.

»Unbedingt.« Nina blickte sich im Kiosk um. »Und ich finde, weil wir hier alles so astrein auf Vordermann gebracht haben, haben wir uns dazu etwas Süßes verdient.«

»Das isso«, stimmte Yasemin zu und stellte eine bunte Tüte Weingummi zusammen. »Komm, wir machen vorne auf der Bank eine kleine Pause, bevor der nächste Kunde kommt.«

Sie ließen sich draußen nieder und Nina fragte: »Die Abwechslung hier im Kiosk tut dir gut, oder?«

Yasemin sah für einen Moment in den blauen Himmel, als ob sie dort die Antwort ablesen könnte. »Ja. Doch. Ja. Ach, *daha kolay bir şey sor* – frag mich was Leichteres. Es wird jetzt wohl mein ganzes Leben lang so sein. Ich werde immer 'n schlechtes Gewissen gegenüber Ela haben, wenn ich etwas anderes mache, als für sie da zu sein.«

»Du weißt aber schon, dass das Quatsch ist, oder?«

Yasemin lachte. »Ja. Aber manchmal kann man eben nicht aus seiner Haut.«

»Und Elas Vater …«

»Ich hab's ihm gesagt.«

Erstaunt setzte sich Nina auf. Bisher hatte Yasemin jede Frage abgeblockt, die sich um den Erzeuger Elas drehte. »Du hast es ihm … Wer ist es denn überhaupt?«

Yasemin nahm einen Schluck Kaffee, bevor sie weitersprach. »Wir hatten einen One-Night-Stand. Das Kondom ist geplatzt.

Ela ist wie ein Sechser im Lotto. Zack, schwanger. Ich hab erst überlegt, ob ich überhaupt was sage. Aber dann dachte ich: Nee, kannste nicht bringen. Er soll schon wissen, dass er Vater wird. Und er hat voll die Schnappatmung gekriegt. Das ginge nicht mit seiner Lebensplanung. Er würde in zwei Monaten nach Asien ziehen und da eine Filiale seiner Firma aufbauen, bla, bla, bla … Er sei noch nicht bereit und überhaupt, wir würden uns ja gar nicht kennen.«

Nina hob die Augenbrauen. »Und dann?«

»Dann habe ich ihm gesagt, dass ich das Kind kriegen werde, er sich keinen Kopp machen soll und ich auch nix von ihm will. Und nun ist das Thema für mich durch. Bis Ela mal nach ihrem Papa fragen wird. Davor habe ich jetzt schon Schiss.«

»Das versteh ich.«

Yasemin schlug sich vor den Kopf. »Genau. Du kennst deinen Vater ja auch nicht. Und?«

»Was, und?«

»Hast du ihn mal gesucht? Glaubst du, du wärst 'ne bessere Nina mit Papa?«

Die schnappte sich drei Gummibären aus der Tüte und lutschte auf ihnen herum. »Natürlich habe ich Hetta nach meinem Vater gefragt«, antwortete sie schließlich. »Aktiv gesucht habe ich ihn nie, nachdem sie erzählt hat, dass er einfach abgehauen ist, als ich noch ein Baby war. Ich hatte auch genug mit meiner Mutter und mir zu tun.« Sie lachte bitter. »Und ob ich eine bessere Nina wäre?« Sie zuckte mit den Schultern. »Das käme auf den Vater an, würde ich sagen.« Freundschaftlich knuffte sie Yasemin in die Seite. »Du bist eine wunderbare Mutter und wirst Ela alles geben, was sie braucht, um ihr Leben erfolgreich zu meistern. Du bist liebevoll und fürsorglich. Das habe ich bei meiner Mutter oft vermisst. Unsere Rollen waren früh getauscht.« Nina war dankbar, dass in diesem Moment ihr Handy klingelte und sie aus ihren Erinnerungen riss. »Hallo?«

»Hallo, hier ist Lena. Könnt ihr vorbeikommen? Pascal dreht gerade durch. Nach dem Catering gestern Abend haben die Gäste Durchfall bekommen. Eine Katastrophe! Ich weiß gar nicht, wie ich ihn beruhigen soll.«

»Wir kommen sofort«, entgegnete Nina und legte auf. »Wir müssen zu Pascal, jemand hat ihm anscheinend gehörig die Suppe versalzen. Ich schick Doro eine Nachricht, dass sie sich noch eine Stunde länger um Ela kümmern soll, okay?«

Yasemin nickte, nahm ihren Autoschlüssel aus der Schublade im Tresen und drehte das Schild an ihrer Kiosktür von *Auf* auf *Zu*.

26

Sie schritt durch die Schiebetür, die automatisch aufgegangen war. Sofort strömte ihr dieser leicht süßliche und muffige Geruch entgegen, von dem ihr übel wurde. Sie hatte ihren Vater damals einige Male nach seinem Schlaganfall im Heim besucht. Er war erst siebenundfünfzig Jahre alt gewesen. Keine schöne Zahl, so schrecklich ungerade. Letztlich hatte sich seine Work-Work-Balance wohl gerächt.

Wie roch der nahende Tod? Bis jetzt hatte sie diesen ganz eigenen Geruch, der sich in Räumen niederließ, in denen alte oder kranke Menschen lebten, nicht auseinanderdividieren können. Da gab es zum einen diese offensichtlichen Bestandteile von ungewaschener Haut, Urin und fehlendem Sauerstoff, zum anderen meinte sie aber auch immer einen Hauch schweren Parfüms zu riechen und etwas, das sie an gebackene Pfannkuchen erinnerte.

Jeder Besuch bei dem Vater hatte ihr eigene Lebensenergie aus ihrem Körper gesogen, sodass sie die Besuche schnell eingestellt hatte. Schließlich war er doch derjenige gewesen, der ihr eingetrichtert hatte: »Wenn jeder für sich sorgt, ist an alle gedacht.«

Natürlich hatte sie sich deshalb einiges anhören müssen. Sie sei eine Memme und zu schwach für diese Welt, gehörte da noch zu den harmloseren Aussagen.

Pah! Von wegen.

Sie atmete möglichst flach, während sie durch den hellen Eingangsbereich die Treppen hinauf in die zweite Etage stieg. Dort musste sie, um in den Wohnbereich gelangen zu können, an einer verschlossenen Tür klingeln. Die Demenzpatienten sollten nicht unbeaufsichtigt ihren Bereich verlassen. Die Tür summte, und als sie eintrat, wurde sie von einer freundlich lächelnden Angestellten begrüßt.

Sie legte ebenfalls ihr bestes Lächeln auf und sagte: »Sie müssen Frau Weber sein, wir haben telefoniert, nicht wahr?«

Die Frau nickte und bat sie in ihr Büro.

Als sie einen Kaffee später den Raum wieder verließ, waren sie und Frau Weber beim Du. Der Brief, den das Miststück unfreiwillig unterschrieben hatte, hatte zu Verwunderung beim Personal des Heims geführt, doch hatte sie soeben in ihrem Gespräch letzte Zweifel aus dem Weg räumen können. Bei der engen Personaldecke waren die Mitarbeiter wahrscheinlich über jeden Patienten froh, der regelmäßig Besuch und Hilfe von außen bekam, von wem auch immer. »Eine so lange Reise, wie beneidenswert«, hatte Frau Weber schließlich seufzend geäußert. Immerhin habe die Tochter ja dafür Sorge getragen, dass jemand bei ihrer Mutter nach dem Rechten schaue, während sie sich selbst verwirkliche.

Sie lächelte. Auch das hatte gut funktioniert. Sie war verdammt genial. Gemächlich ging sie den Flur entlang, grüßte freundlich die Pflegerin, die ihr entgegenkam, und studierte die Zimmernummern. Die alte Dame war in Raum 224 untergebracht. Das war eine schöne Zahl.

Für einige Sekunden hielt sie vor der Tür inne, atmete tief durch und drückte anschließend die Klinke herunter.

27

Yasemin bog schwungvoll auf die Einfahrt und trat Millimeter vor dem Garagentor so kräftig auf die Bremse, dass Ninas Gurt seinem Dienst nachkam und laut klackte. Nina öffnete ihren Mund und schloss ihn wieder. Sie hatte verstanden, dass ihre Appelle, Yasemin möge doch bitte schön anständig fahren, wirkungslos verhallten.

Pascal Neumann öffnete sofort die Tür. Zwar trug er auch dieses Mal ein perfekt geschnittenes Hemd und eine tadellos sitzende Jeans, doch sein Gesicht stand in herbem Widerspruch zu seinem Outfit. Er wirkte erschöpft, das Weiße in seinen Augen schimmerte rötlich und die Stoppeln auf seinen Wangen verrieten, dass er an diesem Tag nicht zum Rasierer gegriffen hatte.

»Kommen Sie rein«, sagte er mit matter Stimme und Yasemin und Nina folgten ihm ins Wohnzimmer.

»Ihre …«

»Lena hat Sie angerufen, ich weiß. Ich habe sie in die Stadt geschickt und gebeten, meine Hemden aus der Reinigung abzuholen, weil mir ihre Besorgtheit einfach zu viel wurde. Wenn es mir nicht gut geht, bin ich lieber allein.«

»Das verstehe ich«, sagte Nina, während sie und Yasemin auf dem Sofa Platz nahmen. »Ich ticke genauso. Aber wir sollten aufgrund der neuesten Entwicklungen unser weiteres Vorgehen besprechen. Außerdem habe ich noch eine Frage an Sie, die sich durch die Gespräche mit Ihrer Ex-Frau ergeben haben. Keine Sorge. Sie weiß nicht, wer wir sind. Wir haben an einem ihrer Seminare teilgenommen. Ich musste töpfern.

Aber ich schweife ab. Jetzt erzählen Sie erst mal, was genau gestern Abend passiert ist.«

Er machte mit seinen Armen eine hilflose Geste. »Wir haben das Catering für die interne Schulung einer Firma ausgerichtet. Heute Morgen kam ein Anruf, dass sich zwanzig Mitarbeiter krankgemeldet hätten. Alle mit Magen-Darm-Beschwerden. Dass sie unter diesen Umständen nicht gedenken würden, meine Rechnung zu bezahlen. Im Gegenteil, sie müssten ja eigentlich von mir Schadenersatz für den Dienstausfall verlangen.« Pascal massierte sich seine Schläfen. »Ich konnte abwenden, dass sie das Gesundheitsamt informieren. Ich kenne den Chef der Firma und der ist mir wohlgesinnt. Aber auf der Rechnung bleibe ich sitzen. Wollen Sie etwas trinken?«, fragte er unvermittelt.

»Hätte ich sie dabei, würde ich Ihnen 'nen Gin aus meiner Notfall-Flasche eingießen«, entgegnete Yasemin. »Aber ich nehme gerne ein Wasser.«

Nina nickte zustimmend.

»Und jetzt?«, wandte sich Yasemin an Nina, als Pascal das Wohnzimmer verlassen hatte. »Was können wir da tun?«

»Wir ermitteln verdeckt. In der Küche«, antwortete Nina entschlossen.

»Aber dieses Mal bist du dran«, entgegnete Yasemin prompt.

»Gute Idee. Vielleicht schmeißen sie mich ja nicht ganz so schnell wieder raus.« Nina zwinkerte ihrer Freundin zu, deren Wangen rot anliefen.

Bei ihrem ersten Fall hatte man die junge Kioskbesitzerin dank ihres losen Mundwerks nach nur wenigen Tagen aus einer Kanzlei gefeuert, in die sie sich eingeschleust hatte.

»Was halten Sie davon, wenn ich einige Tage bei Ihnen arbeite?«, offenbarte Nina Pascal Neumann ihre Idee, als der eine Wasserflasche und drei Gläser auf den Wohnzimmertisch abstellte.

»Können Sie denn kochen?«, fragte er.

Yasemin prustete los und nahm Ninas Antwort damit vorweg. Ihr Gelächter war so ansteckend, dass selbst Pascal Neumann schmunzeln musste. »Verstehe. Kein Problem. Ich brauche auch immer helfende Hände beim Spülen und Eindecken. Wann wollen Sie anfangen?«

»Morgen Nachmittag?«

»Das passt gut. Noch habe ich ja ein paar Aufträge. Kommen Sie um sechzehn Uhr in die Küche, sie befindet sich direkt über dem Feinkostgeschäft in der ersten Etage. Ich stelle Sie dann vor als …?«

»Nina Gruber, die aus gesundheitlichen Gründen nicht mehr in ihrem alten Job arbeiten kann, umschulen muss und in Ihren Bereich als Praktikantin reinschnuppern möchte.«

Er dachte kurz nach. »Wir könnten Sie auch als Journalistin vorstellen, die uns einige Tage begleitet, um einen Artikel über uns zu schreiben.«

»Ja, das wäre auch denkbar. Aber glauben Sie nicht, Ihre Mitarbeiterinnen und Mitarbeiter sprechen offener mit einer Praktikantin als mit einer Redakteurin?«

Er nickte. »Stimmt. Auch wenn ich für jeden meiner Leute meine Hand ins Feuer lege. Die haben mit der Sache nichts zu tun.«

Yasemin hob ihre Augenbrauen. »Jau, mag sein. Nur legen Sie ja für alle Ihre Hand ins Feuer – für Ihren Kumpel, Ihre Ex –, aber irgendjemand pinkelt Ihnen trotzdem so richtig ans Bein.«

»Ex-Frau ist ein gutes Stichwort«, griff Nina den Faden auf. »Wir haben uns, ohne dass sie es mitbekommen hat, in ihrer Wohnung umgeschaut und nichts gefunden, was sie verdächtig macht. Im Gegenteil. Sie scheint übrigens fest davon überzeugt zu sein, dass Ihr Catering fantastisch läuft.«

Er nickte. »Wie gesagt: Ich glaube sowieso nicht, dass sie etwas damit zu tun hat. War ihr Macker eigentlich auch da?«

Nina zögerte. »Ich bin ihm kurz über den Weg gelaufen, wir haben aber nicht miteinander gesprochen.«

»Was machte Barbara für einen Eindruck? Geht es ihr gut?«, erkundigte er sich.

»Ach guck. Sie lieben Ihre Frau doch noch. Versteh ich. Sie ist auch voll nett. Und die Mutter Ihres Kindes«, kommentierte Yasemin keck.

»Ich … nein, ich habe eine neue Beziehung und … das ist doch jetzt auch gar nicht das Thema!«, wehrte sich Pascal Neumann.

»Sie haben völlig recht«, pflichtete Nina ihm bei. »Eine Sache würde ich jedoch gerne noch klären: Barbara hat mir erzählt, dass Sie eine Frau angeheuert hatten, die unter dem Vorwand, an einem Seminar teilzunehmen, bei ihr herumgeschnüffelt hat. Die Frau sollte nach Dingen suchen, die Sie gegen Emmas Mutter in einem Sorgerechtsstreit verwenden können.«

Er stützte seine Hände auf die Oberschenkel und seufzte laut. »Ja, das hat mir Barbara auch erzählt. Genauer gesagt, hat sie es durch das Telefon geschrien. Nur ist kein Wort davon wahr, das müssen Sie mir glauben! Ich befürchte, sie hat das als Vorwand erfunden, damit sie einen Grund hat, für das alleinige Sorgerecht zu streiten.« Eindringlich schaute er seine Besucherinnen an. »Hören Sie, ich will nicht zur Polizei gehen, damit Barbara und meine Tochter möglichst wenig von all dem Mist mitbekommen. Mein größter Albtraum wäre, das Sorgerecht für Emma zu verlieren. Und dann soll ich so dämlich sein, mit einer solchen Aktion alles aufs Spiel zu setzen? Ich bitte Sie! Ich weiß nicht, ob meine Ex-Frau diese Geschichte schlicht erfunden hat oder …«

»… das Teil des Plans ist, Ihnen so richtig ans Bein zu pinkeln«, komplettierte Yasemin den Satz.

»Genau. Wissen Sie, ich habe eine hohe Stressresistenz. Ich bin als Koch durch eine harte Schule gegangen. So leicht erschüttert mich nichts. Aber das hier ist schon eine Nummer. Ich habe keine Ahnung, wer einen Grund hat, mich so zu hassen. Denn es geht ja nicht nur um mein Catering! Der Ruf meines Feinkostladens hängt auch am seidenen Faden. Ich habe ihn von meinen Eltern übernommen, die früh verstorben sind. Mein Traum war immer, dass Emma später alles übernimmt und das Geschäft in der Familie bleibt.« Pascal Neumann setzte fahrig sein Glas an den Mund und stellte es wieder auf dem Tisch ab, ohne einen Schluck getrunken zu haben. Stattdessen blickte er stumm aus dem Fenster ins Grüne.

Nina glaubte ihm. Er war nicht so dumm, sich mit einem derart waghalsigen Unterfangen angreifbar zu machen. »Wir müssen wieder los, Herr Neumann«, durchbrach sie die bedrückende Stille. »Wir sehen uns morgen Nachmittag in der Küche.«

Er nickte.

Erst töpfern, jetzt auch noch kochen. Der Fall brachte Nina an ihre persönlichen Grenzen.

28

»Wer sind Sie?« Die alte Frau saß in einem Sessel am Fenster.

»Ich bin's doch, Melanie.« Das war ihr Lieblingsname gewesen, als sie ein Kind gewesen war. »Eine gute Freundin Ihrer Tochter, erkennen Sie mich denn nicht mehr?«, sagte sie mit sanfter Stimme, aber doch so laut, dass mögliches Pflegepersonal sie auf dem Flur noch hören konnte. »Ich soll Sie lieb von ihr grüßen.«

Jetzt schloss sie die Tür.

»Meine Tochter war mit keiner Melanie befreundet«, entgegnete die alte Dame resolut. Sie hatte offensichtlich einen ihrer klaren Momente.

»Vielleicht haben Sie das ja schon vergessen.« Sie seufzte. »Wie so vieles.« Sie setzte sich auf einen Stuhl der Alten gegen- über und legte eine Hand auf ihr Knie.

Die Seniorin schob diese garstig weg. »Was wollen Sie? Geld?«, fragte sie.

»Wie kommen Sie denn darauf? Da wären Sie wohl auch die falsche Adresse. Das hole ich mir von anderen. Fast Ihr ganzes Erspartes ist doch schon für Ihre Pflege draufgegangen.« Sie deutete mit ihrer Hand in den Raum. »Nein, mir geht es um Wertvolleres.« Sie beugte sich zu der alten Dame und flüsterte ihr ins Ohr: »Um Gerechtigkeit.«

29

Dorothee blickte Yasemin und Nina aus geröteten Augen an, als sie ihnen die Wohnungstür öffnete.

»Hast du geweint?«

Ihre Vermieterin schüttelte den Kopf. »Ich habe zu lange vor dem Computer gesessen. Je älter ich werde, desto schlim- mer wird das für meine Augen. Aber ich liege gut im Zeitplan«, sagte sie zufrieden. »Kommt rein.«

Im Wohnzimmer roch es nach Orangen. Dorothee liebte Duftkerzen und wenn sie arbeitete, brannte immer eine. Ela saß auf dem Wohnzimmerteppich und räumte eine Tasche, die Doro ihr offensichtlich genau für diesen Zweck gepackt hatte, immer wieder aus und ein.

»Ela, *canım*, hast du deine *anne* vermisst? Hm?« Yasemin stürmte auf ihre Tochter zu, nahm sie hoch und küsste sie von oben bis unten ab. »Ich gehe jetzt mit ihr an die frische Luft. Danke fürs Kümmern, Doro.«

»Immer wieder gerne.« Die Vermieterin begleitete Yasemin und die Kleine zur Tür und kehrte beschwingt ins Wohnzimmer zurück. »Ach, unsere Ela ist doch wirklich das süßeste Kind, das man sich vorstellen kann. Rundum gelungen.«

Nina schmunzelte. Dorothee sagte immer *unsere Ela*, als ob sie ein Gemeinschaftswerk der drei Freundinnen wäre. Es freute sie, dass Yasemins Nachwuchs Doro eine solche Energie verlieh. Seit die Kleine auf der Welt war, wirkte ihre Vermieterin insgesamt noch lebenslustiger, als sie es ohnehin schon war.

»Ich bin heute zu einem Entschluss gelangt«, verkündete Doro und holte die Ginflasche aus ihrem Schrank – der Wacholder für moderne Ostwestfalen, wie sie stets behauptete.

»Ui, ein so gewichtiger Entschluss, dass wir darauf anstoßen müssen?«

Doro nickte und goss ihnen etwas mehr als einen Fingerbreit ein. Sie holte vor dem nächsten Satz tief Luft. »Ich habe beschlossen, dass ich es noch mal mit einer Therapie probiere, um meine Platzangst ganz zu überwinden. Bis in den Kiosk zu gelangen, ist schon ein Fortschritt, der mir Lebensqualität zurückgegeben hat. Doch Ela wird älter. Und ich möchte an ihrem Leben teilhaben.« Dorothee schaute zum Fenster. »Auch da draußen. Aber sag Yasemin nichts davon, ich möchte sie damit überraschen, wenn ich so weit bin.« Sie hob ihr Glas.

»Mensch, Doro, darauf stoße ich von Herzen gerne mit dir an. Das finde ich ganz, ganz großartig und mutig von dir!«

Ihre Gläser erzeugten einen angenehm satten Ton, als sie zusammentrafen.

»Danke dir. Und ich habe überlegt, wenn es richtig gut läuft, könnte ich ja vielleicht auch die Tochter der Nachbarn stundenweise mitbetreuen, die freuen sich bestimmt. So hat Ela dann jemanden, mit dem sie spielen kann.«

»Klingt super. Aber setz dich nicht zu sehr unter Druck. Gib dir die Zeit, die du brauchst. Und vergiss nicht: Du weißt ja eigentlich bereits, dass du es kannst.«

»Ja, aber ich möchte das Rausgehen auch nüchtern beherrschen und wenn ihr euch nicht gerade in Todesgefahr befindet«, entgegnete sie trocken.

Nina kicherte. »Das klingt vernünftig. Soll ich dir bei der Suche nach einem Therapeuten helfen?«

»Liebes, wenn ich eines kann, dann recherchieren, aber vielen Dank für das Angebot.«

»Apropos Recherche: Wir haben heute beschlossen, dass ich einige Tage verdeckt in Pascals Cateringdienst herumschnüffele.«

Doro nickte und befüllte die Gläser erneut. »Eine sehr gute Idee. Kann ich irgendwie helfen? Brauchst du Papiere? Eine neue Identität?«

Nina lachte. »Dafür nicht. Aber wenn doch mal, wende ich mich vertrauensvoll an dich. Woher, sagtest du, hast du diese brillanten Fähigkeiten zu fälschen?«

Ihre Freundin nahm einen weiteren Schluck. »Netter Versuch. Aber eine Frau braucht ihre Geheimnisse.« Sie zwinkerte Nina zu. »Komm an mein Sterbebett, dann werde ich es dir erzählen.«

»Dann hoffe ich, dass ich es nie erfahre«, erwiderte Nina prompt und fühlte Hitze in ihre Wangen aufsteigen. Zuneigung auszudrücken fiel ihr schwer und auf eine seltsame Art schämte sie sich zumeist dafür, wenn sie es doch tat.

Doro schenkte ihr ein warmherziges Lächeln als Antwort und machte damit wie so oft alles richtig.

Nina trank ihr Glas in einem Zug leer und drückte zum Abschied Doros Oberarm. »Ich mache mich jetzt vom Acker, solange ich noch geradeaus gehen kann. Ich muss ein dringendes Telefonat führen.«

Doro nickte. »Und ich setze mich wieder an die Übersetzung. Grüß ihn schön.«

Als Nina mit dicker Jacke und einem Becher Tee auf ihrem Balkon saß und auf die Waldhügel blickte, deren höchste Punkte von der letzten Sonne hell beschienen wurden, wählte sie die Nummer ihrer Mutter.

»Hallo?«

»Ich dachte, mit ›Hallo‹ einen Anruf entgegenzunehmen, sei eine Unart?«, entgegnete Nina.

»Genau. Der Apfel fällt eben nicht weit vom Stamm. Aber ich weiß ja, dass du ein besserer Mensch als deine Mutter bist. Deshalb will ich das von dir nicht hören.«

Nina grinste. »Ich wollte mich nur kurz melden, um mich bei dir zu bedanken.«

»Wofür?«

»Für den Platz auf dem Friedhof. Das ist die perfekte Stelle für mich.« Nina lachte sogleich über ihren Satz, den man auch anders verstehen konnte.

Hetta stimmte in ihr Lachen ein und antwortete dann: »Freut mich, dass es dir dort gefällt.«

»Schlaf gut, Mama«, sagte Nina und legte auf, ohne eine Antwort abzuwarten.

Dann atmete sie tief durch und wählte Tims Nummer. Bitte geh dran, dachte sie, bitte, bitte.

»Hey«, erklang seine Stimme nach dem dritten Tuten.

»Hey!« Nina richtete sich in ihrem Stuhl auf. »Wo bist du? Wie geht's dir?«

»So viele Fragen auf einmal? Wer bist du und was hast du mit meiner wortkargen Nina gemacht?«, entgegnete er.

Meine Nina. Das klang schön. Ihr Herz wurde leichter. »Sehr witzig. Ich habe … deine Stimme in den letzten Tagen vermisst.«

»Soso.«

Jetzt mach es mir doch nicht so schwer, dachte sie. »Hast du vielleicht mal wieder Lust auf ein Treffen?«

»Klar.«

»Kannst du auch mehr als einsilbige Antworten geben?«

»*Soso* hatte zwei Silben.«

»Boah, was bist du heute anstrengend.« Nina verdrehte die Augen, auch wenn Tim es nicht sehen konnte.

»Tja. Geh mal in meinen Schuhen.«

»Hm?«

»Ach, nichts. Japanisch?«

»Okay«, sagte sie.

»Morgen?«

»Morgen Abend muss ich leider arbeiten, was ist mit übermorgen?«

»Du arbeitest abends auf dem Friedhof?«

»Ja, ich trage dabei ausnahmslos schwarz und male mein Gesicht weiß an.«

»Das klingt interessant. Könntest du im Schlafzimmer auch mal schwarz tragen?«

»Mit Spitze oder ohne?«

»Halterlose Netzstrümpfe fände ich entzückend, wenn du schon fragst.«

»Ach guck. Na ja, du weißt ja, wünschen darf man sich alles. Aber, um auf deine Frage zurückzukommen: Ich arbeite nicht auf dem Friedhof. Doro, Yasemin und ich sind da an so einer Sache dran. Wir tun Erika einen Gefallen und dafür muss ich morgen etwas erledigen.«

»Will ich darüber mehr wissen?«

»Eher nicht, Herr Kriminalpolizist.«

»Okay. Bringt euch nicht in Lebensgefahr. Gute Nacht.«

»Gute Nacht, Tim, ich …«, sie hörte das Klicken in der Leitung, »… freu mich auf dich«, vollendete sie trotzdem leise ihren Satz.

30

28. Oktober 1991
Yeah! Ich hab die coolste Freundin ever. Ich nenne sie
Bambi. Sie geht in meine Parallelklasse und ist besser in
Englisch und Sport als ich. Ich versuche, nicht neidisch
darauf zu sein. Ich werde mich einfach noch mehr an-
strengen und bald bin ich die Beste. Es ist cool, neben
ihr im Bus auf dem Weg zur Schule zu sitzen und über
andere zu lästern. Gestern hatte ich eine lustige Idee:
Wir haben uns hinter die blöde M. gesetzt und ihr so
lange an ihren geflochtenen Zöpfen gezogen, bis die sich
woanders hingesetzt hat. Heute Nachmittag treffen wir
uns und dann schenke ich Bambi mein Freundschafts-
band. Ich lass sie auch von Mamas selbst gebackenen
Keksen probieren.

»Na, klingelt es langsam bei dir, warum du hier bist?«

Sie legte das Buch zur Seite und holte eine Tupperdose, gefüllt mit Keksen, aus ihrer Tasche. Genüsslich knabberte sie einen an und stellte sich vor, wie sehr dem Miststück bei diesem Anblick der Magen knurren und das Wasser im Mund zusammenlaufen musste.

»Mhm, köstlich. Ich habe sie nach dem Originalrezept meiner Mutter gebacken. Was konnte denn deine Mutter gut backen, als sie noch bei klarem Verstand war? Ich soll dich übrigens schön von ihr grüßen, ich habe sie besucht. Die Heimleitung dort war ganz begeistert von mir.«

Jetzt zog und zerrte die Frau so sehr an ihren Fesseln und schrie durch den Knebel, dass ihr Kopf binnen Sekunden knallrot anlief.

»Ts, ts, ts.« Sie biss noch einmal in den Keks. »Du solltest doch mittlerweile wissen, dass das verlorene Liebesmüh ist.

Und du hast keinen Grund, dich so aufzuregen. Ich übe nur Gerechtigkeit. Nicht mehr, nicht weniger.« Erneut griff sie in die Plätzchentüte. »Ihr habt mir genommen, was mir lieb und teuer war. Jeder von euch trägt seinen Anteil. Nun nehme ich jedem Einzelnen von euch, was euch im Leben am liebsten ist.« Sie hielt sich zwei Kekse vor ihre Augen, die in der Mitte einen roten Marmeladenklecks enthielten. »Auge um Auge, verstehst du?«

31

Pascal Neumanns Feinkostgeschäft befand sich in Jöllenbeck, dem nördlichsten Stadtteil Bielefelds, den Nina mit seinem eigenen kleinen Dorfkern und der Nähe zu den umliegenden Kleinstädten eher wie einen Vorort empfand. Sie war direkt nach ihrer Arbeit auf dem Friedhof hierhergefahren. Nina kannte sich in dem Umfeld gut aus, sie hatte einige Jahre mit ihrer Mutter in diesem Stadtteil gelebt. Es waren die besseren Zeiten gewesen. Sie hatte damals den Wechsel auf das Gymnasium geschafft, mehr Freiheiten und die Aussicht auf ein baldiges Ausziehen nach dem Abitur. Und so war es dann auch gekommen.

Nina parkte auf einem Seitenstreifen unmittelbar vor dem Geschäft. *Feinkostwaren Neumann* stand in geschwungenen Buchstaben über dem alteingesessenen Laden. Er musste damals schon existiert haben, aber eben nicht in ihrer Welt. Sie hätten es sich früher nicht leisten können, in einem Feinkostgeschäft einzukaufen. Nina warf durch das Schaufenster einen Blick hinein. Eine kleine, aber feine Theke bot Käse- und Wurstköstlichkeiten feil, in den Regalen standen edle Tropfen, teure Brotaufstriche und süße Verführungen. Sie ging seitlich an dem Schaufenster vorbei in den Hauseingang und klingelte in der ersten Etage.

Pascal Neumann begrüßte sie oben an der Tür und bat sie hinein. Ein kleiner Flur führte unmittelbar in das Herzstück seiner Firma: eine große Küche. Dort herrschte bereits geschäftiges Treiben. Ein junger Mann schnippelte Gemüse, eine etwas ältere Frau stand am Herd und rührte in einem Kochtopf.

»Hört mal kurz her«, sagte Pascal Neumann und klatschte in die Hände. »Das ist Nina Gruber, ich habe euch von ihr erzählt. Sie schnüffelt in den nächsten Tagen bei uns rein.« Nun wandte er sich an Nina. »Das ist Marianna, die zweite Köchin neben mir.« Die Genannte winkte Nina zu. »Und das ist Felix, unser Azubi mit der schnellen Hand. Niemand schnippelt so schnell Gemüse wie er.«

Felix lachte. »Das sagt Pascal nur, damit ich weiter ohne Murren Tonnen an Gemüse schneide.«

»Wir duzen uns hier alle, ich hoffe, das ist in Ordnung für dich«, wandte sich Pascal an Nina.

»Natürlich.«

»Bestens. Na, dann, an die Arbeit, würde ich sagen. Felix, erklär Nina gleich mal, wie das Spülen bei uns funktioniert.«

Der nickte. »Das Geschirr dort«, er zeigte ohne weiteres Geplänkel auf die große Spüle, die von Tellern und Tassen überquoll, »grob spülen und dann ab in die Maschine. Auf Programm drei drücken. Wenn du das erledigt hast, geh bitte rüber«, er zeigte auf Kisten, die mit Sektgläsern gefüllt waren, »und poliere die Gläser, die brauchen wir für den Empfang. Bist du damit fertig, melde dich wieder bei mir. Ach, und hier.« Er öffnete eine Schublade und schmiss ihr eine Schürze entgegen. Nina reagierte schnell und fing sie auf. Felix nickte anerkennend. »Schnelle Reaktionsfähigkeit ist schon mal eine Voraussetzung, die du erfüllen solltest, wenn du in einer Küche arbeiten willst.«

»Und die Fähigkeit, auf Durchzug zu stellen, wenn sich Azubis unnötig wichtigmachen«, schaltete sich Marianna ein.

»Oder das Ego der Köche mal wieder nicht durch die Tür passt.«

Nina grinste und machte sich an den Abwasch.

»Da nimmst du mich jetzt aber aus, oder?«, rief Pascal von der anderen Arbeitsplatte herüber.

»Natürlich, Hase. Du bist die Bescheidenheit in Person.« Marianna formte einen übertriebenen Kussmund in seine Richtung. »Erste Lektion für dich, Nina: Die Küchenwelt ist eine Blase für sich. Eine ziemlich verrückte Welt. Muss man mögen.«

Nina lächelte. »Och, die Herausforderung nehme ich gerne an. Ich bin in verrückten Welten aufgewachsen.«

32

Der Regen prasselte unaufhörlich und der Himmel präsentierte sich so tiefgrau, dass man meinen konnte, die Apokalypse stünde kurz bevor. Aus diesem Grund wählte Nina den Weg, den Dorothee immer nahm: Sie trat durch die Hintertür im Hausflur in den Kiosk ein und hörte noch im Lager die heiter wirkenden Stimmen ihrer Freundinnen.

»Moin«, sagte sie und musste lachen, als die beiden, die mit dem Rücken zu ihr saßen, erschrocken zusammenzuckten.

»Herrschaftszeiten, Nina, in meinem Alter kann so was auch schon mal zu einem tödlichen Herzinfarkt führen.« Doro fasste sich an die Brust.

»Boah, was schleichst du dich denn durch die Hintertür rein?«, fragte Yasemin, die wie so oft auf ihrem Tresen hockte und die Beine baumeln ließ. Lediglich die kleine Ela saß ungerührt in ihrem Buggy und begrapschte interessiert ihr Buch.

Nina zuckte mit den Schultern. »Guck doch mal raus. Das wird später noch ein großer Spaß, wenn ich Unkraut auf dem Friedhof pflücken darf. Aber ich will mich nicht beschweren.

Immer noch angenehmer, als Kindern in der Kita vollgekackte Windeln zu wechseln. Was nicht heißt«, setzte sie schnell nach, als sie registrierte, dass Yasemin bereits empört ihren Mund öffnete, »dass ich Ela nicht gerne die Windeln wechsele, egal, womit sie gefüllt sind. Bei ihr riecht alles nach Rosenwasser. Nicht wahr, Doro?«

Die nickte schmunzelnd und biss von ihrem Brötchen ab.

»Hey«, sagte Nina daraufhin empört, »habt ihr etwa bereits ohne mich angefangen zu frühstücken?«

»Wer zu spät kommt ...« Doro deutete auf die Kioskuhr, die kurz vor halb elf anzeigte.

»Ja, aber wenn wir zehn Uhr sagen, ist das doch mehr so ein Richtwert, oder? Außerdem habe ich gestern bis nach Mitternacht harte Küchenarbeit geleistet. Ich, Nina Gruber, habe Stunden«, sie betonte das letzte Wort mit erhobenem Zeigefinger, »in einer Küche verbracht.«

»Ja, davon sollst du uns ja erzählen. Und weil wir voll nette Menschen sind, haben wir Kaffee und ein Salamibrötchen für dich übrig gelassen.« Yasemin deutete gönnerhaft auf das letzte einsame Brötchen in ihrer Auslage.

»Ihr seid so gut zu mir«, murmelte Nina, goss sich eine Tasse Kaffee ein und setzte sich neben Yasemin. »Ich habe noch nichts herausgefunden, was uns weiterbringen würde, das war aber am ersten Tag auch nicht zu erwarten. Die Kollegin und der Kollege dort sind übrigens erstaunlich nett.«

»Wieso erstaunlich?«

»Na ja, man sagt doch immer, der Ton in der Küche ist rau. Aber das kleine Team ist echt gut drauf. Dort zu arbeiten macht mir bedeutend mehr Spaß, als zu töpfern.«

»Das freut uns natürlich. Bist du heute Abend wieder da?«, fragte Dorothee.

»Nee, morgen. Heute bin ich nur auf dem Friedhof und abends gehe ich mit Tim Sushi essen.«

Die Klingel an der Kiosktür kündigte einen Kunden an. Mit dem Rücken die Tür halb offen haltend, schüttelte Heinz zunächst sorgsam seinen Regenschirm draußen aus und legte ihn schließlich neben der Tür ab. »Du brauchst 'nen Regenschirmhalter. Bring ich dir das nächste Mal mit«, brummelte er zu Yasemin hinüber. »Hab da was Passendes im Keller.«

»Heinz! *Günaydın*, guten Morgen. Da biste ja, auf die Sekunde pünktlich. Können sich andere 'ne Scheibe von abschneiden.«

»Morgen, die Damen«, grüßte Heinz.

»Komm gleich durch, ich sehe schon – im Nacken wachsen sie immer viel zu schnell nach und oben wird's gefährlich dünn, ne?«

»Tja. Is wohl so«, entgegnete der Rentner und schlurfte hinter Yasemin her ins Hinterzimmer.

Als Ela lautstark protestierte, weil ihre Mutter den Raum verließ, eilte Yasemin noch einmal zurück, nahm ihre Kleine hoch, flüsterte ihr liebevoll einige türkische Worte zu, küsste ihr gesamtes Gesicht ab, zauberte eine Knusperstange hinter dem Tresen hervor und drückte ihr versöhntes Kind Doro auf den Schoß.

Dem nächsten hereinkommenden Kunden, einem jungen Mann, der in der Nähe in einer Physiotherapiepraxis arbeitete, verkaufte Nina eine Dose Cola und wie jedes Mal eine bunte Tüte für exakt zwei Euro zwanzig, deren Inhalt er nie selbst aussuchen wollte. Zufrieden blickte der Kunde schließlich in seine Tüte und zog beim Hinausgehen die erste Lakritzschlange heraus.

Nina hatte sich gerade wieder zu Doro und die Kaffeetasse an ihren Mund gesetzt, als sich erneut die Tür öffnete und Lena Sanders den Kiosk betrat.

»Hey, waren wir verabredet?«, fragte Nina überrascht.

»Nein, nein, ich bin spontan vorbeigekommen. Ich war in

der Nähe und hatte Lust auf einen Filterkaffee in netter Gesellschaft«, antwortete Lena.

»Und dann kommst du zu uns?«, fragte Nina mit ernstem Gesicht. Lena blickte sie verunsichert an und Dorothee knuffte Nina in die Seite. »Nina scherzt nur, keine Sorge. Setz dich!« Zusammen mit Ela stand sie von ihrem Stuhl auf, setzte die Kleine in einen leeren Pappkarton und reichte ihr Werbebroschüren, die Ela sogleich mit ihren kleinen Händchen bearbeitete. »Kaffee kommt sofort!«

Lena lachte erleichtert auf. »Danke schön.« Sie bückte sich kurz zu Yasemins Nachwuchs und streichelte ihr sanft über die Wange. »Hallo, du Hübsche.«

»Wie geht's dir?«, fragte Nina.

»Es geht.« Lena seufzte. »Pascals Stimmung ist permanent angespannt. Wir haben uns jetzt schon ein paarmal wegen nichts gestritten.«

»Verstehe«, entgegnete Nina.

»Hier Kindchen, Nervennahrung.« Dankbar nahm Lena die Tasse Kaffee und einen Schokokeks entgegen, den Doro ihr dazu reichte.

»Habt ihr schon mit Marcel gesprochen?«, fragte Lena.

»Ja«, entgegnete Nina zögerlich. »Und seine Version der Geschichte wird dir leider nicht gefallen.«

Lena zog die Augenbrauen hoch.

»Er behauptet, du hättest ihm an dem Abend Avancen gemacht.«

Entrüstet stellte Lena die Kaffeetasse auf dem Tresen ab. »Wie bitte? Das ist doch absurd! Der lügt! Ich liebe Pascal!«

»Und Marcel liebt seine Frau, wie er sagt. Und er würde nichts riskieren, was das gefährden könnte.«

Lena lachte schrill auf. »Da eilt ihm aber ein anderer Ruf voraus.«

»Was meinst du damit?« Nina wurde hellhörig.

»Pascal hatte mal erwähnt, dass Marcel kein Kind von Traurigkeit ist. Als ich nachfragte, ging er aber nicht weiter drauf ein.« Sie seufzte. »Ich habe keinen Grund, euch anzulügen, und es geht hier auch nicht um mich.« Ihre Stimme klang erschöpft. »Ich wollte euch einfach nur alles erzählen, was ich weiß. Damit ihr Pascal helfen könnt. Und wieder Ruhe in sein Leben kommt. Denn ich liebe ihn. Und wenn man Menschen liebt, will man sie beschützen.« Ihre Augen wurden glasig. »Aber jetzt komme ich mir fast doof vor.«

»Nicht doch.« Dorothee legte tröstend eine Hand auf Lenas Schulter.

»Ich behaupte nicht, dass du die Geschichte erfunden hast«, entgegnete Nina. »Es gibt – zumindest bis jetzt – nur keine Beweise für deine Aussage. Ich verspreche dir aber, wir bleiben dran.« Sie nahm einen Schluck Kaffee. »Schau. Wir wollen Pascal schnellstmöglich helfen und herausfinden, wer ihm Böses will. Und auch wenn das jetzt sehr hart klingen mag: So ist also die entscheidende Frage für uns nicht, ob Marcel dir Avancen gemacht hat oder du ihm. Sondern wer versucht, Pascals Existenz zu ruinieren. Wir ermitteln in alle Richtungen. Und nach dieser üblen Sache mit dem Durchfall übrigens auch in der Küche, damit ich die Kollegen unter die Lupe nehmen kann.«

Bevor Lena etwas entgegnen konnte, betrat Heinz mit neuer Frisur den Verkaufsraum und Sekunden später tauchte auch Yasemin nach getaner Arbeit hinter ihm auf.

»Hey, Lena!« Yasemin blickte an ihr herunter. »Was für superschöne High Heels, ich hatte mal so ähnliche. Vor Elas Geburt.« Sie seufzte kurz. »Aber die sind nicht spielplatztauglich.« Yasemin legte eine Hand auf Heinz' Schulter. »Darf ich vorstellen, das ist Heinz, Stammkunde und Mann für alles. Wann immer mir im Kiosk etwas kaputtgeht oder fehlt – er ist zur Stelle.«

Heinz nickte Lena kurz zu, legte mit einem Zwanzigeuroschein wie immer zu viel Geld auf den Tresen, streichelte Ela kurz über den Kopf, brummelte etwas Unverständliches und zog mit Regenschirm von dannen.

Etwas verwundert blickte Lena dem wortkargen Heinz hinterher und umarmte anschließend Yasemin zur Begrüßung. Dann blickte sie auf die Uhr. »Ich muss leider schon wieder los. Ich habe Pascal versprochen, Erika zur Physiotherapie zu fahren, er hat heute weder Zeit noch Nerven dafür.«

»Das ist aber nett von dir. Erika wird das zu schätzen wissen«, sagte Doro. »Hier, nimm die mit.« Sie reichte ihr die Kekspackung mit dem restlichen Inhalt.

Lena lächelte sie an. »Danke schön.« Ihr Blick wanderte weiter zu Yasemin und Nina. »Ihr seid ein wirklich tolles Trio, wisst ihr das? Ich verstehe, warum Erika in den höchsten Tönen von euch spricht. Ihr seid ehrlich, das schätze ich. Und ihr tragt das Herz am rechten Fleck.«

»Manchmal auch 'n bisschen zu sehr auf der Zunge«, antwortete Yasemin und brachte damit alle zum Lachen.

33

Sie saß in der Stadtbahn, blickte aus dem Fenster, auf dem unzählige Tropfen klebten, und ließ die Häuser an sich vorbeiziehen. Sie versuchte, die fette Frau, die sich an der letzten Station neben sie gesetzt hatte, auszublenden. Wie man so fett werden konnte, war ihr ein Rätsel. Null Selbstdisziplin. Null Stolz. Anders konnte sie sich das nicht erklären. Sie verachtete solche Loser und fühlte sich durch sie persönlich angegriffen. Als die Bahn eine Kurve fuhr und der Oberschenkel der Frau sich an ihren drückte, musste sie sich arg zusammenreißen, um ihre Sitznachbarin nicht anzubrüllen.

Warum hatte sie sich in aller Herrgottsnamen nicht einfach ein Taxi genommen, wenn sie keine Lust auf die lästige Parkplatzsuche hatte? Sie schüttelte über sich selbst den Kopf. Alte Muster. Manchmal vergaß sie, dass Geld keine Rolle mehr in ihrem Leben spielte.

Sobald sie ihre Mission abgeschlossen hatte, würde sie sich das perfekte Leben unter der Sonne gönnen.

Eine Station später stieg die Dicke endlich aus. Schnell legte sie ihre Tasche auf den Nebensitz, damit nicht noch eine ungebetene Person sich neben sie setzen konnte. Was waren das doch alle für arme Würmer!

34

Ironien des Alltags hatten Nina früher aufbrausen lassen. Mittlerweile stellte sie sich je nach Härtegrad wahlweise eine schöne Landschaft in sanften Blau- und satten Grüntönen vor und atmete dreimal tief durch oder sie lachte absurde Alltagssituationen einfach weg. Am späten Nachmittag, als sie mit nassen Füßen und klammer Kleidung die Gartengeräte zurück in den Schuppen brachte, lachte sie also herzlich auf, als passend zu ihrem Feierabend die grauen Wolken aufrissen und für die Sonne Platz schafften.

»Was hamse dir denn in den Tee getan?«, fragte Carl sie, der plötzlich mit einer Kettensäge hinter ihr stand.

»Ach, nichts.« Nina winkte ab. »Ich mach jetzt Feierabend. Morgen arbeite ich wie besprochen vormittags, okay, Chef?«

Carl schwang zustimmend die Kettensäge in ihre Richtung und verschwand im Schuppen.

Immer noch lächelnd setzte sich Nina ins Auto. Sie musste sich sputen, wenn sie noch eine warme Dusche nehmen wollte, bevor Tim sie zum Abendessen abholen würde. Er hatte für halb sieben einen Tisch im *Meiwei* bestellt.

Wenig später, als sie rasch noch altes Zeitungspapier in ihre durchnässten Schuhe stopfte, ertönte pünktlich sein Klingeln. Nina griff zu Hausschlüssel und Portemonnaie und verließ ihre Wohnung.

»Halloho!«, begrüßte sie Tim fröhlich unten vor der Tür und gab ihm einen langen Kuss.

»Hallo. Du bist ja erstaunlich gut drauf!«

»Ja, die Arbeit auf dem Friedhof tut mir gut.«

»Das freut mich. Wollen wir zu Fuß gehen?«, schlug er vor. »Das Wetter ist so schön.« Er deutete mit dem Finger auf den klaren Himmel, der am Horizont zum Einläuten des Abends rötlich strahlte. »Ich habe den ganzen Tag im Büro gehockt und könnte etwas Frischluft gebrauchen.«

»Klar! Wie läuft die Arbeit?«

Tim erzählte ihr von einem Mord im nahe gelegenen Borgholzhausen. Eine zehnköpfige Sonderkommission, der er angehörte, ermittelte fieberhaft.

»Viel zu tun«, schloss er seinen Bericht. »Und ihr drei spielt wieder Superwomen und steckt eure Nasen gerade wo hinein?« Im nächsten Moment winkte er ab. »Lass, ich will's ja gar nicht wissen.«

Sie gab ihm im Gehen einen Kuss auf die Wange. »Nix Wildes. Und wir passen gut auf uns auf.«

»Mhm. Hoffentlich besser als beim letzten Mal.« Tim blickte hinüber zum neuen Rathaus, an dem sie vorbeischlenderten. »Ich weiß nicht, wie oft ich dieses Gebäude bereits in meinem Leben gesehen habe. Aber es wird nicht minder hässlich.«

Nina lachte. »Richte deinen Blick einfach auf das schöne alte Rathaus nebenan.«

»Ich finde es unheimlich, wie positiv du heute die Welt betrachtest«, entgegnete Tim.

»Keine Sorge. Spätestens morgen bin ich wieder die gute alte Grumpy Cat«, versprach Nina mit ernstem Gesicht.

Das Restaurant war gut besetzt. Sie bestellten beide und teilten sich die Auswahl.

»Sag mal, wie sehen eigentlich deine weiteren Pläne aus?«, fragte Tim nach einer Weile und tunkte sein vegetarisches Röllchen in Sojasauce.

»Wie meinst du das?«

»Na ja, irgendwann ist der Friedhof unkrautfrei und du hast deine Sozialstunden abgeleistet. Und dann?«

»Ach so.« Nina atmete auf. Glücklicherweise hatte er nicht wieder das Kinderthema angeschnitten. »Ich weiß es noch nicht. Ich warte jetzt erst einmal das Disziplinarverfahren ab. Und versuche mir derweil darüber klar zu werden, ob ich überhaupt noch als Polizistin arbeiten will.«

»Und darüber denkst du in Bielefeld nach?«

»Ja. Vielleicht fahre ich auch zwischendurch zwei Tage ans Steinhuder Meer. Oder an den Dümmer. Oder – verrückt – ins Ausland!« Sie hielt inne und blickte in den Raum. »Weißt du, was mir letztens klar geworden ist? Ich bin viel zu wenig gereist. Ich war mal eine Woche auf Malle. Und eine Woche auf Kreta. Das war's. Da muss mehr drin sein.«

»Wo würdest du denn gerne mal hin?«

»In die Highlands«, antwortete sie spontan.

»Nach Schottland?«

»Ja. Ich habe als Kind früher heimlich die Highlander-Filme gesehen, während Hetta auf dem Sofa ihren Rausch ausschlief. Seitdem ist Sean Connery mein Traummann und ich will einmal selbst durch die Highlands wandern. Also, eigentlich würde ich gerne auf einem stolzen Pferd durch die Landschaft reiten. So wie Sean damals. Aber ich würde mir leider binnen Sekunden das Genick brechen.«

Er lachte. »Du bist eine seltsame Frau.«

»Danke.« Nina stimmte in sein Lachen ein. »Glaub ich.« Dann wurde sie plötzlich ernst. »Sag mal …«

»Hm?«

»Neulich abends, als wir telefoniert haben …«

»Hm?«

»Ach, schon gut.« Bevor du eine Frage stellst, sei dir sicher, dass du die Antwort auch wirklich hören willst, hatte Hetta Nina mal zugeraunt. Das war eines von drei Lebensmottos ihrer Mutter, die sie befolgte. »Wollen wir noch ein Glas Wein bestellen?«, fragte sie deshalb stattdessen und winkte den Kellner heran.

Tim nickte. Nina war sich nicht sicher, ob sie sich einbildete, dass er sie enttäuscht anblickte.

»Und danach würde ich dir gerne meine Briefmarkensammlung zeigen«, flüsterte sie ihm ins Ohr, um wieder ein Lächeln in sein Gesicht zu zaubern.

35

5. November 1991
Bambi und ich haben beschlossen, eine Bande zu gründen. Wir wissen auch schon, wer Mitglied werden soll. I., S., M. und S. Ich habe die Bandenregeln aufgestellt:
1. Was die Bandenchefin sagt, muss befolgt werden. (Ich bin Chefin.)
2. Die Bande hält immer zusammen und wir helfen uns gegenseitig.
3. Jungs dürfen nicht mitmachen.
Wir werden die Bande nächste Woche offiziell gründen. Damit jedem klar ist, dass das kein Kinderkram, sondern ernst gemeint ist. Deshalb treffen wir uns am Jostbergkloster im Wald und schließen Blutsbrüderschaft. Ich

habe Armbänder gebastelt, die jeder von uns tragen
muss. Das ist unser Erkennungszeichen.

»Das klingt aufregend, findest du nicht? Erinnerst du dich, wie die Geschichte weitergeht, oder muss ich nachhelfen? Ey«, sie schritt auf das Miststück zu und gab ihr eine Ohrfeige. »Du schläfst ja wohl nicht ein, während ich mit dir rede!«

Sie schaute ihre Gefangene prüfend an. Wenn sie nicht wollte, dass sie vollends schlappmachte, würde sie ihr etwas zu essen geben müssen. Die hielt aber auch gar nichts aus.

36

Nina legte die Hand auf ihre Lendenwirbel. Das ständige Bücken machte sich bemerkbar. Wie sich nach den vielen Jahren Friedhofsarbeit wohl Carls Rücken anfühlen musste. Nina wurde müde bei der Vorstellung, dass sie gleich noch stundenlang in der Küche stehen musste. Doch sie wollte die Gelegenheit nutzen, bei Abwesenheit von Pascal mit Marianna und Felix sprechen zu können. Die beiden sollten ein kleines Flying Buffet für einen privaten Geburtstag vorbereiten.

Als sie durch das Treppenhaus hinauf in die erste Etage schritt, begegnete ihr auf halber Höhe Sabine Höhner. Erstaunt blickten sich die beiden Frauen an.

Nina fing sich schnell wieder. »Hallo, Frau Höhner, das ist ja ein Zufall.«

»Ja«, entgegnete die.

»Ich arbeite oben bei Pascal Neumann. Ich orientiere mich beruflich um und der Chef lässt mich freundlicherweise für ein paar Wochen in die Küchenwelt reinschnuppern.«

»Aha. Na, dann, viel Erfolg«, murmelte Sabine Höhner noch, bevor sie weiterging und Nina im Treppenhaus stehen ließ.

Was hatte Marcels Frau hier zu suchen? Irritiert betrat sie die Küche, in der es köstlich roch.

»Ach, da ist ja wieder unsere Nena«, begrüßte sie Felix.

»Nina«, korrigierte sie.

»Ja, aber ich nenne dich lieber Nena. Ich mag ihre Lieder. Und du hast Ähnlichkeit mit ihr.« Er begann, die ersten Zeilen von *99 Luftballons* zu singen.

Marianna schüttelte den Kopf. »Ignorier ihn einfach. Die ständigen Dämpfe der Küche haben ihm das Hirn vernebelt.«

Nina lachte und band sich eine Schürze um. »Sagt mal, im Flur bin ich gerade beinahe mit einer Frau zusammengestoßen …«

»Das war Sabine. Die hilft manchmal bei uns im Büro aus. Mit Ungetümen wie Umsatzsteuervoranmeldungen und so einem Kram. All diese schrecklichen Dinge, die mit Zahlen zu tun haben«, erklärte Felix bereitwillig.

»Aha. Wie kann ich euch denn heute unter die Arme greifen?«, wechselte Nina das Thema, um nicht zu neugierig zu wirken. Innerlich ratterte es in ihrem Kopf. Warum hatten weder Pascal noch Marcel Höhner erwähnt, dass Sabine trotz Marcels Firmenausstieg hier noch gelegentlich arbeitete?

»Du kannst mal probieren«, entgegnete Marianna und hielt ihr ein kleines Schokoladenküchlein hin. Es hatte einen flüssigen Kern und Nina seufzte, nachdem sie gekostet hatte: »Unverschämt gut! Ich frag nicht nach den Kalorien.«

Marianna nickte zufrieden. »Wer nach Kalorien fragt, hat vom Leben nichts verstanden. Iss in Ruhe auf. Und dann entferne das Wachs von den Kerzenleuchtern, die dort stehen, denn wir stellen heute auch die Tischdeko. Anschließend befülle bitte die Spülmaschine mit dem Geschirr, das uns hier den Weg versperrt.«

Nachdem sie eine gute Stunde konzentriert gearbeitet hatten, klatschte Marianna in die Hände. »Wir sind gut im Zeitplan. Kommt, kleine Pause.« Sie entnahm dem Kühlschrank eine selbst gemachte Limonade, die erfrischend nach Minze, Limette und einer weiteren Zutat, die Nina nicht zuordnen konnte, schmeckte.

»Holunder«, klärte Felix sie auf.

»Alles, was ihr in dieser Küche zaubert, und sei es nur die Limonade, ist einfach wahnsinnig lecker«, stellte Nina fest.

»Sag das mal den Arschlöchern im Netz«, antwortete Marianna grimmig.

Dankbar nahm Nina den Faden auf. »Ja, ich habe davon gehört. Auch von diesem Rudel-Durchfall neulich beim Firmencatering. Schlimme Sache! Wie kann so was denn bloß passieren?«

»Tja, wenn wir das wüssten. Hier kommen natürlich zwischendurch Lieferanten rein, wir haben Aushilfen bei großen Events, selbst die Putzfrau hätte …« Marianna warf ihre Arme in die Luft und seufzte schwer. »Theoretisch hätten uns viele ins Essen spucken können.«

Ja, zum Beispiel Sabine Höhner, dachte Nina und konnte kaum abwarten, mit Pascal über seine Büroaushilfe zu sprechen.

»Aber warum?«, fuhr Marianna fort. »Ich meine, klar, natürlich könnte selbst Felix eine dunkle Seite in sich tragen, die er vor mir verbirgt.«

»Ey!«, beschwerte der sich lautstark. »Nicht witzig!«

»Habt ihr denn eine Idee, wer euch an den Kragen will? Oder eurem Chef? Auf mich wirkt er eigentlich sehr nett, oder?«, fragte Nina weiter.

Felix nickte. »Er ist fair und echt in Ordnung. Das ist in der Küche nicht selbstverständlich. Pascal sagt immer: Ihr seid meine zweite Familie. Und so läuft's hier auch. Klar knallt's mal. Aber das tut's zu Hause ja auch. Ich lerne hier viel und ich will mir keine andere Stelle suchen müssen.«

»Hast du denn Sorge, dass es so weit kommt?«

Felix zuckte mit den Schultern. »Eine Kollegin hat vor Kurzem schweren Herzens gekündigt, weil sie ständig auf die Hetze im Netz angesprochen wurde und keinen Bock mehr darauf hatte. Außerdem merken wir ja auch, dass wir immer weniger zu tun haben. Die Kollegin meinte, sie wollte das sinkende Schiff rechtzeitig verlassen.«

»Jetzt mal den Teufel nicht an die Wand, es wird schon alles gut gehen«, mischte sich Marianna ein. »Das geht vorbei.« Sie räumte die Gläser beiseite und ging zurück zum Herd. »Los, los, an die Arbeit. In zwei Stunden dürften wir mit allem durch sein.«

Die Köchin begann, mit ihren Händen Brotteig durchzukneten, da klingelte das Telefon.

»Nina, geh du bitte ran. Ist bestimmt nur Pascal, der wissen will, ob alles läuft. Der alte Kontrollfreak.«

Nina hob den Hörer ab und meldete sich mit: »Catering Neumann, Nina Gruber am Apparat, wie kann ich helfen?«

Am anderen Ende hörte sie eine verzerrte Computerstimme, die fragte: »Was für ein Chef ist dein Chef, der Orgien in seiner Küche feiert?« Dann klickte es in der Leitung.

Erstaunt blickte sie Marianna und Felix an. »Der Anruf war leider kein neuer Auftrag und auch kein Kontrollanruf von Pascal.«

Nina berichtete, was sie gehört hatte, und die beiden seufzten. »Das ist jetzt der fünfte Anruf dieser Art. Wahrscheinlich will der Arsch auch die Moral innerhalb unseres Teams sprengen. Schafft er aber nicht«, sagte Marianna entschlossen.

»Was meint der Anrufer denn damit?«, hakte Nina nach.

Marianna wich ihrem Blick aus und knetete das Brot noch heftiger als zuvor. »Was weiß ich«, murmelte sie in ihren Teig.

»Marcel und Miriam haben nur geknutscht und nicht gevögelt. Für 'ne Orgie braucht es schon ein bisschen mehr«, grummelte Felix.

»Felix!«, wies die Köchin den Auszubildenden scharf zurecht.

»Was denn? Stimmt doch.«

»Marcel ist doch der Ex-Partner eures Chefs, oder?«, gab sich Nina unwissender, als sie war. »Ist der nicht verheiratet?«

Nun hörte Marianna auf, den Teig zu bearbeiten. »Ja. Seiner Frau bist du gerade im Treppenhaus begegnet.« Sie atmete tief durch. »Vor anderthalb Jahren ist einigen Kolleginnen und Kollegen offenbar unser selbst gemachter Glühwein bei der Weihnachtsfeier zu sehr zu Kopf gestiegen. Zu später Stunde haben unsere Ex-Kollegin Miriam und Marcel anscheinend im Lager geknutscht. Ich hab's nicht gesehen. Marcel behauptet, sie habe ihn geküsst. Pascal hat die beiden erwischt, als er eine Flasche holen wollte. Wie dem auch sei«, sie hob abwehrend ihre teigbeschmierten Hände in die Höhe, »das geht mich nichts an und ist mir auch egal.«

»Arbeitet die besagte Kollegin hier noch?«, hakte Nina nach.

»Nee«, antwortete Felix. »Und Sabine …«

»Du altes Waschweib hältst jetzt mal die Klappe und konzentrierst dich auf deine Arbeit«, unterbrach Marianna seine Ausführungen. »Und du, Nina, schälst bitte die Äpfel, sonst stehen wir noch um Mitternacht in der Küche.«

»Jawohl, wird sofort erledigt.« Nina wusste, heute war nicht mehr zu holen. Sie blickte auf den großen Haufen an Äpfeln, der vor ihr lag, und machte sich seufzend an die Arbeit.

37

»*Bunlar manyak mı?* Spinnen die? Ela ist noch nicht einmal ein Jahr alt, aber ich habe schon einen ganzen Ordner voll mit Anträgen, Behördenschreiben und es nimmt kein Ende. Jetzt muss ich schon wieder einen Antrag ausfüllen.« Genervt ballerte Yasemin im Kiosk die Papiere auf den Tresen. »Weißt du, von wem Ela den ersten Brief ihres Lebens bekommen hat? Vom Finanzamt! Sie haben ihr die Identifikationsnummer geschickt.« Yasemin schaute Nina entrüstet an.

Die prustete los. »Das muss halt alles seine Ordnung haben! Ach, komm schon.« Tröstend nahm sie Yasemin in den Arm. »So schlimm wird's nicht sein. Zeig mal her, wir können das ja gemeinsam ausfüllen. Worum geht's?«

»Ich möchte, dass Ela ab nächstem Jahr bei einer Tagesmutter ist. Dafür muss ich fünfunddreißig Stunden Betreuung beantragen.«

»Bist du dir sicher?«, fragte Nina.

»Ja, ich muss dringend wieder mehr arbeiten, irgendwie muss die Kohle ja reinkommen.«

»Ich meinte: Bist du dir sicher, dass du sie zu einer Tagesmutter geben möchtest? Du könntest Doro fragen, ob sie das übernehmen möchte. Oder du teilst es auf: Zwanzig Stunden Tagesmutter, den Rest übernimmt Doro.«

Yasemin atmete hörbar durch die Nase aus, drehte sich um und goss Nina und sich Kaffee ein. »Du weißt, ich liebe Doro, sie ist wie eine Mutter und Oma für uns. Aber ich möchte, dass Ela auf andere Kids trifft und vor allem auch regelmäßig an die frische Luft kommt – wenn du weißt, was ich meine«, entgegnete sie und stellte die zwei Tassen auf den Tresen.

»Verstehe«, entgegnete Nina. Fieberhaft suchte sie nach einer galanten Lösung, ohne ihr Versprechen zu brechen, das sie Dorothee gegeben hatte. »Pass auf. Stress dich nicht. Ich nehme die Papiere mit hoch und fülle sie für dich aus. Ich weiß, wie sehr du Bürokram hasst. Und du hast ja im Kiosk schon genug davon.« Damit konnte sie erst mal Zeit schinden. Den Antrag würde sie eine Weile liegen lassen. Und Doro würde sie ermutigen, Yasemin von ihrer geplanten Therapie und den Babysitterplänen zu erzählen.

»Das würdest du für mich tun?«

»Nö. Aber für Ela.«

»Mahlzeit, ihr Lieben.« Dorothees Stimme ertönte aus dem Hinterzimmer, bevor man sie sah, und wenig später erschien sie fröhlich wie meistens im Verkaufsraum.

»Mahlzeit!« Yasemin füllte sogleich eine dritte Tasse mit Kaffee.

»Und, wie war's gestern in der Küche?«, kam Doro gleich zur Sache.

»Lehrreich. Ich musste sehr viele Äpfel schälen, das beherrsche ich nun perfekt. Außerdem soll Marcel Höhner mit einer Kollegin in der Küche rumgeknutscht haben. Und seine Frau Sabine hilft gelegentlich noch dort im Büro aus. Das hätte uns Pascal ruhig erzählen können.« Sie berichtete ihren beiden Freundinnen von dem Vorfall auf der Weihnachtsfeier.

»Weiß Sabine Höhner von dem Tête-à-Tête?«, fragte Dorothee.

»Genau das will ich herausfinden. Ich muss dringend mit Pascal sprechen. Ich tippe auf ein Ja. Das würde erklären, warum Marcel Höhner so nervös wurde, als ich ihn auf Lena ansprach. Mag sein, dass ihm seine Frau einen Ausrutscher verziehen hat. Aber einen zweiten?«

»Meinst du, sie könnte hinter der ganzen Sache stecken?« erkundigte sich Yasemin.

Nina zögerte. »Wir sollten ihren Namen zumindest auf unsere Tafel schreiben und nachforschen. Denn Sabine Höhner hat Zugang zur Küche. Im Moment sehe ich aber nur gute Gründe, warum sie vielleicht auf ihren Mann sauer sein sollte. Doch auf Pascal?«

Die drei Freundinnen schwiegen für eine Weile und hingen ihren Gedanken nach, bis die Türklingel ihre Aufmerksamkeit forderte.

Lena Sanders betrat mit einem erschöpften Gesichtsausdruck den Kiosk. »Ich schätze, jetzt habt ihr euren Beweis«, sagte sie leise, als sie auf den Tresen und die drei Frauen zuschritt. Sie hielt Nina ihr Smartphone hin, auf der eine SMS zu lesen war.

Die drei Frauen beugten sich über das Display. Der Absender der Nachricht war Marcel Höhner: *Ich kann machen, was ich will, du gehst mir einfach nicht mehr aus dem Kopf. Du hast etwas Besseres verdient.*

»Oha«, lautete Yasemins Reaktion. »Wie oldschool. SMS.«

»Weil ich keine anderen Nachrichtendienste auf meinem Handy habe. Da kommt man ja zu nichts anderem mehr, als Katzenbilder zu verschicken und sich mit lästigen Gruppendiskussionen herumzuschlagen«, erklärte Lena.

»Tja, wie es aussieht, ist Marcel wirklich kein Kind von Traurigkeit«, murmelte Nina, während sie die Nachricht ein weiteres Mal überflog. »Warum hat er eigentlich deine Nummer?«, fragte sie.

»Weil ich mal eine Überraschungsparty für Pascal organisiert habe. Da durfte er natürlich nicht fehlen«, antwortete sie.

Nina überlegte kurz. »Meinst du, du kannst diese Sache noch zwei, drei Tage für dich behalten und Pascal nichts davon erzählen? Denn ich befürchte, wenn du ihm diese Nachricht zeigst …«

»… bricht er Marcel die Nase«, vollendete Lena den Satz und schluchzte.

»Ich sag mal so: Zumindest würde ich das wahrscheinlich an seiner Stelle tun.« Nina reichte Lena ein Taschentuch. »Ich würde aber gerne vorher Marcel in die Mangel nehmen. Natürlich nur verbal«, setzte sie schnell hinterher und Doro schmunzelte.

Lena Sanders nickte und zu ihrem Schluchzen gesellte sich nun auch noch ein Schluckauf.

Yasemin drückte kurz ihre Schulter. »Möchtest du einen Filterkaffee? Oder lieber etwas Stärkeres auf den Schreck?«

»Nein, danke. Ich muss leider wieder los, meine Mittagspause ist gleich vorbei.«

»Falls Marcel sich noch mal bei dir meldet, lass es mich als Erste wissen«, bat Nina eindringlich.

»Versprochen. Bis bald, ihr drei.«

»Ich rede dann mal ein Wörtchen mit Marcel und Pascal«, kündigte Nina an, als sie wieder unter sich waren. »Dass Marcel anscheinend einen Hang zu außerehelichen Vergnügungen hat, kann uns im Prinzip egal sein – sofern wir keine Beweise dafür finden, dass er etwas mit Pascals Rufmordkampagne zu tun hat. Aber irgendetwas stimmt mit seiner Frau nicht. Und vielleicht hängt das alles zusammen.«

»Dann bring doch auch mal in Erfahrung, was aus dieser Mitarbeiterin Miriam geworden ist. Ob die selbst gekündigt hat oder ihr gekündigt wurde«, regte Dorothee an.

Nina nickte vielsagend. »Denn so eine Kündigung kann einen ja auch wirklich wütend machen.«

Die Tür öffnete sich und der Physiotherapeut aus der Nachbarschaft betrat den Kiosk.

»Hallo«, begrüßte Yasemin den jungen Mann und schenkte ihm ein charmantes Lächeln. »Wie immer?«

»Wie immer«, antwortete er und ließ sie nicht aus den Augen, als Yasemin zum Regal mit den Süßigkeiten schritt.

Während sie das Weingummi für ihren Kunden auswählte, brummelte sie etwas Unverständliches.

»Wie bitte?«, erkundigte sich Nina.

»Eine bunte Tüte voller Lügen wird uns hier aufgetischt«, gab die Kioskbesitzerin nun deutlicher von sich. »Die Frage ist nur, von wem!«

38

11. November 1991

Ich will mich ja nicht selber loben, aber ich war heute einfach verdammt gut! Wir waren nachmittags bei den Ruinen vom Kloster verabredet, um unsere Bande zu gründen. Und dann fing auf einmal I. an und meinte, ob Bambi wirklich auch Mitglied werden sollte. An ihr wäre ja so ziemlich gar nichts cool. Ich habe sofort geschnallt, was da los ist. I. ist sauer auf Bambi, weil D., auf den sie so steht, in der Pause ständig bei Bambi rumhängt. Bambi hat ihren Mund nicht aufgekriegt, die scheißt sich immer ziemlich schnell in die Hose, wenn was nicht nach Plan läuft. Ich habe das also mal wieder übernommen, bin ganz nah an I. herangetreten und, als sich unsere Nasenspitzen beinahe berührt haben, hab ich ihr geantwortet: »Natürlich wird meine beste Freundin Bandenmitglied. Sie kann nix dafür, wenn deine Titten einfach nicht wachsen wollen und D. auf richtige Frauen steht. Und hör ich noch einmal, dass du Bambi doof kommst, kriegst du es mit mir zu tun. Klar?« I. wurde knallrot, die anderen haben gelacht und Bambis Mitgliedschaft war kein Thema mehr. Dann haben wir Blutsbrüderschaft geschlossen. S. hat voll rumgeheult, als sie sich in den Finger stechen sollte, und meinte, ob das denn wirklich sein müsste. Ich habe ihr gesagt, wenn sie das schon nicht hinkriegt, hätte sie wohl in unserer Bande nix zu suchen. Daraufhin hat sie doch mitgemacht, aber blöde gequiekt, als I. sie gestochen hat. Jetzt sind wir offiziell eine Bande.

Als Bambi und ich später nach Hause gegangen sind, hat sie sich tausendmal bedankt und meinte, ich hätte einen gut bei ihr. Und sie hat mich angefleht, ihrer Mutter

weder was von D. noch von der Bande zu erzählen.
Die würde das alles verbieten. Ich habe ihr dann gesagt,
dass sie gerne als Dank für einen Monat meine Englisch-
hausaufgaben machen kann. Und für mein Schweigen
noch einen Monat mehr. Denn ich brauch dringend eine
bessere Note. Das geht klar und sie hat mir auch ver-
sprochen, immer zu mir zu halten, egal, was passiert.

»Tja, aber ehe der Hahn krähte, hattest du dein Versprechen
gebrochen. Willst du wissen, was ich mit Verrätern mache?
Das zum Beispiel.« Sie zog einen Zeitungsausschnitt aus der
Tasche, den sie seit einer Weile wie einen Schatz bei sich trug.
Sorgsam faltete sie das Papier auseinander und hielt es ihrer
Gefangenen vor das Gesicht.

Leichenfund am Rheinufer, lautete die Überschrift. *Der*
leblose Körper eines 39-jährigen Kölners wurde am Sonntag-
nachmittag von Fußgängern am Ufer des Rheins in Mülheim
entdeckt. Untersuchungen zeigten, dass die Leiche einige
Tage im Wasser gelegen haben muss, bevor sie an das Ufer
gespült wurde. Eine Obduktion ergab, dass die Todesursache
eine Vergiftung ist. Im Blut des Mannes konnten Substanzen
nachgewiesen werden, die auf den Verzehr von Schierling hin-
weisen. Die Pflanze gilt als hochgiftig, findet sich häufig an
Wegesrändern oder auf Weiden und kann bei Konsum zum Tod
führen. Ob Fremdeinwirkung oder eine Selbsttötung vorliegt,
ist unklar. Die Ermittlungen dauern an.

Als sie sah, dass die Augen ihrer Gefangenen aufgehört
hatten, den Buchstaben zu folgen, faltete sie den Artikel wieder
zusammen und setzte sich zurück in ihre Leseecke. »Das war
so kinderleicht, das glaubst du nicht. In den ersten Wochen
danach hatte ich Schiss, dass die Bullen mir auf die Schliche
kommen würden. Aber das hat sich schnell gelegt. Die Sache
ist gegessen, im wahrsten Sinne des Wortes, haha!« Sie streckte

genüsslich ihre Beine aus und ihre Gedanken schweiften ab in die Vergangenheit.

»Nach vier Jahren lässt man jemanden doch nicht einfach fallen wie eine heiße Kartoffel. ›Ich musste mein Leben selbst wieder in die Hand nehmen‹«, äffte sie eine Männerstimme nach. »›Ich habe wirklich gelitten in dieser Zeit.‹« Sie schnaubte. »So ein undankbares Arschloch. Er und gelitten! Wenn jemand gelitten hat, dann ich! Immer habe ich alles abgekriegt! Ich war diejenige, die kleingehalten wurde!« Die letzten Sätze schrie sie so impulsiv und laut heraus, dass ihre Gefangene sichtlich zusammenzuckte. Um ihr aufsteigendes Gefühlschaos im Keim zu ersticken, rechnete sie 777 mal 1234.

»Ach, was soll ich mich über alte Zeiten aufregen«, sagte sie, heiser lachend, nachdem sie die Aufgabe gelöst hatte. Nun blickte sie ihrer Gefangenen direkt in die Augen. »Es war so einfach. Er hat mir geglaubt. Dass ich mit allem abschließen und nach vorne schauen will. Dass ich nur ein letztes Gespräch mit ihm führen möchte. Dinge Revue passieren lassen, um dann neu anzufangen. Dass das Gespräch uns beide helfen kann, habe ich ihm gesagt und ihn dabei mit meiner süßesten Zuckerschnute angeblickt. Mehr brauchte es nicht. Er hat das Abendessen brav gegessen. Aus Höflichkeit nehme ich an. Es muss recht streng geschmeckt haben. Schierling riecht nach Mäusepipi und brennt.« Sie hielt für einen Moment inne, bevor sie weitersprach. »Als die Lähmung langsam einsetzte, habe ich ihm ganz unaufgeregt gesagt, was ich von ihm halte. Dass er mit Schuld trägt. Wusstest du, dass man an gebrochenem Herzen sterben kann?« Sie nahm einen Schluck Wasser aus der Flasche, die auf ihrem Tisch stand. »Als er endlich krepiert war, habe ich ihn über seinen Balkon in den Rhein geschmissen. Das war unfassbar anstrengend, aber ich habe es geschafft und keiner hat's gesehen. Die Menschen interessiert ja in der Regel nicht, was der Nachbar macht. Wir sind uns gottlob alle so egal.«

Ruckartig erhob sie sich von ihrem Stuhl. »So, genug geplaudert. Ich habe zu tun. Wir sehen uns.«

Sie griff ihre Handtasche und machte sich auf den Weg hinaus ans Tageslicht.

39

Die Regentropfen, die auf ihre Windschutzscheibe prasselten, erinnerten Nina wieder daran, dass sie dringend ihre Scheibenwischer erneuern musste. Seit unzähligen Wochen nahm sie es sich bei jedem Schauer vor, um es gleich danach wieder erfolgreich zu verdrängen. Es war keine große Sache, doch es gehörte zu jenen Alltagsaufgaben, die Nina schlicht nervten. Dazu zählte auch das Schuheputzen, für das Nina ihre eigene Strategie entwickelt hatte: War das eine Paar komplett verdreckt, zog sie das nächste an. Erst wenn alle Schuhe, die sie besaß, so dreckig waren, dass es ihr unangenehm wurde, damit vor die Tür zu gehen, gab sie sich geschlagen. Dann putzte sie in einem Rutsch jedes Paar blitzeblank.

Nina lächelte nachsichtig über sich selbst. Dafür machte sie stets pünktlich ihre Steuererklärung, das war doch was.

Sie bog auf das Werkstattgelände von Marcel Höhner ab, stellte den Wagen aus und lief zügig ins Büro, damit der Regen sie nicht völlig durchnässte.

Dieses Mal saß niemand hinter dem Schreibtisch. Nina schaute sich um. Die gläserne Kaffeekanne war noch zu drei Viertel gefüllt, der Computer hochgefahren. Vielleicht war Marcel Höhners Schwiegermutter auf dem stillen Örtchen.

Ninas Blick fiel auf ein Bild, das über dem Schreibtisch hing und das ihr beim ersten Mal nicht aufgefallen war. Es war ein auf Leinwand gemaltes abstraktes Werk. Im Vordergrund erkannte Nina die Umrisse zweier Menschen, die sich aneinander anlehnten, vielleicht auch umarmten. Im Hintergrund erahnte sie die Skyline einer großen Stadt. Im rechten Bildrand stand eine Gruppe weiterer Menschen. Oder war es schlicht eine Felsformation?

»Na, was sehen Sie in dem Bild?«

Nina zuckte zusammen. Marcel Höhner hatte das Büro betreten. Sie hatte sein Kommen nicht gehört.

»Verbundenheit«, antwortete sie spontan und war über ihre Antwort selbst überrascht.

Marcel Höhner zog die Augenbrauen hoch. »Jeder sieht etwas anderes darin. Meine Schwägerin hat es gemalt.«

»Macht sie auch Auftragsarbeiten?«, fragte Nina. Sie mochte das Bild.

»Vielleicht. Aber wenn, dann nur für die da oben.« Er deutete zur Decke. »Sie ist tot. Krebs.«

»Das tut mir leid«, entgegnete Nina.

Marcel Höhner nickte. »Sie sind aber nicht hier, um mit mir über meine Schwägerin zu reden. Was wollen Sie dieses Mal?«

»Die Wahrheit wäre schön. Und das ganze Bild. Nicht nur Ausschnitte.« Sie blickte ihm direkt in die Augen. »Warum sind Sie wirklich bei Pascal ausgestiegen? Wegen Miriam?«

Sein Gesicht wurde blass. Er öffnete seinen Mund und schloss ihn wieder. Schließlich entfuhr ihm ein tiefer Seufzer. »Setzen Sie sich«, forderte er sie auf. »Kaffee?«

»Ja, gerne, mit Milch und Zucker, falls Sie haben.«

Marcel Höhner stellte zwei gefüllte Tassen auf den Tisch und setzte sich ihr gegenüber. Er blickte zunächst noch einmal auf das Bild, dann begann er zu sprechen. »Meine Frau hat eine harte Zeit hinter sich. Als ihre Schwester gestorben ist, brach eine Welt für sie zusammen. Sie hatten ein enges Verhältnis. Hinzu kam, dass ihre Mutter danach in eine tiefe Depression fiel. Eine Zeit lang hat Sabine bei ihr gewohnt, sie wollte sie nicht allein lassen. Dann haben wir sie zu uns nach Bielefeld geholt. Seit es meiner Schwiegermutter besser geht, arbeitet sie halbtags im Büro mit, damit sie eine Aufgabe hat. Das hilft.«

Nina nickte und wartete auf mehr.

»Ich weiß nicht, wer Ihnen was erzählt hat, aber Miriam ist mir auf der Weihnachtsfeier ins Lager gefolgt, als ich Wasser holen wollte, und hat mich einfach geküsst. Ich habe sie überrascht von mir gestoßen. Das können Sie glauben oder auch nicht. Aber es ist die Wahrheit.«

»Glaubt Ihre Frau das?«, fragte Nina.

Er schwieg für einen Moment. »Miriam ist Tage später zu mir in die Werkstatt gekommen. Sie hat sich für ihr Verhalten entschuldigt. Sabine arbeitete im Büro ihre Mutter ein und kam genau in dem Moment zu mir in die Werkstatt, als Miriam sagte: ›Ich weiß, dass du verheiratet bist.‹« Er schloss kurz die Augen, bevor er fortfuhr. »Ich habe Sabine dann erzählt, was vorgefallen ist – also im Prinzip nichts. Doch sie war nervlich ohnehin schon am Ende wegen ihrer Mutter und Schwester und jetzt auch noch das. Seitdem nagen ihr Misstrauen und ihre Eifersucht an unserer Ehe.« Er blickte auf den Schreibtisch und wischte einen Kaffeerand, den seine Tasse hinterlassen hatte, mit seinen Fingern trocken.

Nun konnte Nina auch die skeptischen Blicke, die Sabine Höhner ihr zugeworfen hatte, einordnen. »Sind Sie deshalb bei Pascal ausgestiegen?«

»Es kam beides zusammen. Das, was ich Ihnen das letzte Mal erzählt hab, war keine Lüge. Nur nicht die ganze Wahrheit. Die Gewinnspanne war zu niedrig. Und dann kam die Sache mit Miriam dazu. Ich wollte Sabine damit zeigen, dass unsere Ehe – dass sie – das Wichtigste für mich ist. So gab es keinen Verbindungspunkt mehr zwischen Miriam und mir.«

»Aber Ihre Frau arbeitet gelegentlich immer noch für Pascal.«

Marcel nickte. »Wir können das Geld gut gebrauchen. Und

Pascal eine Bürokraft, die Steuerfachgehilfin gelernt hat. Seit Miriam nicht mehr da ist, arbeitet Sabine wieder einige Stunden in der Woche für Pascal. Und die restlichen Stunden hilft sie hier aus. Meine Schwiegermutter schafft nicht alles.«

»Haben Sie Lena eine SMS geschrieben?«, fragte Nina unvermittelt.

»Nein. Wieso?«, entgegnete er, ohne zu zögern.

»Darf ich mal Ihr Handy sehen?«, ignorierte sie seine Frage.

Er legte es vor Nina auf den Schreibtisch. In den Kontakten suchte sie Lena Sanders Nummer vergeblich, der SMS-Ordner war leer. Nina gab ihm sein Smartphone zurück und erhob sich.

»Ich möchte sie endlich wieder so unbeschwert lachen hören wie früher«, sagte er. Als Nina ihn fragend anschaute, ergänzte er: »Sabine.«

»Wie heißt Miriam mit vollem Namen?«, stellte sie ihre letzte Frage, denn sie wusste nicht, was sie auf seinen Satz antworten sollte.

»Markwarth.«

»Danke für den Kaffee. Und ach«, sie hatte das Büro fast schon wieder verlassen, als sie sich ein letztes Mal zu Marcel Höhner drehte, »haben Sie Scheibenwischer für meinen alten Golf vorrätig?«

Mit klarem Durchblick parkte sie eine gute halbe Stunde später vor Pascals Geschäft.

»Hey, Nena, wir haben heute gar nicht mit dir gerechnet«, begrüßte Felix sie an der Tür.

»Ich muss auch nur kurz mit dem Chef sprechen. Ich brauche eine Bescheinigung für die Arbeitsagentur«, log sie. »Ist er da?«

»Hier. Im Büro«, ertönte seine Stimme vom Ende des Flurs. Sie nickte Felix zu, ging zu Pascal und schloss hinter sich die Tür. »Warum hast du mir nicht erzählt, dass Sabine Höhner hier arbeitet und Marcel und Miriam sich geküsst haben?«, konfrontierte sie Pascal ohne eine Begrüßung.

»Weil ich nicht weiß, was dich das angehen sollte«, antwortete er ruhig. »Und ich will ja nicht spitzfindig sein, aber Miriam hat Marcel zu küssen versucht, weil sie sich in ihn verguckt hatte. Da muss ich ihn in Schutz nehmen. Als Miriam wieder nüchtern war, war ihr das Ganze sehr peinlich. Sie hat sich meines Wissens auch bei Marcel entschuldigt.«

»Miriam arbeitet hier nicht mehr, richtig? Hat sie gekündigt oder hast du ihr gekündigt?«

Pascal nahm einen Bleistift aus dem Becher, der auf seinem Schreibtisch stand, und drehte ihn in seinen Händen. »Sabine ist zu mir gekommen und wollte, dass ich Miriam fristlos kündige. Ich bin mir sicher, dass Marcel von ihrem damaligen Besuch nichts weiß. Ich sagte ihr, dass das nicht ginge. Zum einen arbeitsrechtlich und zum anderen, weil ich das mit meinem Gewissen nicht hätte vereinbaren können.« Er steckte den Bleistift wieder zurück. »Es ist ja nicht wer weiß was vorgefallen und Miriam war eine exzellente Mitarbeiterin. Aus alter Freundschaft und weil Sabine privat ohnehin viele Probleme hatte, versprach ich ihr aber, mittelfristig eine Lösung zu finden.«

»Die wie aussah?«

»Die so aussieht, dass ich Miriam zu einer Kollegin nach Spenge vermittelt habe. Die suchte händeringend gutes Personal und für Miriam war es ein Aufstieg, weil sie dort die leitende Position in der Küche übernehmen konnte. So war allen geholfen. Kurz bevor das unter Dach und Fach war, teilte mir Marcel allerdings mit, dass er aus dem Geschäft ganz aussteigen würde. Aus diversen Gründen.« Er zuckte mit den Schultern. »Wahrscheinlich ging es Sabine mit Miriam nicht schnell genug. Aber ich habe mein Versprechen Sabine gegenüber gehalten. Und seit Miriam nicht mehr da ist, arbeitet sie ja auch wieder hier. Wir sind nicht verkracht oder so was.«

»Sie bearbeitet vor allem eure Finanzen, richtig?«

Er nickte. Sein Nicken wurde mit der Zeit langsamer und er nahm den Stift wieder zwischen die Hände.

»Das Cateringunternehmen in der Nachbarstadt, für das Miriam jetzt arbeitet – wie heißt das?«, wechselte Nina das Thema.

»*Überdick*. Kein Witz. In der Poststraße.«

»Okay, danke.« Nina stand auf. »Ich hoffe auf keine weiteren Vorfälle, aber wenn was ist, melde dich.« Sie nickte ihm zum Abschied zu, verließ das Gebäude und setzte sich ins Auto.

Spontan griff Nina zum Handy und schickte Tim eine Nachricht: *Hey, habe heute Abend nichts vor. Lust auf ein Treffen?*

Seine Antwort kam prompt.

Sitze noch in Dienstbesprechung. Kann dauern. Morgen Alm?

Sie lächelte, tippte: *Okay.* Dann setzte sie noch ein *Kuss* dahinter und schickte die Nachricht schnell ab.

40

4. März 1999

Wie hatte sie das nur tun können?? WIE KONNTE SIE NUR!!!!! DIESES MIESE DRECKSTÜCK!!!! Ich hab ihn so geliebt!! Wir waren FÜREINANDER BESTIMMT!!! Nach dem Abi wollte ich mit ihm nach Ibiza fliegen! Und jetzt ist alles kaputt!! Bin ich zu fett?, hab ich ihn immer wieder gefragt. Findest du meine Brüste zu klein? Er meinte, ich sei perfekt, wie ich bin. Aber er hat mich angelogen, das weiß ich! Wahr-

scheinlich hat er mit ihr schon seit Monaten rumgefickt. Und M. hat alles gedeckt. Ich hasse euch! Ich hasse euch für immer. Wahrscheinlich habt ihr euch alle über mich lustig gemacht, habt mich hinter meinem Rücken ausgelacht!

Ihr seid tot für mich! Ich werde es euch allen zeigen. Ich werde die Beste und Erfolgreichste werden und scheiß auf euch. Ich brauch euch nicht. Ihr Wichser! Man trifft sich immer zweimal im Leben!!!

»Na, Bambi? Klingelt's? Noch nicht einmal bis zum Abitur hast du dein Versprechen gehalten!«

Das Miststück schüttelte den Kopf wieder und wieder und versuchte, trotz des Knebels zu brüllen.

»Was willst du? Mir erzählen, dass es ganz anders war?«

Nun nickte das Miststück.

Und sie lächelte. »Natürlich willst du das. Nur dass ich dir kein Wort glaube. Es ist mir scheißegal, was du sagen willst. Denn ich kenne die Wahrheit!« Sie steckte das Tagebuch ein und erhob sich. »Weißt du, wo ich jetzt hingehe, Danni? Ins Pflegeheim. Deine Mutter besuchen, den einzigen Menschen, der dich liebt. Ich habe noch ein paar Tabletten, sie lagen überall in der Wohnung herum. Weißt du, was darin ist, Danni? Digitalis. Findet sich auch in Pflanzen. Ich mag diese natürlichen Wirkstoffe. Aber du weißt ja: Es kommt immer auf die Dosis an. Zu viel Digitalis hilft nicht, sondern schadet. Eine pulverisierte Tablette im Joghurt wird deine Mutter nicht schmecken. Der Wirkstoff wird sich langsam in ihrem Körper anhäufen. Bis der schlappmacht. Kommt ja auf einen Tag nicht an. Das Gift wird zu einem Tod führen, den man bei dem Allgemeinzustand deiner Mutter nicht hinterfragen wird.« Die Schreiversuche ihrer Gefangenen ließen sie schmunzeln. »Deine Mutter liebt Fruchtjoghurt. Aber das weißt du ja.«

Sie verschloss die Tür und lächelte noch immer, als sie schon längst im Auto saß.

41

Es war die Ruhe vor dem Sturm. Yasemin füllte die Kühlschränke bis zum Rand mit Getränkeflaschen und kontrollierte noch einmal ihren Tabakwarenbestand. Dann nickte sie zufrieden. Spieltage waren für ihren Umsatz Gold wert. Gefühlt jeder zweite Fan legte auf dem Weg zum Stadion einen Zwischenstopp in Yasemins Kiosk ein und stärkte sich mit mindestens einem Wegbier.

Ela lutschte zur Feier des Tages auf einem Arminia-Schnuller, während sie auf Ninas Schoß saß. Die hatte ihren Freundinnen beim Frühstück erzählt, was sie in den Gesprächen mit Marcel und Pascal am Tag zuvor erfahren hatte.

Doro hatte sich eifrig Notizen gemacht, um diese auf die Wandtafel in ihrem Wohnzimmer zu übertragen. »Okay. Spielen wir das kurz durch. Sabine könnte sauer auf Pascal sein, weil er Miriam nicht sofort zum Teufel gejagt hat und sie danach noch schwarz auf weiß sah, wie die Gewinne der Firma nach dem Ausstieg Marcels in die Höhe schossen«, fasste sie zusammen. »Sie hat Zugang zu seiner Küche. Wie es um ihre Computerkenntnisse steht, wissen wir nicht.«

»Genau. Wir sollten Sabine möglichst zügig auf den Zahn fühlen – die Frage ist nur, wie wir das geschickt anstellen. Lasst uns die Köpfe zerbrechen und morgen unsere Ideen zusammentragen«, schlug Nina vor.

Ihre Freundinnen nickten zustimmend.

»Du, sag mal, Doro, könntest du mir einen Ausweis basteln, der mich als Mitarbeiterin des Gesundheitsamtes ausgibt?«, entfuhr es Nina.

»Kann ich. Wieso?«

»Weil mir gerade eine Idee in den Kopf geschossen ist, wie ich Miriam Markwarth aus der Reserve locken kann – um zu überprüfen, ob sie tatsächlich in aller Freundschaft gegangen ist oder doch einen Groll gegen Pascal hegen könnte.« Sie blickte auf die Uhr. »Aber jetzt muss ich los. Tim müsste jede Minute hier sein.« Nina schnappte sich zwei Flaschen Alster aus dem Kühlschrank, als die Türklingel auch schon ertönte.

»Wie immer pünktlich«, begrüßte sie ihn.

»Und wie immer habe ich den Schal in den Farben des Tages für dich dabei«, antwortete er, legte ihn um ihre Schultern und gab ihr einen Kuss. »Draußen ist schon einiges los«, wandte er sich an Doro und Yasemin. »Die Kasse wird gleich ordentlich klingeln.« Er schnappte sich Ela und hob sie hoch in die Luft. Die quietschte dabei vor Vergnügen.

»Bringt drei Punkte mit«, bat Yasemin.

»Wir geben unser Bestes«, entgegnete Tim, setzte Ela wieder ab und verabschiedete sich mit Nina aus dem Kiosk.

»Wo kommt eigentlich der Name *Alm* her?«, fragte Nina, während sie in Richtung Stadion schlenderten, das offiziell *SchücoArena* hieß. Sie war kein großer Fußballfan und doch genoss sie die gelegentlichen Stadionbesuche mit Tim, der leidenschaftlicher Anhänger und Dauerkartenbesitzer war.

»Da gibt's mehrere Theorien«, entgegnete er und nippte an seinem Alster. »Die gängigste Anekdote ist, dass Heinrich Pehle, damals Vereinsmitglied, nach dem Kauf des Geländes den Rasen angeschaut und gemeint hat: ›Hier sieht es ja aus wie auf der Alm.‹ Böse Zungen hingegen behaupten, dass das Stadion deshalb so getauft wurde, weil es der höchstgelegene Bundesliga-Spielort ist.«

Nina blickte Tim fragend an.

»Na ja, weil man da ein Jahr für den Aufstieg und ein Jahr für den Abstieg braucht«, erklärte er und sie lachte.

Sie hatten gerade auf der Südtribüne ihre Stehplätze eingenommen, als die Gäste aus Fürth bereits in der vierten Minute ihr erstes Tor schossen. Tim ließ kurz seinen Kopf hängen, sammelte sich aber schnell und stimmte danach umso entschlossener in den Mutmach-Gesang für seine Mannschaft mit ein.

Der Bildschirm gegenüber zeigte die fünfzehnte Spielminute an, als Ninas Handy in der Tasche vibrierte. Das Display meldete einen Anruf von Lena Sanders. Nina lehnte ihn ab. Sie würde Pascals Freundin nach dem Spiel in Ruhe zurückrufen.

Sofort leuchtete ein erneuter Anruf von ihr auf. Nun nahm Nina diesen doch entgegen und hielt sich das andere Ohr zu. »Hey, Lena, ich bin gerade auf der Alm, ist es sehr dringend?«

Sie hörte zunächst ein Schluchzen und dann eine panische Stimme: »Kannst du bitte kommen? Marcel rastet völlig aus und ich bin allein zu Hause. Pascal arbeitet und du sagtest ja auch, ich soll mich bei dir melden, wenn …« Ihr Schluchzen wurde heftiger und verschluckte ihre Worte.

»Es ist okay, Lena. Beruhige dich. Ich komme. Wo bist du denn?«

»Bei mir in der Wohnung. Graf-von-Galen-Straße 227. Ich hab mich in der Küche eingeschlossen.«

»Ich bin unterwegs.« Nina legte auf und schaute zu Tim, der ihre letzten Worte mitbekommen hatte.

»Was ist los?«, fragte er.

»Es tut mir wirklich leid, aber ich habe gerade einen Anruf von Lena Sanders bekommen. Das ist die Freundin von Erikas Neffen. Vor ihrer Tür steht gerade dessen bester Kumpel und macht ihr die Hölle heiß. Ich erkläre dir die Zusammenhänge unterwegs. Könntest du mitkommen, falls die Situation eskaliert?«

Tim nickte, warf einen letzten wehmütigen Blick aufs Spielfeld und schlängelte sich dann mit Nina zügig durch die stehenden Fans in Richtung der Treppen, die sie hinab vom Block zum Ausgang führten. Unten angekommen musste Tim auf dem Fernseher einen Null-zu-zwei-Rückstand registrieren. Sie hörten die Fans aufstöhnen. »Mist, verdammter«, fluchte Tim.

»Lass uns die Bahn nehmen, sie wohnt nur zwei Stationen von hier entfernt«, schlug Nina vor.

Mit schnellen Schritten liefen die beiden zur Rudolf-Oetker-Halle und stiegen in die Stadtbahn.

Als sie eine Viertelstunde später vor Lena Sanders Haustür standen, schallte eine laute Männerstimme durch ein geöffnetes Fenster in der ersten Etage bis auf die Straße.

Marcel Höhner war offensichtlich sehr wütend. Nina drückte auf die Klingel und die Stimme verstummte für einen Augenblick.

»Herr Höhner, hier ist Nina Gruber. Ich bin nicht allein, ich habe Polizei mitgebracht.«

Tim sah sie mit gerunzelter Stirn an.

»Stimmt doch«, flüsterte sie. »Öffnen Sie oder Lena uns bitte die Tür?«, brüllte sie hoch, sodass Höhner ihr Rufen durch das Fenster würde hören können. »Das muss doch nicht alles öffentlich ausgetragen werden.«

Gerade als die Stille anfing, Nina nervös zu machen, ertönte das erlösende Geräusch des Türsummers. Zügig rannten sie hoch in die erste Etage.

»Du?«, stieß Tim erstaunt aus, als Marcel ihm die Wohnungstür öffnete.

»Brüggi? Na, wenigstens ein anständiger Bulle, der mich in Handschellen legt.« Zerstreut fuhr sich der Mechatroniker durch die Haare.

»Ihr kennt euch?«, wunderte sich auch Nina und rief laut: »Lena?«, in den Wohnungsflur.

»Hier«, kam eine weinerliche Antwort aus der Küche.

Nina klopfte an die Tür. »Mach auf. Wir sind hier, alles ist gut.«

Wenige Sekunden später öffnete eine zitternde, aber körperlich unversehrte Lena, wie Nina rasch mit prüfendem Blick feststellte, die Tür. Sie gab Tim ein Zeichen, dass alles in Ordnung war und dass sie sich zunächst um die aufgelöste junge Frau kümmern würde.

Er nickte. »Ey, du hast mich gerade um ein Arminia-Spiel gebracht. Ich musste meine Mannschaft bei Rückstand im Stich lassen«, wandte sich Tim an Marcel Höhner, der mit rotem Kopf im Flur stand. »Dafür kannst du mir wenigstens erzählen, was hier los ist. Und keine Sorge, ich leg dir keine Handschellen an. Zumindest vorerst nicht. Komm mal mit raus.«

Nina hörte, wie die beiden Männer die Wohnung verließen, lehnte die Küchentür an, stellte Lena ein Glas Wasser hin und setzte sich zu ihr an den Tisch. »Alles in Ordnung?«, fragte Nina leise und erhielt als Antwort ein Schluchzen.

»Er ist so ausgerastet und hat mich nur angeschrien. Ich hatte Angst, dass er mir etwas antut.«

»Hat er aber nicht?«, fragte Nina mit sanfter Stimme.

Lena verneinte und seufzte. »Er klang durch die Freisprechanlage ganz ruhig und meinte, er wollte bitte nur kurz mit mir sprechen und die ganzen Missverständnisse aus der Welt schaffen.« Sie seufzte und nahm einen Schluck Wasser. »Ich hatte gehofft, dass er sich entschuldigt und sich die Wogen wieder glätten. Verdammt noch mal, ich will doch keinen Stress! Ich will ein Leben mit Pascal. Und zu seinem Leben gehören ja auch Marcel und Sabine. Aber das war wohl …«, sie schluchzte erneut sehr heftig, »… naiv von mir. Ich hätte die Tür nicht öffnen dürfen.«

Nina legte beruhigend ihre Hand auf die von Lena. »Ist schon gut.«

»Als er dann hier oben war, ist er gleich laut geworden. Meinetwegen hätte ihn seine Frau verlassen! Was ich Pascal erzählt hätte? Er sei in seine Werkstatt gestürmt und hätte ihm eine reingehauen.« Nun blickte sie vom Wasserglas hoch in Ninas Augen. »Aber das ist doch seine Schuld, nicht meine!«

»Möchtest du Anzeige gegen ihn erstatten? Hat er dich angegriffen?«, hakte Nina noch einmal nach.

Doch Lena schüttelte den Kopf. »Ich will nicht noch mehr Theater haben. Ich weiß, du hattest mich gebeten, Pascal nichts von der SMS zu erzählen. Habe ich auch nicht. Er hat es zufällig erfahren. Wir hören manchmal über mein Handy Musik. Als Pascal unsere Playlist starten wollte, war gerade eine neue SMS von Marcel eingegangen. Ich konnte da wirklich nichts für«, erklärte sie mit erschöpfter Stimme.

»Ist schon gut«, sagte Nina noch einmal, weil ihr nichts Besseres einfallen wollte. »Soll ich dich mitnehmen und bei Pascal absetzen? Ich würde dich jetzt ungerne allein lassen.«

»Nein, danke, es geht schon. Ich möchte jetzt erst mal in Ruhe duschen und zu mir kommen. Ich fahre später selbst zu ihm. Im Moment arbeitet er ohnehin noch.«

»Okay.« Nina erhob sich. »Sollte was sein, melde dich gerne jederzeit bei mir.«

»Danke, dass du so schnell gekommen bist.«

»Das habe ich doch gerne gemacht.« Nina hob die Hand zum Abschied und machte sich auf den Weg nach draußen. Dort wartete Tim zu ihrer Überraschung allein auf sie.

»Du hast den Typen einfach gehen lassen? Ist das gelebte Männersolidarität, oder was?« Ninas Stimme klang aggressiver, als sie es beabsichtigt hatte.

Tim schaute sie irritiert an. »Gelebte Männersolidarität? Bist du doof? Kennst du mich so gar nicht?«, blaffte er zurück. Er wurde normalerweise so gut wie nie laut. Einen umso größeren Effekt übte seine Reaktion auf Nina aus.

»Sorry«, stieß sie kleinlaut hervor. »Das war wirklich doof von mir. Ich hätte nur gerne seine Version der Geschichte gehört.«

Tim nahm sie in den Arm. »Die kannst du aus zweiter Hand haben. Er hat sich einiges von der Seele geredet. Mannomann, läuft aber auch nicht gut bei ihm. Und wenn ich mir vorab die Anmerkung erlauben darf: Marcel ist in Ordnung. Auch wenn das eben anders wirkte, das gebe ich zu.«

»Woher kennt ihr euch eigentlich?«, fragte Nina und löste sich ein wenig aus Tims Umarmung, um sein Gesicht sehen zu können.

»Wir sind zur selben Schule gegangen. Marcel war eine Stufe über mir. Er meinte eben – ich zitiere: ›Alter, die hat voll einen an der Waffel! Ich habe ihr nie eine SMS geschrieben und ich habe die auch nicht angegraben. Die lügt und betrügt und jetzt ist wahrscheinlich meine Ehe im Arsch.‹ Seine Frau hat die Koffer gepackt und ist mit ihrer Mutter weggefahren, nachdem Pascal ihm in der Werkstatt eine verpasst und sie den Grund dafür erfahren hat.«

»Sabine denkt also, dass Marcel was mit Lena hat.«

Tim nickte. »Aber nicht nur das. Pascal hat auch Sabine angeschrien, als sie in der Werkstatt dazukam. Er hat sie beschuldigt, seine Firma zu zerstören. Da bin ich nicht mehr so ganz mitgekommen. Auf jeden Fall hat Marcel daraufhin wiederum Pascal eine reingehauen, um seine Frau in Schutz zu nehmen. Sabine hat in all dem Chaos die Werkstatt verlassen. Marcel weiß nicht, wo sie ist, und er macht sich Sorgen.«

Nina seufzte. Das würde ihre Ermittlungen nicht erleichtern.

»Ganz ehrlich«, fuhr Tim fort, »ich kann mir das alles nicht vorstellen. Pascal und Marcel sind schon seit der Schule echt dicke.«

»Mag sein. Aber Yasemin würde dir antworten: Du kannst den Leuten nur vor den Kopp gucken.« Sie machten sich auf den Nachhauseweg.

»Trotzdem, die hockten immer zusammen. Und Marcel war

sogar Schulsprecher, meine ich. Einer von den guten Coolen, verstehst du?«

Nina nickte.

»Ich erinnere mich noch an diese Clique in der Oberstufe, zu der alle gerne dazugehört hätten. Pascal, Marcel, Daniela und Johanna. Wobei Letztere ein arrogantes Biest war. Die hat das Abi im ersten Anlauf nicht geschafft und hat nachher mit mir den Abschluss gemacht.« Er legte seinen Kopf schräg. »Was aus denen wohl so geworden ist …«

»Och, wirst du gerade sentimental? Du kannst mir ja nachher dein Poesiealbum zeigen.«

Er knuffte Nina in die Seite. »Du hast echt so gar keinen Sinn für …«

»… überflüssige Gefühlsduselei?«

»Gefühle im Allgemeinen!«

»Ey, jetzt werd mal nicht frech! Weil ich um dein Wohlbefinden besorgt bin, habe ich zum Beispiel eben heimlich in mein Handy geschaut und zärtlich die Fußball-App geöffnet, in der Hoffnung, dir frohe Nachrichten überbringen zu können.«

»Und, kannst du?«

»Zwei zu zwei.«

»Yes! Immer noch ungeschlagen.«

»Ja, es läuft diese Saison doch gar nicht schlecht«, entgegnete Nina. Plötzlich prustete sie los. »Brüggi. Schöner Spitzname.«

»Verrätst du den jemandem, muss ich dich leider töten. Ich war froh, dass ich ihn los bin.« Tim legte den Arm um Nina und drückte sie fest an sich. »Wie wär's, wenn wir uns bei Yasemin im Kiosk ein Eis auf den anstrengenden Nachmittag gönnen?«

Nina nickte. »Gute Idee. Doro ist bestimmt auch da und ich kann die beiden dann gleich über das, was geschehen ist, informieren. Wenn du Lust hast, kannst du nachher mit uns zusammen Tatort schauen. Ist immer ein Heidenspaß.«

Tim lachte. »Wer ermittelt denn heute Abend?«

»Jeden Sonntag lautstark auf dem Sofa neben mir Yasemin und Doro. Der Rest ist eigentlich sekundär.«

»Verstehe. Ich bin dabei.«

42

»Schmeckt Ihnen der Himbeerjoghurt?«

Die alte Frau nickte zufrieden und löffelte den Becher leer.

»Das nächste Mal bringe ich Ihnen wieder einen mit. Nun muss ich aber wirklich los. Ruhen Sie sich aus.«

Sie winkte zum Abschied und lächelte den Pflegekräften auf dem Weg nach draußen freundlich zu.

Sie war dank der neuesten Entwicklungen wahnsinnig gut gelaunt und spürte dieses euphorische Kribbeln in ihren Gliedern. Ihr Plan ging auf wie die Knospe einer wunderschönen Blume. Und was sie sah, war gut.

43

Yasemin hatte dem Physiotherapeuten extraviele Gummibären und Lakritzschnecken in die bunte Tüte gelegt, weil sie wusste, dass er die besonders mochte. Nach einem kurzen Flirt verabschiedete er sich mit einem besonders charmanten Lächeln von ihr. Beschwingt sortierte Yasemin die Schäufelchen, mit denen sie die Süßigkeiten aus den kleinen roten Kästchen nahm.

»Na, da fängt die neue Woche doch mal sexy an. Optisch fällt der klar in dein Beuteschema«, startete Nina den Versuch, Yasemins altes Ich hervorzulocken, und schnitt für Ela, die auf ihrem Schoß hockte, nebenbei lustige Grimassen.

»Früher vielleicht. Jetzt bin ich eine *anne*.« Sie nahm Ela

140

von Ninas Schoß, roch an ihrer Windel, verzog das Gesicht und ging ins Hinterzimmer, um die Kleine zu wickeln.

»Äh, ja, aber auch eine junge, hübsche Frau. Man kann mehrere Rollen im Leben annehmen, und das gleichzeitig, wusstest du das schon?«, rief Nina ihr hinterher.

»Ich bin abends viel zu müde, um auszugehen. Außerdem hat kein Mann Lust, sich auf eine alleinerziehende Mutter einzulassen«, rief Yasemin zurück.

»Ach, Liebes, jetzt mach die Männer mal nicht schlimmer, als sie sind«, versuchte Doro, Nina beizuspringen. »Vielleicht trifft das auf manche zu, aber nicht auf alle. Und der Physiotherapeut ist wirklich …«

Dorothees Satz wurde von der Türklingel unterbrochen. Yasemin kehrte mit der kleinen Ela auf dem Arm zurück in den Verkaufsraum. Der hereingekommene Kunde zauberte ein Lächeln in ihr Gesicht. »Heinz! Du bist meine Rettung vor diesen beiden Frauen, die mit allen Mitteln versuchen, eine schlechte Mutter aus mir zu machen. Was hast du denn da in der Hand?«

»Regenständer«, murmelte Heinz kaum verständlich und stellte das Teil neben der Tür ab, nicht ohne es noch ein paarmal hin und her zu schieben.

»Das ist lieb von dir, danke!« Yasemin setzte Ela auf den Boden und umarmte Heinz, der wie immer vorgab, dass ihm das lästig sei. »Auf dich ist Verlass. Darf ich dir als Dankeschön Weinbrandpralinen mitgeben?«

Er brummelte Zustimmung, nahm die Schachtel entgegen und verabschiedete sich wortlos mit einer kurzen Handbewegung. Im Rausgehen hielt er Erika die Tür auf und nickte ihr zu.

»Ach Gott, ach Gott, wann hat der ganze Spuk denn nur ein Ende?« Erikas sorgenvolle Stimme tönte sogleich laut durch den Kiosk. Ela fing vor Schreck an zu brüllen.

»Sch, sch«, versuchte Yasemin, sie zu beruhigen, und schritt zum Regal mit den Chipstüten, um ihre Tochter mit Knistergeräuschen abzulenken.

Dorothee unterbrach das Einsortieren neuer Ware und stellte Erika eine Tasse Kaffee auf den Tresen.

»Pascal hat mir erzählt, was vorgefallen ist. Sind denn jetzt alle bekloppt geworden? Marcel und Sabine! Pascal kennt die doch schon seit Ewigkeiten! Marcel versucht, mit Lena anzubandeln? Und Sabine steckt hinter der Cateringsache? Oder gar beide? Stimmt das? Wisst ihr schon mehr? Alles bricht auseinander! Pascal will die Polizei jetzt vielleicht doch einschalten.«

»Erika, setz dich doch erst einmal«, bot Dorothee ihr nach dem Fragenkatalog an und stellte der Nachbarin den Stuhl neben den Tresen.

Erika blickte in die Kaffeetasse. »Ist der mit Schuss?«

»Wir haben nur eine offene Flasche Gin«, entgegnete Nina. »Ich glaub nicht, dass der im Kaffee schmeckt.«

Erika winkte ab. »Papperlapapp. Hauptsache, es wirkt!«

Erneut öffnete sich die Tür des Kiosks. Nina erkannte die junge Frau wieder, die bei ihrem letzten Besuch die Zeitschriften erstanden hatte. Auch dieses Mal schritt sie direkt zum Regal mit dem Lesestoff. Nina schaute zu Yasemin, die ihr ohne Worte zu verstehen gab, dass sie die Kundin im Blick hatte. Vertrauen war prinzipiell eine gute Sache – Kontrolle, um die Diebstahlrate gering zu halten, jedoch auch nicht dumm.

Nina holte die Flasche Gin aus dem Hinterzimmer und goss Erika einen kleinen Schluck in den Kaffee. »Dass Pascal die Polizei einschaltet, ist in meinen Augen keine schlechte Idee. Wir wissen im Moment nicht, wo sich Sabine aufhält, nicht einmal Marcel weiß es. Ich habe heute Morgen noch einmal mit ihm telefoniert. Er ist sehr aufgewühlt und beteuert, dass seine Frau und er zu Unrecht beschuldigt werden. Marcel hat versprochen, sich zu melden, wenn er was von Sabine hört.«

Erika nahm einen großen Schluck von ihrem Kaffee mit Schuss und Nina war beeindruckt, dass sie dabei keine Miene verzog.

»Wir haben noch eine andere mögliche Spur«, fuhr Nina fort. »Ich fahre gleich nach Spenge und fühle einer Ex-Mitarbeiterin Pascals auf den Zahn.«

Dorothee hatte ihr am Morgen den gefälschten Ausweis übergeben, um den Nina sie gebeten hatte.

Ninas Telefon klingelte und Tims Name leuchtete im Display auf.

»Geh ruhig dran«, sagte Doro leise.

Nina nickte und stellte sich etwas abseits von den Frauen neben das Zeitungsregal. »Hey, Brüggi, wie geht's?«

»Nicht lustig«, entgegnete er.

»Schwamm drüber. Willst du mir für die letzte Nacht danken?«, flüsterte sie und lächelte Boris Becker an, der vor ihr die Titelseite der Gala schmückte. Nachdem sie zusammen den Tatort bei Dorothee geschaut hatten, war Tim bei ihr geblieben und sie hatten sich in der Nacht mehrmals geliebt. Nina lief noch immer ein warmer Schauer über ihren Körper, wenn sie daran dachte.

»Ja, und um eine baldige Wiederholung betteln. Aber gleich wirst erst mal du mir, dem sentimentalen Bullen aus der Nachbarschaft, danken. Und du weißt ja, dass für Männer Anerkennung und Bewunderung so wichtig wie die Luft zum Atmen sind.«

»Jetzt bin ich aber gespannt! Schieß los.« Sie wanderte hinüber zu den Konservendosen.

»Ich hatte da so ein Gefühl – ich weiß, das ist dir fremd.« Er hüstelte provokativ. »Ich habe mal geguckt, was die beiden Frauen aus der damaligen Clique heute so treiben.«

»Ach, diese Daniela und …« Nina fiel der andere Name nicht ein.

»Johanna, mit der ich dann ein Jahr später Abi gemacht hab, genau.«

»Okay. Und du hast was herausgefunden?«

»Daniela ist vor Kurzem von ihrer Mutter als vermisst gemeldet worden. Das wurde aber nicht weiterverfolgt. Dem Arbeitgeber liegt ein Kündigungsschreiben vor und ihrer Mutter hat sie einen Brief hinterlassen, in dem sie ihr erläutert, dass sie sich ihren lang gehegten Traum von einer halbjährigen Indienreise endlich erfüllt. Irgend so eine Meditations-Chakra-Dings-Reise. Die Mutter wohnt übrigens mit beginnender Demenz im St.-Kamillus-Pflegeheim.«

»Mhm. Und die andere?«

»Ich hatte noch im Kopf, dass die irgendwann nach dem Abi nach Köln gezogen ist. Da habe ich sie aber nicht mehr gefunden. Meine Bekannte beim Einwohnermeldeamt bestätigte mir, dass ihr Eintrag gelöscht wurde.«

»Also ist sie tot.«

»Korrekt.«

»Und was sagt deine Vorgesetzte dazu, dass du deinen Account dafür benutzt, nachzuschauen, was deine ehemaligen Schulkolleginnen treiben?«

»Och du, was die nicht weiß, macht sie nicht heiß. Und wir haben im Moment genügend andere Dinge um die Ohren.«

»Nun gut. Ich fasse mal zusammen: Da waren mal vier Freunde. Eine tot, eine wahrscheinlich verschwunden, die anderen übelst verkracht. Reicht das, um misstrauisch zu werden?«

»Gegenfrage: Ist es zu wenig, um mal näher hinzuschauen?«

Sie lachte leise. »Du hast recht. Ich setze Doro drauf an herauszufinden, wie Johanna gestorben ist. Und wir statten Danielas Mutter einen Besuch ab. Schaden kann's nicht. Damit hast du mindestens eine üble Verwarnung deiner Vorgesetzten riskiert – wie herrlich unkorrekt von dir. Ich finde das sehr sexy. Komm doch heute Abend vorbei, dann bedanke ich mich auf eine ganz besondere Art.« Den letzten Satz flüsterte Nina wieder und legte lächelnd auf. Dann fiel ihr das Telefonat von neulich nachts ein und sie spürte ein schmerzhaftes Ziehen im Magen. Es gelang ihr nicht, diese fremde Frauenstimme aus ihrem Kopf zu kriegen. Und je mehr Nähe sie zu Tim zuließ, desto schlimmer wurde das Ziehen. Aber er würde doch nicht … Nina schüttelte den Kopf und kehrte zurück an den Tresen.

»Nein?«, fragte Yasemin sie.

»Was?«

»Du schüttelst den Kopf, was ist los?«, hakte sie nach.

»Ach so. Nicht wichtig«, entgegnete Nina. »Wichtig für unseren Fall hingegen könnte vielleicht was anderes sein.«

Sie erzählte den Frauen, was sie soeben von Tim erfahren hatte. Dorothee hatte seit Ninas zweitem Satz ihre konzentrierte Denkposition eingenommen: Ihren Daumen hatte sie unter das Kinn geschoben, und ihren Zeigefinger hielt sie an die Nase. »Ein Statistiker würde dir wahrscheinlich sagen, dass diese Häufung seltsamer Vorfälle innerhalb der Clique allesamt unter Zufall abgebucht werden können.«

»Absolut«, stimmte Nina zu. »Aber ich denke, es schadet nicht, den Strohhalm zu ergreifen. Das heißt: Ich würde dich, Doro, bitten, herauszufinden, wie genau Johanna gestorben ist. Und wir beide«, Nina wandte sich an Yasemin, »sollten Pascal und Marcel befragen, ob sie noch Kontakt zu Daniela haben, und ihrer Mutter einen Besuch abstatten.«

Die Kundin schritt an den Tresen, um drei Zeitschriften und eine Tafel Schokolade zu bezahlen. Yasemins überraschter Blick verriet, dass sie die Anwesenheit der jungen Frau ganz vergessen hatte. Wie beim letzten Mal legte die Kundin das Geld passend auf den Tresen, lächelte kurz und verschwand mit ihren Einkäufen.

»Schütt noch mal nach, bevor Lena mich abholt und zur Physiotherapie bringt – aber lass den Kaffee weg«, bat Erika und zeigte auf ihre leere Tasse.

Nina goss ihr erneut einen kleinen Schluck Hochprozentiges hinein.

Erika nippte und seufzte. »Pascal hat in einigen Tagen diesen wichtigen Auftrag für seinen Großkunden. Da darf keinesfalls etwas schiefgehen.«

Doro drückte ihre Hand. »Ich mache mich gleich an die Recherche, nachdem ich mein fertiges Kapitel an den Verlag geschickt habe«, versicherte sie der Nachbarin.

»Und ich fahre jetzt umgehend nach Spenge«, verkündete Nina.

Yasemin plante bereits den nächsten Schritt: »Doro, könntest du morgen auf Ela aufpassen, wenn Nina und ich zu Marcel und Pascal fahren?«

»Es wäre mir wie immer ein großes Vergnügen!«

Nina verabschiedete sich von ihren Freundinnen, um Miriam Markwarth einen Besuch abzustatten. Was du heute kannst besorgen, das verschiebe nicht auf morgen, war das zweite Motto, das ihre Mutter ihr mit auf den Weg gegeben hatte.

Sie stieg in ihren Wagen und war nach einer halben Stunde in der Kleinstadt nördlich von Bielefeld angekommen.

Catering Überdick prangte auf der Scheibe eines Gebäudes, das neben einem Juwelier in der Poststraße lag. Nach einer geöffneten Postfiliale suchte man in dieser Straße hingegen vergeblich. Das hatte ihr die fremde Frau erzählt, die Nina nur kurz nach dem Weg hatte fragen wollen. Zusätzlich hatte sie kostenlos einen Crashkurs über die Stadthistorie erhalten.

Die Post war bereits vor Jahren in einen Discounter umgezogen, klärte die Rentnerin sie auf. Und dort drüben, in dem anderen leer stehenden Gebäude, war bis vor fünf Jahren noch ein Fachmarkt für Tapeten, Teppiche und Farben untergebracht gewesen. Fast achtzig Jahre lang hatte das Geschäft bestanden. Dann hatte der Umsatz nicht mehr gereicht.

»Weil ihr ja alle nur noch im Internet einkauft. Denn da ist es ja zwei Euro billiger. Und irgendwann gibt's nichts mehr vor Ort. Nichts! Dann guckt auch ihr dumm aus der Wäsche«, ereiferte sich die ältere Dame.

Nina nickte verständnisvoll und fragte noch einmal vorsichtig, wo sich denn nun gleich der Caterer befände.

»Ach so, ja«, entgegnete die Seniorin. »Sie haben's bestimmt eilig. Alle in Ihrem Alter haben es eilig.« Sie wies mit ihrem Zeigefinger quer über die Straße. »Da drüben, neben dem Juwelier, gegenüber von der Bank.« Sie hielt kurz inne. »Die machen gute Sachen, doch. Preis-Leistung stimmt. Meine Freundin hat von denen ein Büfett für ihren achtzigsten Geburtstag bestellt. Konnte man essen.« Die alte Frau nickte anerkennend. »Ist aber eine Zugezogene, die Köchin.«

Nina bedankte sich und überquerte die Straße. Nur wenige Minuten später klingelte sie bei *Catering Überdick*. Sie hoffte, Miriam Markwarth anzutreffen. Bewusst hatte sie sich nicht telefonisch angekündigt. Ihre Strategie, wie sie Pascals Ex-Mitarbeiterin aus der Reserve locken wollte, lebte auch von einem Überraschungseffekt.

Schwungvoll öffnete eine Frau mit auffallend grünen Augen die Tür. Sie hatte eine Schürze umgebunden und begrüßte Nina mit einem Lächeln. »Guten Tag, wie kann ich Ihnen helfen?«

»Miriam Markwarth?«

»Wie sie leibt und lebt.«

»Mein Name ist Nina Gruber. Ich arbeite für das Bielefelder Gesundheitsamt. Verzeihen Sie diesen kleinen Überfall.«

»Gesundheitsamt?« Miriam Markwarths Augen weiteten sich. »Für uns ist doch gar nicht Bielefeld, sondern der Kreis Herford zuständig und außerdem … Melden Sie Ihre Besuche nicht normalerweise an?«

»Es geht nicht um Ihren Betrieb, Frau Markwarth. Ich habe Fragen zu Ihrem früheren Arbeitgeber, wenn Sie gestatten. Darf ich kurz eintreten?«, bat Nina.

»Zu Pascal? Pascal Neumann?« Miriam Markwarth ließ sie hereinkommen, schloss aber sofort die Verbindungstür zur Küche. Die zwei Frauen standen sich nun in einem kurzen Flur gegenüber.

Nina nickte. »Genau. Wir haben Hinweise erhalten, denen wir nachgehen müssen und die wir sehr ernst nehmen.«

»Was denn für Hinweise?«, fragte Miriam Markwarth sichtlich erstaunt.

»Das kann ich Ihnen aus Datenschutzgründen leider nicht verraten. Mir wäre aber sehr geholfen, wenn Sie mir erzählen würden, ob Ihnen, als Sie dort tätig waren, etwas aufgefallen ist in Bezug auf Hygiene und die verwendeten Lebensmittel. Sie müssen auch keine Sorge haben. Sie werden für nichts zur Rechenschaft gezogen.«

Miriam Markwarth schaute Nina skeptisch an. »Aufgefallen? Höchstens, dass Pascal mit mehr Leidenschaft als viele seiner Kolleginnen und Kollegen an die Arbeit geht. Und natürlich hat er immer einwandfreie Zutaten verwendet. Sagen Sie mal, dürfte ich mal Ihren Ausweis sehen? Den hat man doch, wenn man für das Gesundheitsamt arbeitet?«

»Natürlich.« Damit hatte Nina gerechnet und zog aus ihrer Jacke den von Dorothee gefälschten Ausweis heraus, der sie als Mitarbeiterin des Gesundheits-, Veterinär- und Lebensmittelüberwachungsamtes ausgab.

»Danke«, sagte Miriam Markwarth, nachdem sie einen kurzen Blick darauf geworfen hatte.

»Aber wenn er seinem Beruf mit so viel Hingabe nachgeht, würde mich interessieren, warum Sie gekündigt haben?«, versuchte Nina ihr Gegenüber aus der Reserve zu locken.

Miriam Markwarth musterte für einen Moment ihre Schuhspitzen. »Das hatte ausschließlich private Gründe. Aber glauben Sie mir: Pascal ist ein guter Arbeitgeber, verwendet nur beste Zutaten und pflegt hohe Hygienestandards. Davon abgesehen ist er ein feiner Mensch. Wer etwas anderes behauptet, lügt. Und jetzt würde ich gerne wieder zurück in meine Küche gehen, wenn Sie nichts dagegen haben. Ich muss für heute Abend eine Bestellung fertig kriegen.«

»Selbstverständlich. Vielen Dank für Ihre Kooperation. Darf ich Ihre Aussage zu meinen Akten nehmen?«, fragte Nina.

»Tun Sie das«, murmelte Miriam Markwarth und kehrte ihr bereits den Rücken zu.

Zufrieden verließ Nina das Geschäft, steckte ihren gefälschten Ausweis ein und machte sich auf den Rückweg. Hätte die Ex-Mitarbeiterin Pascal ans Bein pinkeln wollen, hätte sie gerade die beste Gelegenheit dazu gehabt. Stattdessen hatte Miriam Markwarth ihn in Schutz genommen. Nina konnte sie also von ihrer Liste möglicher Verdächtiger streichen.

44

Sie hörten das Fluchen schon, als sie die Werkstatt noch gar nicht betreten hatten. »Das macht ihn ja grundlegend sympathisch«, flüsterte Yasemin.

»Natürlich«, entgegnete Nina augenzwinkernd. »Ich bin gespannt, ob du dein ständiges Fluchen einstellst, wenn Ela etwas älter ist. Ansonsten freue ich mich schon auf die Gespräche, die du mit den Erzieherinnen und Lehrern führen darfst: Frau Nowak, Ihr Kind sagt ständig *aptal*, was genau meint sie damit?« Nina klimperte übertrieben unschuldig mit den Wimpern.

»Pfft.« Yasemin winkte ab und wandte sich stattdessen mit

lauter Stimme an Marcel Höhner, der unter einem Golf lag.
»Kuckuck, Herr Höhner«, begrüßte sie ihn und Nina ergänzte:
»Wir sind's, zwei Engel für Charly.«

Die beiden hörten, wie er in seiner Arbeit innehielt. Einige
Sekunden später rollte er langsam unter dem Auto hervor. Er
richtete sich auf, blieb aber mit einem Schraubenschlüssel in
seiner Hand auf dem Rollbrett sitzen.

»Was wollen Sie?«, fragte er mit matter Stimme. »Ich weiß
immer noch nicht, wo Sabine ist. Sie hat nur geschrieben, dass
es ihr gut geht, nachdem ich gedroht hab, eine Vermissten-
meldung aufzugeben. Mein bester Kumpel glaubt ernsthaft,
ich würde Lena an die Wäsche wollen und würde zusammen
mit Sabine sein Geschäft ruinieren. Und Sie sind jetzt gekommen, um die endgültigen Beweise dafür zu finden, nehme
ich an? Kommen die Bullen auch gleich?« Er schenkte den
Besucherinnen ein bitteres Lächeln. »Nur zu. Ist mir alles
scheißegal.«

»Herr Höhner«, versuchte es Nina in einem versöhnlichen
Tonfall. »Wir ...«

»Dieses Flittchen zerstört mein Leben«, unterbrach er sie
und stand nun vom Rollbrett auf.

Ob seine Augen vor Müdigkeit oder von Restalkohol ge-
rötet waren, vermochte Nina nicht zu sagen. Sie tippte auf eine
Kombination aus beidem. »Nun mal ganz langsam. Haben
Sie einen Kaffee in Ihrem Büro? Ich glaube, der würde Ihnen
guttun. Uns übrigens auch. Und dann erzählen wir Ihnen in
Ruhe, warum wir hier sind.«

Yasemin nickte zustimmend. »Immer locker durch die Hose
atmen.«

Als wäre das sein Stichwort gewesen, sanken Marcel Höhners hochgezogene Schultern merklich und sein Ausdruck
wechselte von wütend zu erschöpft. Er schenkte Yasemin den
Ansatz eines Lächelns.

150

»Die Milch ist aber sauer und Zucker habe ich auch keinen mehr«, murmelte er und führte Nina und Yasemin ins Büro.

Als sie in ihren Händen Tassen mit lauwarmem bitterem Kaffee hielten, startete Nina einen erneuten Versuch, ein Gespräch in Gang zu setzen. »Tim hat mir erzählt, dass Sie in der Schulzeit Mitglied einer Clique waren. Dazu gehörten auch Pascal, eine Daniela sowie Johanna, ist das richtig?«

»Hä? Das ist Urzeiten her. Was soll das denn jetzt bitte für eine Rolle spielen?«

»Vielleicht keine. Es ist nur so, dass bei Pascal im Moment die Hütte brennt. Bei Ihnen läuft's auch nicht rund, Daniela ist anscheinend verschwunden und …«

»Verschwunden?«, fragte er ungläubig dazwischen.

Nina nickte. »Und Johanna …« Das Klingeln ihres Smartphones unterbrach ihre Ausführungen.

Dorothee rief an. Das tat sie nur, wenn es wichtig war. Nina hob ihren Zeigefinger. »Einen Moment bitte, da muss ich drangehen.« Ein ungutes Gefühl im Magen ließ sie das Büro verlassen und den Anruf draußen annehmen.

»Doro, was ist los?«

»Oh mein Gott, oh mein Gott! Ela! Ihr müsst kommen, ich war nur kurz im Lager, ich schwöre, wie immer nur eine Minute. Sie hat friedlich geschlafen. Sie ist weg, Nina, sie ist weg! Was soll ich denn nur tun, ich …«

Ein Eisblock machte sich in Ninas Körper breit. In ihrem Ohr fiepte es plötzlich sehr laut. Dorothees Stimme vernahm sie nur noch aus der Ferne. Sie hörte sich »sind unterwegs« sagen und legte auf. Als sie das Büro wieder betrat, sah Yasemin ihr sofort an, dass etwas passiert sein musste.

»Was …«

»Wir müssen los. Jetzt«, sagte Nina nur, mehr brachte sie nicht übers Herz. Hastig nahm sie Yasemins Tasche und zog ihren Autoschlüssel aus ihrer eigenen Jacke.

»Was …?«, versuchte Yasemin es deshalb noch einmal.

»Jetzt«, brüllte Nina wieder und lief zu ihrem alten Golf, ohne sich noch einmal umzuschauen. Sie wusste, dass sie eigentlich die Besonnene in dieser Situation hätte sein müssen, dass sie Yasemin hätte zur Seite nehmen und … Ihre Gedanken versanken in einem einzigen Nebel und auf ihrer Stirn bildete sich kalter Schweiß.

»Ist was mit Ela?«, fragte Yasemin sie vom Beifahrersitz aus, mit einer bemüht ruhigen Stimme, die fast unheimlich wirkte.

»Sie ist … Doro war nur für eine Sekunde im Lager … sie ist …«

»Sie ist was? Vom Tresen gefallen?«, schrie Yasemin nun.

»Verschwunden«, entgegnete Nina mit tränenerstickter Stimme.

»Wie? Sie ist verschwunden? *Ne demek kaybolmuş?* Hat Doro die Polizei gerufen? Es zählt jede Sekunde! Die müssen die Umgebung …« Der Rest des Satzes ging in lautem Schluchzen unter. Yasemin hielt sich die Hände vor den Mund und Tränen liefen ihr über die Wangen.

Nina drückte aufs Gas, zog gleichzeitig ihr Handy aus der Tasche, wählte Tims Nummer, doch er antwortete nicht. Sie schmiss das Handy in die Ablage und versuchte, sich auf den Verkehr zu konzentrieren. Yasemin neben ihr wimmerte und sprach etwas auf Türkisch. Es klang wie ein Gebet. Monoton. Verzweifelt. Jetzt bloß keinen Unfall bauen, dachte Nina. Ela braucht uns. Wer immer das war, ich werde ihm jeden einzelnen Knochen brechen. Endlich bog sie in die Siegfriedstraße ein. Als sie wenig später den Kiosk betraten, stand Doro hinter dem Tresen, sah blass und um Jahre gealtert aus.

»Warum hast du sie aus den Augen gelassen? Du solltest auf sie aufpassen! *Sana gövendim!* Wie konnte das passieren?«, schrie Yasemin Doro sofort an.

Die öffnete den Mund, schloss ihn wieder und brach in Tränen aus. Nina hatte Doro noch nie weinen sehen und für einen Moment verspürte sie das große Bedürfnis, aus diesem Albtraum zu entfliehen. Sie wollte die Augen schließen, bis zehn zählen und dann feststellen, dass nur alles ein böser Traum war. Sie würde hinunter in den Kiosk gehen und Yasemin, Ela und Doro lachend hinter dem Tresen vorfinden. Nun kamen auch ihr die Tränen. Sie war kein kleines Kind mehr, das sich wegträumen konnte. Sie musste sich stellen.

Nina ging auf Yasemin zu, versuchte, sie zu umarmen, doch die schlug ihren Arm weg.

»Lass mich! Wo ist mein Kind, was machen wir jetzt?« Panisch blickte sie Nina an. »Du bist doch verdammt noch mal hier die Polizistin!«, brüllte sie.

In dem Moment öffnete sich die Kiosktür und Tim eilte herein. »Ich bin so schnell wie möglich gekommen«, sagte er.

»Woher …?«, Nina schaute ihn fragend an.

»Dorothee hat mich angerufen. Erzähl mir noch mal ganz genau, was passiert ist«, sprach er die Vermieterin an. »Ich habe meine Kollegen informiert, sie sind gleich da und werden das Umfeld absuchen.«

Noch immer hatte Dorothee kein Wort von sich gegeben. Nun hockte sie sich auf den Stuhl hinter den Tresen und schluchzte so laut, dass Reden undenkbar war.

»Sag ihm alles, erzähl es ihm«, schrie Yasemin sie erneut an. »Reiß dich zusammen, es geht um Ela!«

Nina sah Tims Blick und verstand die wortlose Botschaft. Sie griff die junge Mutter vorsichtig am Arm. »Das wird sie tun«, sagte sie leise. »Gib den beiden fünf Minuten. Umso schneller wird es gehen.« Sie bedeutete Yasemin, ihr zu folgen. Wie ferngesteuert ließ sich die kreidebleiche Freundin vor die Tür lotsen.

»Möchtest du ein Glas Wasser?«, fragte Nina, als sie auf der Bank vor dem Kiosk Platz genommen hatten.

Mit zusammengepressten Lippen schüttelte Yasemin den Kopf. »Ich hätte sie nicht allein lassen dürfen. Ich …« Hilflos warf sie die Hände in die Luft und weinte bitterlich.

Nina schloss die Arme um sie und wiegte sie sanft hin und her. »Es wird wieder gut, Ela passiert nichts«, sagte sie leise und versuchte selbst, ihre schlimmsten Befürchtungen zu verdrängen. Weit über neunzig Prozent der Vermisstenfälle wurden aufgeklärt, sie hatte die Statistiken im Kopf. Der größte Teil innerhalb der ersten Woche und meistens steckte kein Gewaltverbrechen dahinter. Nur rund drei Prozent wurden länger als ein Jahr vermisst. Ela würde nicht dazugehören, es würde sich rasch aufklären, es musste, es durfte nicht …

»Yasemin, hör mir zu«, begann Nina einen Satz und suchte nach den richtigen Worten. »Ich als Polizistin …«

Das Schreien eines Babys ließ Nina innehalten. Auch Yasemin war vollkommen verstummt. Sie konnten sich nicht beide verhört haben, da war doch gerade … Aber war das Yasemins Nachwuchs? Mütter konnten das Geschrei ihres Babys aus Hunderten erkennen, Nina hingegen war sich nicht sicher.

Ein erneutes Quäken ließ Yasemin aufspringen. »Ela!«, rief sie und rannte in den Hinterhof, aus dessen Richtung das Brüllen kam. Nina lief hinterher und verfolgte, wie Yasemin das angelehnte Garagentor öffnete. Dort, vor Yasemins knallrotem Mercedes, lag Ela sicher in ihrer Babyschale, mit einem Wasserfläschchen und einem Bilderbuch, und brüllte, als sie das Gesicht ihrer Mutter erblickte, um einige Dezibel lauter.

»Ela, *bir tanem, meleğim, tatlım benim.*« Yasemin beugte sich hinunter, schnallte ihre Tochter los, nahm sie auf den Arm und schuckelte sie beruhigend. »Sch, sch, mein Schatz, Mama ist hier, alles ist gut, ich bin hier.«

Es vergingen nur wenige Minuten, bis Ela aufhörte zu weinen und auch Nina, die noch immer wie angewurzelt einige Meter hinter Yasemin im Hof stand, wieder ein fröhliches

Lächeln schenkte. Tränen der Erleichterung liefen Nina die Wangen herunter. Sie wischte sie schnell weg. Sanft legte sie eine Hand auf Yasemins Schulter.

»Es geht ihr gut, sieh sie an. Es geht ihr blendend.« Nina lächelte beruhigend.

Yasemin nickte und drückte schluchzend ihr Kind noch fester an sich. »Ich weiß nicht, was ich gemacht hätte, wenn …«

»Pscht, denk nicht mehr dran«, unterbrach Nina sie sogleich. »Auch wenn wir beide wissen, dass es Ela gut geht«, sie blickte in die dunkelbraunen Augen der Kleinen, »sollten wir sie vorsichtshalber von einem Arzt durchchecken lassen, okay?«

Yasemin nickte.

»Aber zunächst gehen wir jetzt zurück zu Doro und Tim, ja?« Behutsam schob Nina ihre Freundin mit der kleinen Ela auf dem Arm wieder den Kiosk.

Als sie die Tür öffneten und Doro das Kind erblickte, fasste sie sich ans Herz, sprach laut und ungläubig ihren Namen aus und fragte mehrfach: »Geht's ihr gut, ist sie unverletzt?«

Doch als sie sich Yasemin nähern wollte, streckte die abwehrend ihren Arm nach vorne, während der andere Ela noch fester hielt. »Es geht ihr gut«, sagte sie knapp und mit tonloser Stimme. »Und jetzt wollen wir für uns sein.« Mit diesen Worten verließ sie den Kiosk Richtung Treppenhaus. »Nina«, rief sie über ihre Schulter, »rufst du bitte beim Kinderarzt an und bringst Ela und mich hin? Ich sollte jetzt nicht fahren.«

»Wir sollten vielleicht sofort ins Krankenhaus, nur um sicher…«

»Nein«, unterbrach Yasemin Nina in einem Tonfall, der jeden Widerspruch verbot. »Ich gehe jetzt mit Ela hoch, wickele sie, ziehe ihr frische Sachen an und füttere sie.« Mit diesen Worten war sie weg.

»Yasemin«, versuchte Doro noch einmal, Kontakt aufzunehmen, doch Nina hielt sie zurück. »Gib ihr Zeit. Lass sie zu sich kommen und vor allem bei ihrem Kind sein.«

»Wo habt ihr sie gefunden?«, fragte Tim.

»Sie lag in ihrer Babyschale vor Yasemins Auto in der Garage. Das Tor war wie immer nur angelehnt.«

Tim strich sich mit der Hand das Kinn. Das tat er häufig, wenn er nachdachte. »Ich gebe den Kollegen Bescheid, dass Ela wieder da ist.« Bevor er die Nummer wählte, flüsterte er Nina zu: »Du solltest Yasemin nicht lange allein lassen.«

Die nickte. »Ich weiß. Ich gehe gleich hoch.«

»Yasemin wird mir das bestimmt nie verzeihen«, jammerte Dorothee. »Ela hat ganz lieb in ihrer Babyschale geschlafen und ich bin doch nur kurz …«

Tim legte seine Hand auf Doros. »Alles wird gut und natürlich wissen wir, dass du nichts dafür kannst.«

Nina nickte zustimmend. »Yasemin steht unter Schock. Wir alle stehen unter Schock.«

Doch Doro schien sie gar nicht zu hören. Sie starrte aus dem Schaufenster in die Wolken, die Augen voller Tränen, die Haut aschfahl.

»Möchtest du einen Schluck aus der Notfall-Flasche?«, bot Nina an.

Ihre Vermieterin schüttelte den Kopf. »Ich war noch nicht einmal in der Lage, über die Türschwelle zu treten, um die unmittelbare Umgebung abzusuchen«, konstatierte sie. »Ich glaube, ich lege mich für einen Moment hin.« Langsam erhob Doro sich. »Könntest du dich heute Nachmittag um den Kiosk kümmern?« Ihre Stimme brach.

»Natürlich«, entgegnete Nina. »Ich komme heute Abend zu dir hoch, okay? Und dann essen wir gemeinsam.«

Ihre Vermieterin nickte kaum sichtlich und verließ den Kiosk durch die Hintertür.

Nina griff rasch zu ihrem Handy, rief Elas Kinderarzt an

und erklärte die Situation. Wie erwartet bat man sie, umgehend mit der Kleinen die Praxis aufzusuchen.

»Der Suchtrupp ist wieder auf dem Heimweg.« Tim hatte sein Telefonat beendet und kehrte zurück zum Tresen.

»Danke dir. Für alles. Ich geh jetzt zu Yasemin, ja? Könntest du die Babyschale aus der Garage holen? Die steht noch dort«, bat Nina.

»Selbstverständlich.«

Nina umarmte ihn innig. »Stell dir vor, Ela wäre …«

»Pscht. Ich stelle mir gar nichts vor«, murmelte Tim. »Geh hoch zu Yasemin und fahrt zum Kinderarzt. Ich kümmere mich um alles andere. Und den Kiosk schließt du bitte für den Rest des Tages.«

Nina nickte, küsste Tim kurz auf die Wange und drückte ihn zum Abschied noch einmal fest an sich.

45

Fröhlich brabbelnd versuchte Ela, den Holzstab, den sie dem Arzt stibitzt hatte, ihrer Mutter immer wieder ins Auge oder ins Ohr zu stecken, während Yasemin ihre Angriffe geduldig lächelnd abwehrte.

»Ihrer Tochter geht es gut, sie hat keinerlei Verletzungen, auch der Ultraschall war unauffällig. Die Blutergebnisse sollten uns spätestens morgen früh vorliegen. Dennoch sollten Sie Ela insbesondere in den nächsten vierundzwanzig Stunden sorgsam beobachten und, falls das Verhalten Ihrer Tochter anders als sonst sein sollte, kommen Sie bitte wieder.«

»Ich lasse mein Kind nie wieder aus den Augen«, antwortete Yasemin leise und stupste dabei ihre Nase liebevoll an die Elas, was ihre Tochter jedes Mal verlässlich zum Lachen brachte.

»Es gibt doch nichts Schöneres als ein ehrliches Kinder-lachen«, sagte der Arzt.

Nina, die auf einem Stuhl in der hinteren Ecke des Behand-lungsraumes Platz genommen hatte, nickte erleichtert. »Dann würde ich vorschlagen, dass ich euch wieder nach Hause fahre und wir einen entspannten Nachmittag mit Budenbauen und Türmchenstapeln verbringen.«

»Danke, dass Sie Ela so gründlich untersucht haben«, rich-tete sich Yasemin an den Arzt. Ihre Augen füllten sich erneut mit Tränen.

»Das ist selbstverständlich und ich bin froh, dass es dem kleinen Sonnenschein gut geht. Aber Sie als Mutter sollten diesen Schock selbst nicht unterschätzen. Vielleicht sprechen Sie mit Ihrem Hausarzt darüber, der kann Ihnen …«

Yasemin winkte ab. »Ich möchte mit meiner Tochter zusam-men sein und nicht in irgendwelchen Wartezimmern hocken. Es geht mir gut.«

»Ich fahre uns jetzt erst mal nach Hause«, wiederholte Nina beschwichtigend und schenkte dem Kinderarzt ein dankbares Lächeln. »Morgen ist auch noch ein Tag.«

»Alles Gute«, verabschiedete sich der Mediziner freundlich und schenkte Ela zum Abschied ein kleines Holzspielzeug, welches sie sogleich interessiert mit ihrem Mund untersuchte.

Bis auf Baby-Small-Talk, den Yasemin auf dem Rücksitz mit ihrer Tochter führte, legten sie die Strecke schweigend nach Hause zurück. Nina fiel es schwer, einen klaren Gedanken zu fassen. Die Angst um Ela und um Yasemin hatte ihr von einer Sekunde auf die nächste jegliche Energie geraubt. Jetzt, wo alles ein glückliches Ende genommen zu haben schien, machte sich eine tiefe Erschöpfung in ihren Gliedern breit. Wer um Himmels willen hatte Ela aus dem Kiosk entführt?

Einen Dummejungenstreich schloss Nina aus, niemand aus der Nachbarschaft würde … Aber wer könnte ein Interesse daran haben, Yasemin einen solch entsetzlichen Schreck einzujagen? Gab es einen Zusammenhang zu ihren Ermittlungen? Oder war die Aktion gegen Dorothee gerichtet? Doch alle liebten Doro, wer sollte einen Grund haben, ihre Vermieterin nicht zu mögen? Das ergab verdammt noch mal alles keinen Sinn!

Sie parkte den Wagen vor dem Mehrparteienhaus, nahm Yasemin die Wickeltasche ab und begleitete Mutter und Kind in die Wohnung. Yasemin legte Ela auf die Wickelkommode und gab ihre eine Spieluhr in die Hand, während sie die Windel wechselte.

»Ich gehe kurz hoch zu Doro und sage ihr, dass Ela gesund ist, okay?«

Für einen Moment verharrte Yasemin in ihrer Bewegung und ihr Mund verwandelte sich in einen schmalen Strich. Doch anders als Nina es befürchtet hatte, folgte keine harsche Bemerkung von ihr, sondern sie nickte nur und widmete sich anschließend wieder vollends ihrem Kind.

Seufzend zog Nina die Wohnungstür hinter sich zu und klopfte wenige Sekunden später an Doros. Mit verweinten Augen und einem Taschentuch in ihrer Hand öffnete ihr die Vermieterin und blickte sie ängstlich an.

»Ela geht es bestens, sagt der Arzt«, ließ Nina gleich zur Begrüßung verlauten, um Dorothee ihre schlimmsten Befürchtungen zu nehmen.

Die fasste sich vor den Mund. »Gott sei Dank, oh Gott sei Dank.« Sie ließ Nina eintreten und setzte sich wieder in ihren großen Ohrensessel. »Ich hätte mir nie verziehen, wenn …«

»Hör auf, du Liebe. Es ist alles in Ordnung, Ela ist nichts passiert und du weißt, dass auch Yasemin und ich schon häufig ins Lager gegangen sind, während Ela allein vorne im Kiosk lag. Ausgerechnet bei dir muss dann diese schreckliche Sache passieren. Ich kann mir keinen Reim drauf machen, wer …«

Erneut unterbrach Ninas Telefon ihren Satz. Genervt verdrehte sie die Augen. Ein Blick auf ihr Display ließ sie aufatmen. Tim war der einzige Mensch, mit dem sie im Moment sprechen wollte.

»Wie ist der Arzttermin gelaufen?«, fragte er sofort.

»Ela geht es gut«, antwortete Nina.

»Gott sei Dank.«

»Das höre ich heute ständig. Glaube aber nicht, dass der damit etwas zu tun hat.«

»Was?«

»Nichts. Egal.«

»Wo bist du jetzt?«, fragte er.

»Bei Doro. Ich geh gleich wieder hinunter zu Yasemin und Ela.«

»Warte kurz bei Dorothee. Ich muss euch etwas zeigen und bin in fünf Minuten da.« Es klickte in der Leitung.

»Ich koche uns eine Kanne Jasmintee«, wandte sich Nina an Dorothee. »Wenn es gleich klingelt, ist das Tim. Er will uns etwas zeigen, keine Ahnung, was. Ich hoffe, es ist keine weitere Hiobsbotschaft.«

Als sie den Tee in der Küche aufgegossen und drei Tassen auf das Tablett gestellt hatte, hörte sie bereits die Klingel schellen. Tim hatte das mit den fünf Minuten offenbar wörtlich gemeint.

Er gab ihr zur Begrüßung einen flüchtigen Kuss. Die Babyschale, die er aus der Garage geholt hatte, stellte er auf den Boden im Wohnzimmer ab.

»Setzt euch«, sagte er.

»So schlimm?«, fragte Nina.

»Das hier habe ich unter der Babyschale gefunden, als ich sie hochgehoben habe.« Er hielt ein Blatt Papier in die Luft. »Ich habe es in eine Klarsichthülle gesteckt. Um Spuren zu sichern. Sicherheitshalber.«

»Was ist das?«, fragte Dorothee.

»Eine Drohung«, sagte Tim knapp und legte das Papier auf den Wohnzimmertisch. »Und nein, ich habe es sonst noch niemandem gezeigt.«

Nina nahm es in die Hand. Es waren nur drei Sätze, die mit einem Computer geschrieben worden waren:

HALTET EUCH AB SOFORT RAUS. UND KEINE POLIZEI. SONST IST SIE DAS NÄCHSTE MAL WIRKLICH WEG.

Stumm reichte sie den Zettel an Doro weiter, während es in ihrem Kopf wild rotierte. Die Augen ihrer Vermieterin weiteten sich. Auch wenn sie den kurzen Text schon längst vollständig gelesen hatte, starrte Doro weiter auf das Papier und ihre Finger krampften sich um das Blatt.

»Ich denke, du solltest es den Kollegen zeigen«, sagte Nina irgendwann.

Tim nickte.

Dorothee hatte ihren Blick noch immer nicht gelöst. »Habt ihr nicht gelesen, was hier steht?«

»Doch. Aber das ist ein Einschüchterungsversuch. Wir sind vorgewarnt. Wir lassen Ela ohnehin keine Sekunde mehr aus den Augen. Wer immer dahintersteckt – hier geht's nicht nur darum, einen Caterer schlechtzumachen. Wir haben es mit weitaus höherer krimineller Energie zu tun, als uns bisher bewusst war. Dieser Person muss das Handwerk gelegt werden, bevor ernsthaft jemand Schaden nimmt. Und Kommandozentrale schön und gut. Wir … also ihr … seid nun mal keine Polizistinnen und ich sage euch: Wir sollten das ab jetzt den Profis überlassen«, betonte Nina und hegte heimlich ihre eigenen Pläne.

Tim nickte erneut.

»Glaubst du, Marcels Frau könnte dahinterstecken?«, fragte

Doro, als ob sie Ninas Gedanken gelesen hätte. »Wurde es ihr zu heikel, als Pascal sie beschuldigte?«

Nina zuckte mit den Schultern. »Klar ist, dass es Marcel nicht war. Wir waren bei ihm, als es passierte. Aber wir wissen nicht, wo Sabine war.«

Doro nickte. »Ich denke«, sagte sie schließlich leise, legte dabei das Papier auf den Wohnzimmertisch und strich die Folie glatt, »wir sollten das Schreiben Yasemin zeigen und hören, was sie als Elas Mutter dazu sagt.«

46

Ein dumpfer Kopfschmerz verriet Nina, dass die Nacht vorüber und der nächste Morgen angebrochen war. Sie hatte am Abend zuvor den Fehler begangen, eine Flasche Rotwein zu öffnen. Sie trank so gut wie nie Rotwein. Doch als sie am späten Abend aus Yasemins Wohnung in ihre zurückgekehrt war, hatte sie geglaubt, dass ein Glas genau die richtige Antwort auf diesen schrecklichen Tag sein würde. Aus einem Glas Wein waren drei geworden. Drei große.

Doro, Tim und sie hatten sich darauf geeinigt, Yasemin erst am nächsten Tag den Drohbrief zu zeigen und ihr den Abend Zeit zu geben, um gemeinsam mit ihrer Tochter durchzuatmen.

Zum ersten Mal hatte Nina, seit sie in dem Haus lebte, die Tür im Erdgeschoss abgeschlossen, bevor sie schlafen gegangen war.

Widerwillig öffnete sie nun zunächst ein Auge und linste auf den Wecker. Es war kurz nach acht. Doro hatte sich bereit erklärt, den Kiosk erneut zu übernehmen: »Dann habe ich wenigstens etwas zu tun und kann mich ablenken.« Für neun Uhr hatte sich Tim angekündigt.

Nina stellte sich schnell unter die Dusche und betrat um kurz nach neun den Kiosk.

»Guten Morgen«, begrüßte Tim sie und gab ihr einen Kuss.

»Ich glaube nicht, dass das ein guter Morgen ist«, entgegnete Nina müde und nickte Doro zu. »Yasemin hat gestern noch sehr viel geweint, als ich nach Ela und ihr geschaut hab. Ich weiß nicht, ob es sinnvoll ist, wenn wir jetzt … Aber andererseits müssen wir ja … Ach, wir sollten es gleich hinter uns bringen.«

Sie drehten das *Auf*-Schild an der Kiosktür vorübergehend auf *Zu* und klopften wenig später an Yasemins Wohnungstür.

Als diese mit Ela auf dem Arm öffnete und die drei erblickte, versteinerte sich ihr Gesicht. »Sorry, ich habe jetzt keine Zeit. Ich will mit Ela zum Spielplatz.«

»Es dauert nur ein paar Minuten, aber wir müssen dir etwas erzählen, Yasemin«, bat Nina. »Tim hat ein Schreiben gef…«

»Das interessiert mich nicht.« Abwehrend hob sie ihre linke Hand. »Mich interessiert nur, ob es meinem Kind gut geht, klar?«

»Natürlich«, entgegnete Tim. »Darum geht es uns auch. Wir …«

»Schnallt ihr es nicht, oder was?«, schrie Yasemin nun. »Ich will allein mit meiner Tochter sein. Und es ist mir scheißegal, was ihr gefunden habt oder wissen wollt. Lasst mich endlich in Ruhe!«

Erschrockene Stille machte sich im Flur breit. Dann räusperte sich Nina und fasste sich ein Herz. »Wir lassen dich in Ruhe, wenn du das gelesen hast.« Nina hielt ihr den Drohbrief hin.

»Was ist das?«

»Lies«, forderte Nina erneut.

Yasemin nahm das Schreiben in die linke Hand und las es, ohne Ela abzusetzen. Als sie wieder hochblickte, stand ihr die blanke Panik ins Gesicht geschrieben.

»Wir tun genau das. Wir halten uns raus. Und Tim, du hast dieses Schreiben nie gesehen. Keine Polizei, hörst du?« Zum ersten Mal nannte sie Ninas Freund bei seinem richtigen Vornamen.

»Yasemin«, versuchte Nina, ihre Freundin zur Vernunft zu bringen. »Ich verstehe, dass du …«

»Was verstehst du, Nina?«, zischte die junge Mutter. »Hast du selbst ein Kind? Nein. Denn du kriegst es ja noch nicht einmal hin, dich komplett auf deinen Freund einzulassen. Also erzähl mir nicht, dass du verstehst. Und du, Doro, hast schon genug angerichtet, findest du nicht? Lasst Ela und mich bitte, BITTE! zufrieden. Ich halte ab sofort die Füße still. Und wenn Ela euch auch nur irgendetwas bedeutet, macht ihr das verdammt noch mal auch. Was ist denn so ein Cateringunternehmen gegen das Wohl meiner Tochter?« Damit knallte Yasemin die Tür zu.

Für ein paar Sekunden verharrten die drei Gescholtenen im Hausflur, bevor sie schweigend in den Kiosk zurückkehrten. Mit Tränen in den Augen hockte sich Doro auf den Hocker hinter den Tresen und knetete ihre Hände. »Sie wird mir das nie verzeihen.«

»Doch. Das wird sie«, widersprach Tim. »Sie braucht nur Zeit. Und eigentlich professionelle Hilfe.«

Nina starrte auf den Boden des Kiosks und versuchte krampfhaft, sich vor ihrem inneren Auge den Atlantik vorzustellen. Blau, rau und an einigen Stellen herrlich grün leuchtend. Das Rauschen. Den Sand. Die salzige Luft.

Es funktionierte nicht. Sie war schrecklich aufgewühlt. Und verletzt, obwohl es ihr nicht zustand, das wusste sie. Yasemin hatte das nicht so gemeint. Sie stand unter Schock, sie hatte schreckliche Angst um Ela. Aber sie waren doch Freundinnen, wie hatte sie nur so mit Dorothee reden können! Und ihr vor Tim an den Kopf zu werfen, dass …

»Nina?«, riss Tim sie aus ihren Gedanken. Sie blinzelte und blickte hoch.

»Hm?«

»Was denkst du? Soll ich das Schreiben meinen Kollegen geben?«

Nina zuckte mit den Schultern. »Ganz ehrlich«, sagte sie, »ich weiß es nicht. Ich weiß gar nichts mehr.«

Tim räusperte sich und blickte auf die Uhr. »Ich muss dringend ins Präsidium. Wir reden später noch mal. Soll ich das Schild wieder auf *Auf* drehen?«

Nina nickte. »Sehen wir uns heute Abend?«, fragte sie ihn, als er bereits an der Türschwelle stand.

»Ich kann es noch nicht versprechen«, entgegnete er und guckte dabei nicht sie, sondern die Chipstüten an. »Dieser eine Fall, von dem ich dir erzählt hab … Ich muss wahrscheinlich lange arbeiten.«

»Aha«, antwortete sie lediglich und war sich sicher, dass Yasemins Satz in ihm nachhallte.

Als sie nur noch zu zweit im Kiosk saßen, stierten Doro und Nina stumm Löcher in die Luft. Nina fielen keine tröstenden Worte mehr ein. Beide Frauen erschraken, als das Klingeln der Türglocke die Stille durchbrach.

Wie bei jedem seiner Besuche legte der Physiotherapeut zwei Euro zwanzig auf den Tresen.

»Heute«, sagte Nina mit trauriger Stimme und schnappte sich dabei ihre Jacke, »stellst du dir deine bunte Tüte lieber selbst zusammen. Von uns gäbe es nur Saures.«

47

»Lieber Erdbeere oder Banane?«, fragte sie die alte Dame und stellte ihr zwei Becher zur Auswahl auf den Tisch.

Mit ihrem knorrigen Zeigefinger tippte die auf Banane.

»Eine ausgezeichnete Wahl«, sagte sie. »Dann esse ich den Erdbeerjoghurt.«

Sie drehte sich mit dem Rücken zu der Seniorin, öffnete die beiden Joghurts, schüttete in den einen Becher ein weißes Pulver und rührte gründlich um. Dann überreichte sie der Heimbewohnerin den Bananenjoghurt und behielt den Erdbeerjoghurt in ihrer Hand. Aufmunternd nickte sie der alten Frau zu. »Na, dann: Guten Appetit.«

48

Nina nahm das Ahornblatt, das auf ihren Gummistiefel gefallen war, in die Hand und zeichnete behutsam die Blattadern nach.

Sie war mit ihrem Latein am Ende. Natürlich war sie noch einmal zu Marcel gefahren, hatte in ihrer Verzweiflung mit offenen Karten gespielt und ihm von Ela erzählt. Inständig hatte Nina ihn gebeten, ihr zu sagen, wo Sabine steckte, sofern er es doch wüsste. Oder alles daranzusetzen, es herauszubekommen. Sie würde nur mit Sabine reden wollen, ganz allein, ohne Polizei, versprach sie ihm.

»Sie glauben ernsthaft, dass meine Frau etwas damit zu tun haben könnte? Seid ihr denn jetzt alle wahnsinnig geworden?«, war seine Reaktion gewesen. Am Ende hatten sie sich angeschrien, bis sie beide heiser gewesen waren. Schließlich hatte er sie des Grundstücks verwiesen.

Sie würde noch einmal mit ihm reden, nahm sie sich vor. Und sich dieses Mal nicht aus der Ruhe bringen lassen. Oder, so überlegte sie, vielleicht sollte sie ihn besser beschatten. Vielleicht wusste er ja doch, wo seine Frau war. Vielleicht spielten sie gemeinsam ein perfides Spiel? Oder sollte sie sich lieber auf

Tims Spur konzentrieren? Lag der Schlüssel in der Schulclique von damals?

Nina seufzte frustriert und schüttelte den Kopf. Das waren nur Gedankenspiele. Ohne Yasemins und Doros Hilfe war sie aufgeschmissen. Sie konnte nicht alles allein schaffen. Hinzu kam, dass Yasemin Doro und ihr das Versprechen abgerungen hatte, die Füße stillzuhalten. Nina würde es nicht übers Herz bringen, das zu brechen.

Dorothee und Nina hatten aus diesem Grund Erika und Pascal mitgeteilt, dass sie unter den gegebenen Umständen nicht weiter ermitteln konnten. Pascal hatte nur müde genickt. Er habe die Schlösser in seiner Firma ausgetauscht, hatte er Nina noch wissen lassen. Sie hatte ihm dringend empfohlen, doch die Polizei einzuschalten. Er wollte es sich überlegen.

Die Arbeit an der frischen Luft, so hoffte Nina, würde die grauen Wolken von ihrem Gemüt vertreiben. Carl war in den vergangenen Tagen sehr großzügig gewesen, was ihre Arbeitszeiten angegangen war. Nur so hatte sie die Dienste in der Cateringküche, ihre Recherchen und die gelegentlichen Aushilfen im Kiosk mit den Sozialstunden unter einen Hut bringen können. Für den Rest dieser Woche wollte sie deshalb ganze Tage auf dem Friedhof verbringen, um Stunden gutzumachen.

Der Herbst zeigte sich in seiner vollen Pracht und legte auf die Gräber üppige Kleider aus bunten Blättern. Wenn Nina ehrlich war, empfand sie die so geschmückten Ruhestätten schöner als ohne Laub. Doch es gehörte sich eben, dass Ordnung gehalten wurde.

Sie fragte sich, wie Denis, über dessen Grab sie sich in jenem Moment beugte, das wohl gesehen hätte. »Ich könnte zumindest ein paar Blätter liegen lassen, für den Fall, dass du es auch lieber bunt magst«, murmelte sie.

»Dir ist schon klar, dass das Reden mit den Toten das erste Anzeichen dafür ist, dass du für andere Jobs nur noch schwer vermittelbar bist?« Nina zuckte zusammen, als sie Carls sonore Stimme hinter sich hörte. »Ich bin's nur, dein Chef. Musst nicht gleich vor Ehrfurcht zittern.«

Lächelnd erhob sich Nina und spürte dabei schmerzhaft ihre Knie. Noch immer das Ahornblatt in der einen Hand haltend, drehte sie sich zu Carl um. »Moin, Chef. Ja, ist klar. Aber die Lebenden sind häufig so kompliziert. Wie dem auch sei«, sie deutete auf die Harke, die zu ihren Füßen lag, »ich mach mich an die Arbeit.«

Er betrachtete Nina eingehend, schaute auf das Blatt in ihrer Hand und zeigte auf den Grabstein. »Dein Jahrgang.«

Sie nickte.

»Du kriegst jetzt erst mal 'nen Kaffee. Danach kannste immer noch harken.« Er drehte sich um und bedeutete ihr, ihm zu folgen.

Dankbar trottete sie hinter ihm her und ließ sich in der Hütte einen Kaffee einschenken. »Milch steht da.« Er zeigte auf das Tetrapak und setzte sich zu ihr.

Nach einer Weile nahm er die Kappe ab, legte sie vor sich auf den Tisch und kratzte sich am Kopf. »'ne Grinsekatze warste ja noch nie, seit ich dich kenne. Aber heute ist dir anscheinend gleich eine ganze Lauskolonie über die Leber gelaufen. Haste wieder einem Typen die Fresse poliert?«

»Ich habe dem damals nicht richtig …«, wollte sie sich rechtfertigen, besann sich dann aber, als sie sein Schmunzeln sah. Sie nahm einen weiteren Schluck und atmete tief durch. »Ich habe ein paar Baustellen im Moment. Zwei Menschen, die mir sehr viel bedeuten, sind miteinander verkracht, ich hänge mittendrin und weiß nicht weiter. Ich würde es gerne reparieren, aber ich fürchte, das geht nicht. Und mit meiner besseren Hälfte läuft es mittelprächtig. Das ist allein meine Schuld.« Nina machte eine Pause, blickte durch das Fenster hinaus in den Himmel, um dann sauer hinzuzufügen: »Weil ich es verdammte Scheiße nicht hinbekomme, zu zeigen, wie viel er mir bedeutet.« Nina knallte mit der Hand lauter auf den Tisch, als ihr lieb war. »Entschuldigung«, sagte sie sofort. »Bitte nicht meinen Bewährungshelfer anrufen.«

Carl lächelte müde.

»Am liebsten würde ich einfach alles hinschmeißen und weglaufen.«

»Wenn du fünf Jahre alt wärst, wäre das 'ne akzeptable Lösung«, antwortete Carl. Er seufzte. »Ich verteile selten Ratschläge. Ich finde, das sollten die Leute tun, die sich klüger im Leben anstellen als ich. In diesem Fall kann ich dir aber aus Erfahrung sagen: Weglaufen ist Blödsinn. Wenn du Menschen in deinem Leben hast, die dir was bedeuten, zeig es ihnen. Kämpfe für sie. Das würden die für dich nämlich auch tun. Sei da, in guten und in beschissenen Zeiten. Alles andere wirst du bitter bereuen.« Langsam setzte er sich seine Kappe wieder auf. »Und jetzt genug gequatscht«, brummelte er. »Zack, zack, schnapp dir die Harke, du bist schließlich nicht zum Kaffeetrinken hier.«

Nina nickte, erhob sich vom Tisch und drehte sich an der Tür noch einmal um. »Carl?«

»Hm?«

»Danke.«

»Da nicht für.«

49

Als Nina am Freitagnachmittag vom Friedhof zurückkehrte und die Wohnungstür hinter sich schloss, spürte sie, wie sehr die Woche ihre Spuren hinterlassen hatte. Sie war erleichtert, dass das Wochenende vor der Tür stand und sie weder auf einem Friedhof noch in der Küche arbeiten musste. Doch an der Stimmung im Haus hatte sich leider nichts geändert. Yasemin ließ Ela keine Sekunde aus den Augen und vergrub sich die meiste Zeit mit ihrer Tochter in der Wohnung oder auf dem Spielplatz. Dorothee versuchte, sich mit ihren Übersetzungen und der Arbeit im Kiosk abzulenken. Die Magnettafel, auf der sie ihre Ermittlungsergebnisse festgehalten hatten, hatte die Vermieterin in die Abstellkammer geschoben.

Nina empfand die Funkstille als unerträglich. Umso dankbarer hatte sie zugesagt, als Tim ihr überraschend vorgeschlagen hatte, am Abend das Auswärtsspiel von Arminia gegen Hannover zu besuchen. Vielleicht würde ihr auf der Fahrt eine geistreiche Idee in den Kopf schießen, wie sie ihre Freundinnen wieder zusammenführen konnte.

Als der DSC nach neunzig Minuten mit drei Punkten die Heimreise antreten konnte, hatte Nina zwar noch keine Lösung gefunden, ihr Stimmungsbarometer jedoch war etwas gestiegen.

»Was hältst du davon, wenn wir uns auf den Sieg ein Bier in der *Zwiebel* gönnen?«, schlug sie Tim vor, als das Ortseingangsschild von Bielefeld wieder in Sicht war.

»Gute Idee, wir waren schon lange nicht mehr da.«

Natürlich waren sie in der Kultkneipe, die der dienstälteste Wirt der Stadt betrieb, bei Weitem nicht die einzigen Arminia-Fans, sodass Tim zunächst viele Hände schüttelte und Spielanalysen vornahm, bevor er sich mit Nina in eine Ecke verziehen konnte, um dort in Ruhe ein Bier zu trinken.

»Sag mal, wir haben gar nicht mehr darüber gesprochen. Hast du den Kollegen das Schreiben gegeben?«, fragte Nina.

Der schüttelte den Kopf. »Dann hätten sie Yasemin befragen wollen. Und ich hatte das Gefühl, dass das keine gute Idee ist. Ich habe aber Sabines Namen durch den Computer laufen lassen.«

Nina blickte überrascht auf.

»Nichts«, sagte er.

»Glaubst du wirklich, es ist klug, diese Drohung den Kollegen vorzuenthalten?«, fragte Nina zweifelnd.

»Pascal hat immer noch die Möglichkeit, selbst zur Polizei zu gehen. Und wenn ich dich erinnern darf, deine Aussage, als ich dich zu deiner Meinung befragt habe, lautete: Ich weiß es nicht. Also habe ich entschieden. Und zwar so, dass Yasemin in Ruhe gelassen wird. Manchmal gibt's kein Richtig und kein Falsch. Manchmal ist es nur falsch, sich gar nicht zu entscheiden.«

Nina schaute für einen Augenblick schweigend in ihr Bierglas. Sie fühlte sich unangenehm berührt durch seine Worte und wusste, dass er nicht allein von dem Drohbrief sprach. Doch sie hatte weder Kraft noch Mut, in diesem Moment ein ernsthaftes Gespräch über ihre Beziehung zu führen. So nickte sie nur und entgegnete schließlich vage: »Natürlich. Das stimmt alles, was du sagst. Entschuldige.«

Sie schob das Glas von sich. »Ich finde diese Situation im Moment unerträglich. Ich will herausfinden, wer hinter dieser ganzen Scheiße steckt, auch für Ela und Yasemin. Ich wünsche mir vor allem, dass wir drei uns wieder verstehen. Doro ist so unendlich traurig.« Nina zog das Bierglas wieder zu sich und leerte es in einem Zug. »Ich möchte einfach, dass es wieder wie vor diesem schrecklichen Tag ist.«

»Der letzte Satz lässt dich wie eine Zehnjährige klingen.«

»So etwas Ähnliches habe ich vor Kurzem schon mal gehört«, murmelte sie.

»Sprich noch mal mit Yasemin. Ganz allein, nur du. Sie hat sich eine Mauer gebaut, damit die Angst sie nicht zerfrisst. Du musst versuchen, zu ihr durchzudringen.«

Nina kannte sich mit Angst seit ihrer Kindheit bestens aus. Wenn ihre Mutter sie ins Badezimmer eingeschlossen und sie nicht gewusst hatte, wann oder wie sie wieder herauskommen würde, hatte sie jedes Mal befürchtet, ihre Angst würde sie umbringen. »Ja, du hast recht.«

Tim zog die Augenbrauen hoch. »Du hast mir innerhalb von zwei Minuten zweimal recht gegeben. Warte, ich mache ein digitales Kreuzchen in meinen Kalender.« Er zückte sein Handy.

»Du Spinner.« Nina lachte. »Nutz deine Zeit lieber sinnvoll: Guck, ich sitze auf dem Trockenen.« Sie deutete auf ihr leeres Bierglas.

»Ein neues kommt in sieben Minuten.« Tim drängte sich mit den leeren Gläsern durch die Menge zur hölzernen Theke.

Als Nina das nächste Mal hinschaute, tippte ihm eine Frau von hinten auf die Schulter. Tim umarmte sie zur Begrüßung mit einem strahlenden Lächeln und die beiden unterhielten sich angeregt. Dabei berührte die Unbekannte, die in ihrem Arminia-Trikot und ihrer Knackarsch-Jeans wirklich blendend aussah, immer wieder Tims Arm. Der deutete irgendwann in die Ecke zu Nina. Als die Frau sich zu ihr umdrehte, lächelte Nina verkrampft und zeigte auf die leere Fläche vor ihr. Ein Wink, den Tim offenbar verstand, denn er verabschiedete sich nun zügig und kehrte mit zwei Bieren an ihren Tisch zurück. »Meins ist alkoholfrei, ich muss dich ja noch sicher nach Hause fahren.«

»Wer war das?«, fragte Nina und überraschte sich damit selbst. Normalerweise biss sie sich lieber die Zunge ab, als etwas zu äußern, das sie unsicher oder eifersüchtig erscheinen ließ.

»Hm? Ach so. Eine Bekannte, die ich vom Fußball kenne.«

Auf der Zunge lag ihr die Frage, ob er mit dieser Bekannten auch neulich nachts unterwegs gewesen war. Aber das brachte sie dann doch nicht über sich.

Ninas Handy leuchtete auf und zeigte eine ihr unbekannte Handynummer an. »Ich geh kurz vor die Tür, ja?«, sagte sie und Tim nickte.

Der Anrufer hatte bereits aufgelegt, als sie draußen angekommen war. Sie rief zurück.

»Höhner hier«, sagte eine weibliche Stimme am anderen Ende. »Mein Mann hat mir von dieser Geschichte mit der Tochter ihrer Freundin erzählt. Um eins klarzustellen: Ich habe weder was mit Pascals Rufmord noch damit etwas zu tun. Der Gedanke, dass mich jemand mit einer solchen Tat in Verbindung bringt, macht mich fertig. Ich versuche, wieder inneren Frieden zu finden. Deshalb möchte ich diese Anschuldigung aus dem Weg räumen. Also, wann genau ist das mit dem Kind passiert?«

Nina nannte ihr den Zeitraum.

Sabine Höhner schwieg für eine Weile. Dann sagte sie: »Geben Sie mir Ihre E-Mail-Adresse. Dann schicke ich Ihnen etwas, das beweist, dass ich es nicht war.«

50

Nie wieder würde sie in ihrem Leben Zweitbeste sein. Erste Verliererin. Sie würde ihre Mission erfolgreich zu Ende bringen. Doch sie musste sich sputen. Obwohl sie Zeit herausgespielt hatte, traute sie der Ruhe nicht. Auch wenn sie das Schauspiel des langsamen Untergangs genossen hatte, auch wenn es ihr ein inneres Fest gewesen war, wie perfekt sie die Fäden in der Hand hielt, würde sie das Spielchen schneller zu Ende bringen müssen als gedacht. Sie würde nichts Halbes hinterlassen.

Sie blickte in ihre linke Hand und spürte, dass ihr beim Anblick der nagelneuen Gartenschere mulmig wurde. Sie konnte kein Blut sehen. Deshalb hatte sie die anderen Nichtsnutze sauber aus dem Weg geräumt. Oder räumen lassen. Aber gut. In der Not griff der Teufel eben zur Gartenschere.

Sie straffte ihre Schultern und öffnete fest entschlossen die Tür zum Keller. Dort sah sie das Miststück mit ihren strähnigen Haaren sitzen, die Haut grau, die Augen glasig. Seit sie dem Biest von den Besuchen im Pflegeheim erzählt hatte, hatte sie ihren Willen gebrochen.

Zügig ging sie auf ihre Gefangene zu und löste währenddessen, *klick*, die Sicherheitssperre der Schere.

Die Augen des Miststücks weiteten sich angstvoll.

»Gibst du mir freiwillig deinen kleinen Finger? Sonst nehme ich die ganze Hand.«

51

Ninas Notebook stand aufgeklappt auf dem Tresen des Kiosks und die beiden Freundinnen blickten auf die Fotos, die Sabine Höhner geschickt hatte.

Doch die Nachricht änderte nicht viel an Dorothees getrübter Stimmung. »Ja, dann hat Sabine nichts mit Elas Entführung und wahrscheinlich auch nichts mit der Sabotage von Pascals Firma zu tun«, fasste sie mit regungsloser Miene zusammen und fegte mit ihrer Hand langsam über einen sauberen Tresen.

Auf den Bildern war Sabine Höhner zusammen mit Barbara Neumann und weiteren Teilnehmern bei einem Waldspaziergang zu sehen. Marcels Frau hatte mit ihrer Mutter offensichtlich Zuflucht auf dem *Hof Ensō* gesucht. Es gab sogar Beweisfotos vom Umarmen der Bäume. Relevant waren die Zeitangaben der Bilder: Sie fielen auf den Nachmittag, an dem Ela aus dem Kiosk entführt worden war. Natürlich hätte man die Fotos manipulieren können. Aber auf der Website des Hofes war in der Tat für die besagte Woche ein *Detox-Seminar für die Seele* angekündigt. Das alles passte zu Höhners Aussage am Telefon, wieder mit sich in Einklang kommen zu wollen.

»Hast du zufällig schon etwas über Daniela und Johanna, der Verstorbenen aus der damaligen Clique, recherchiert?«, fragte Nina ihre Vermieterin.

»Wir haben Yasemin ein Versprechen gegeben«, gab die zur Antwort.

»Ja, aber wenn du oben im stillen Kämmerlein am Computer recherchierst und ein, zwei Telefonate führst, kriegt das doch niemand mit«, versuchte Nina es noch einmal.

Doch Dorothee schüttelte ihren Kopf. »Pascal soll meinetwegen die Polizei einschalten. Ich mache nichts«, erwiderte sie. Dann ging sie ins Hinterzimmer und begann, die sauberen Regale von Yasemins kleinem Friseursalon zu putzen. Nina verstand den Wink und ließ Dorothee in Ruhe.

Fürs Erste.

Denn sie hatte einen Plan.

Während sie die Treppen erklomm, atmete Nina tief ein und noch tiefer aus, malte vor ihrem inneren Auge eine warme Wellnessoase, einen Pool mit einem kleinen Wasserfall in der Mitte, unter den sie sich begab, um den kräftigen Strahl auf die verspannten Schultern prasseln zu lassen. Aus der Sauna nebenan strömte ein angenehmer Kiefernduft herüber. Ach, es war herrlich, es war sogar perfekt. Langsam löste sich Nina von diesem Bild, versuchte, sich das entspannte Gefühl zu bewahren, und blickte nun auf die verschlossene Wohnungstür.

Auf Yasemins Tür.

Noch ein letzter tiefer Atemzug und Nina klopfte an. Sie hörte zunächst Schritte, dann Yasemins Stimme und Elas Brabbeln.

»Hey, ihr beiden, wie geht's euch?«, fragte Nina bemüht fröhlich, nachdem die Freundin ihr geöffnet hatte.

»Gut, danke. Wie kann ich dir helfen?«

»Wie du mir helfen kannst?« Yasemins förmliche Frage brachte Nina für einen Moment aus dem Konzept. Wie hatten sie sich nur so weit voneinander entfernen können? *Eine Mauer, Nina. Eine Mauer gegen die Angst*, rief sie sich Tims Worte in Erinnerung. Nimm es nicht persönlich, mahnte sie sich.

»Äh, ja. Du kannst mir in der Tat helfen, das hoffe ich zumindest. Du hattest darum gebeten, vorerst nicht im Kiosk arbeiten zu müssen, und Doro und ich übernehmen das auch gern.«

»Aber?«

»Aber Heinz hat gefragt, ob du ihm die Haare schneiden könntest. Er hat kommenden Sonntag Goldene Konfirmation und will – ich sage es mit seinen Worten – anständig aussehen.«

Yasemin zögerte.

»Ich habe alle anderen Anfragen abgeschmettert«, redete Nina schnell weiter. »Aber Heinz ist dein liebster Kunde und immer für uns da und ich dachte, ich könnte dich vielleicht wenigstens fragen. Wenn du möchtest, sitze ich auch mit Ela die ganze Zeit dabei und …«

Yasemin nickte. »Okay.«

»Okay?«, fragte Nina erstaunt. »Okay, gut«, schob sie hinterher, bevor Yasemin es sich anders überlegen konnte. »Morgen Nachmittag?«

Ihre Freundin nickte ein zweites Mal.

»Prima. Dann sage ich Heinz, er soll um fünfzehn Uhr im Kiosk sein.«

Ela quietschte zustimmend und winkte eifrig zum Abschied, als Yasemin die Tür wieder schloss.

Nina atmete tief aus. Ein erster Schritt war getan. Jetzt musste sie nur noch Heinz mit ins Boot holen.

52

Die Herbstsonne tummelte sich in friedlicher Koexistenz mit fluffigen Wolken am Himmel, als Heinz um kurz vor drei den

Kiosk betrat. Nina hatte die neue Ware bereits einsortiert, die letzte halbe Stunde auf dem Stuhl hinter dem Tresen gesessen und ihren Fingern dabei zugesehen, wie sie wellenförmig über das Holz tippten.

»Heinz!«, begrüßte sie ihn offenbar etwas zu euphorisch und laut, denn Heinz zuckte sichtlich zusammen.

»Jau. So heiß ich. Seit achtundsiebzig Jahren«, war seine Antwort.

»Danke, dass du dich bereit erklärt hast …«

Doch er winkte gleich ab. »Jau.« Er schob seinen Schirm, den er bei sich trug, sobald sich mehr als drei Wolken am Himmel blicken ließen, in den Schirmständer und begab sich direkt ins Hinterzimmer.

»Yasemin müsste hoffentlich gleich da sein.«

In dem Moment hörte Nina, wie die Hintertür des Lagers geöffnet und wieder geschlossen wurde, und wenige Sekunden später standen Yasemin und Ela vor ihnen.

»Hier«, sagte die junge Kioskbesitzerin zu Nina und drückte ihr Ela auf den Arm.

»Hallo, du süßer Fratz«, grüßte Nina und rieb ihre Nase an die der Kleinen. Dafür erntete sie ein vergnügtes Giggeln. Nach dem Vorfall hatte sie Yasemins Tochter nicht mehr auf dem Arm gehalten und spürte jetzt, wie sehr sie nicht nur ihre Freundin, sondern auch Elas Nähe vermisst hatte.

»Hallo, Heinz. Du gehst auf 'ne Goldene Konfi? Du überraschst mich immer wieder«, wandte sich Yasemin nun an ihren Stammkunden und legte ihm einen Umhang um.

Heinz brummelte zur Antwort. Lügen würde er nicht, hatte er Nina am Vortag mit erhobenem Zeigefinger gewarnt, als sie ihn gebeten hatte, sich die Haare schneiden zu lassen und damit Yasemin aus ihrer Wohnung zu locken. Aber bislang hatte er ja auch nicht lügen müssen. Ein Brummeln war ein Brummeln.

»Ist nicht gut, wenn sie allein ist und alles mit sich ausmacht«, hatte er geurteilt, nachdem Nina ihm die Lage erklärt hatte, und ihrem Plan zugestimmt.

Während der Rasierer summte, baute Nina auf dem Boden aus leeren Shampoo-Kartons einen Turm, den Ela voller Vergnügen umstürzte.

Heinz brummelte etwas.

»Was?«, fragte Yasemin und stellte den Rasierer aus.

»Dorothee«, sagte er nun deutlicher. »Einige Tage nicht gesehen. Alles gut?«

Yasemin hielt in ihrer Bewegung inne.

»Ja, Doro geht's gut«, übernahm Nina das Ruder. »Sie hat im Moment nur viel um die Ohren. Sie muss eine Übersetzung fertigstellen und zweimal in der Woche bekommt sie neuerdings Besuch von einem Psychotherapeuten.«

»'nem Seelenklempner?«, fragte Heinz ungläubig und auch Yasemin schaute erstaunt in ihre Richtung.

»Ja. Eigentlich sollte es ein Geheimnis sein, aber – ach, ist auch egal. Doro will wieder das Haus verlassen. Für Ela. Daran arbeitet sie schon seit einiger Zeit. Sie meinte zu mir, Ela würde ja immer größer werden und sie möchte so gern zusammen mit ihr die Spielplätze besuchen und die Welt entdecken.«

In dem Moment knallten die Pappkartons wieder auf die Erde und Ela applaudierte.

»Gut«, antwortete Heinz und forderte Yasemin auf: »Weitermachen.«

Die klimperte einige Male schnell ihre Augenlider auf und zu und startete dann den Rasierer.

»So. Fertig«, sagte sie wenige Minuten später. »Siehst gleich zehn Jahre jünger aus. Vielleicht triffste ja 'ne hübsche Rentnerin.«

Heinz verabschiedete sich brummelnd und legte beim Hinausgehen seinen Schein auf den Tresen.

Nina stapelte weiter mit Ela Kartons und hielt sich bewusst

zurück, während Yasemin schweigend das Waschbecken reinigte. Nachdem sie den Wasserhahn auffallend lange trocken geputzt hatte, legte sie das Handtuch zur Seite und gesellte sich zu Nina und Ela auf den Boden.

»Stimmt das?«, fragte Yasemin nach einer gefühlten Ewigkeit.

»Natürlich stimmt das.« Nina schaute vom Turm hoch. »Doro trägt keine Schuld an diesem schrecklichen Nachmittag, Yasemin«, sagte sie mit sanfter Stimme. »Jemand Böses da draußen wollte dir einen gehörigen Schrecken einjagen. Übrigens: Sabine hat damit nichts zu tun.« Nina erzählte Yasemin von der Mail. »Wer immer hinter der Sache steckt, will, dass dich deine Angst übermannt und dich einfriert. Dass WIR einfrieren. Damit dieser Jemand weitermachen kann. Wir sind ihm wohl zu sehr auf den Fersen. Angst und Panik sind aber beschissene Ratgeber.«

»Habt ihr den Drohbrief der Polizei gegeben?«

Nina schüttelte den Kopf. »Tim hat ihn bei sich behalten. Er wollte dir die Ruhe geben, die du eingefordert hast.«

Yasemin schwieg für eine Weile und streichelte Ela über den Kopf, die nun selbst versuchte, die Pappkartons zu stapeln. Über Yasemins Wangen liefen Tränen. »Du verstehst das nicht«, sagte sie leise.

»Doch, Yasemin.«

»Nein. Du hast kein Kind.«

Nina musste sich zusammenreißen. Sie konnte diesen Satz nicht mehr hören, er war ein Totschlagargument. Sie benötigte einige Atemzüge, um ihre innere Ruhe wiederzufinden. »Das stimmt«, antwortete sie dann in einem sachlichen Ton und fuhr sanfter fort: »Aber ich weiß, was es bedeutet, Angst zu haben. Solche Angst, dass du glaubst, du stirbst daran. Zu viel Angst für zu wenig Körper. Du denkst, du zerspringst. Du denkst, dein Herz schafft das nicht.«

Nun nickte Yasemin und ließ ihren Tränen weiter freien Lauf. »Was hast du dagegen gemacht?«

»Ich wurde älter und aus Angst wurde bei mir Wut. Das ist auch keine gute Lösung. Aber du hast Menschen um dich herum, die dich lieben, auf die du dich verlassen kannst, und du bist viel klüger als ich. Die Angst ist nicht stärker als du. Ela wird nichts passieren, wir alle passen auf sie auf. Wenn du uns lässt. Wenn du uns wieder in dein Leben lässt.« Sie streichelte über Yasemins Arm. »Bitte«, schob Nina hinterher. »Ihr drei, Doro, Ela und du, ihr seid meine Familie. Ich brauche euch.«

»Ist Doro sehr sauer auf mich?«, fragte Yasemin.

»Hast du Dorothee jemals sauer erlebt? Sie sorgt sich um euch und sie macht sich bittere Vorwürfe.«

»*Özür dilerim.* Dann sollte ich vielleicht …«

Die Türklingel des Kiosks unterbrach Yasemins Satz.

»Dorothee! Yasemin! Nina! Herrgott, wieso ist hier niemand?«, schallte Erikas panische Stimme bis zu ihnen ins Hinterzimmer.

»Wir sind hier«, antwortete Nina und eilte gemeinsam mit Yasemin und Ela in den Verkaufsraum.

Mit angstgeweiteten Augen und völlig außer Atem stand Erika vor ihnen. »Pascals Geschäft … geschlossen! Ein Finger im Essen … Finger! Und seine Tochter … hat man ihm einfach weggenommen … Das … das ist zu viel«, presste sie hervor und weil Nina es ahnte, gelang es ihr gerade noch rechtzeitig, Erika aufzufangen, als diese in Ohnmacht und zu Boden fiel.

53

Sie war stolz auf sich selbst, so unendlich stolz. Sie war so stark, so unfassbar stark. Die Wunde des Miststücks hatte sie mit einem Druckverband versorgt. Vielleicht würde sie durchkommen und einen Weg finden, sich zu befreien. Wahrscheinlich nicht. Dann sollte es so sein. *Survival of the fittest.*

Sie lächelte in sich hinein. So war es letztlich ja auch bei Anna und ihr gewesen.

54

Als Erika Minuten später wieder zur Besinnung kam, schaute sie zunächst etwas verloren in die Runde, nahm sich dann den Waschlappen von der Stirn und blickte auf ihre höher gelegten Beine.

»Helft mir auf, der Boden ist kalt, das gibt Hämorrhoiden.«

Nina und Yasemin tauschten einen erleichterten Blick aus und halfen der Nachbarin, sich auf den Hocker zu setzen. Langsam stieg wieder etwas Farbe in die Wangen der Seniorin.

Dorothees Schritte waren im Lagerraum zu hören. Nina hatte sie angerufen und gebeten, einen starken Tee für Erika zu kochen.

»Hier«, sagte ihre Vermieterin atemlos, während sie eine Thermoskanne auf den Tresen stellte. »Schwarzer Tee mit Zucker, damit sollten wir den Kreislauf wieder in Gang kriegen!«

Als die kleine Ela Dorothees Stimme vernahm, hörte sie umgehend auf, Yasemins Portemonnaie auseinanderzunehmen, krabbelte zu ihr und zog sich an ihren Beinen hoch.

Dorothees Augen füllten sich mit Tränen und sie schaute Yasemin fragend an. Die erwiderte: »Ich glaube, da hat jemand große Sehnsucht nach dir.«

Erleichtert und freudestrahlend schloss Doro Ela in ihre Arme.

Nina reichte währenddessen Erika eine Tasse Tee.

»Kinder, ich verstehe ja, dass ihr nach diesem schrecklichen

Vorfall mit Ela nicht mehr ermitteln wollt, aber … Ich weiß gar nicht, wo ich anfangen soll! Bei diesem Büfett für die Banker wurde eine abgetrennte Fingerkuppe im Essen gefunden. Das müsst ihr euch mal vorstellen! Die Polizei kam natürlich und hat dann Pascals Küche auseinandergenommen. Die haben anscheinend nach weiteren Leichenteilen gesucht.«

»Ja, das ist das übliche Vorgehen«, pflichtete Nina ihr bei.

»Haben sie aber nicht gefunden. Dafür Kokain! Pascal und Drogen! Undenkbar. Und wisst ihr, was das Schlimmste ist? Irgendjemand hat die Geschichte dem Jugendamt gesteckt. Jetzt hat Barbara beste Chancen, das alleinige Sorgerecht zu bekommen.« Erika schluchzte auf. »Pascal ist nur noch ein Wrack. Hätte er doch nur nie diesen Cateringdienst eröffnet! Sein ganzes Leben geht den Bach runter und ich muss das hilflos mit ansehen. Was soll ich denn nur …« Sie hob die Arme und stieß dabei die Teetasse um.

Yasemin sprang auf und holte ein Tuch. »Erika, alles wird gut«, versuchte sie zu trösten, während sie Tresen und Boden trocken wischte.

»Nein, wird es nicht«, schluchzte die Nachbarin.

»Doch. Weil wir denjenigen finden werden, der dafür verantwortlich ist.«

Alle Blicke richteten sich nun ungläubig auf Yasemin und selbst Ela hörte für einen Moment auf zu brabbeln.

»Ist das dein Ernst?«, fragten Nina und Dorothee wie aus einem Mund.

Sie nickte. »Ja, verdammt! Angst ist ’n scheiß Ratgeber, hat mir jemand gesagt, der es gut mit mir meint.« Sie warf Nina einen verlegenen Blick zu. »Wenn wir den Täter schnappen, ist Ela sicher und ich kann wieder ruhig schlafen. Aber eins ist klar: Egal, was wir tun, ich lasse Ela dabei keine Sekunde aus den Augen.«

Nina und Dorothee nickten.

»Gut. Worauf warten wir dann noch? Lasst uns da anfangen, wo wir aufgehört haben.«

55

Bäume umrahmten das Pflegeheim St. Kamillus, das an einem Hang des Teutoburger Waldes lag und von dem sich ein schöner Blick über die Stadt bot. Nina, Yasemin und Ela waren dorthin spaziert und hatten unterwegs Kastanien gesammelt.

In dem Wohnbereich für Demenzpatienten erfragten sie die Zimmernummer von Danielas Mutter und gaben sich als Freunde der Familie aus. Wenige Minuten später klopften sie an die Tür der Seniorin.

Als sie von innen keine Reaktion erhielten, drückte Nina die Klinke trotzdem langsam herunter. Die alte Dame lag in ihrem Bett und starrte an die Decke. Die Pflegerin hatte ihnen zuvor erzählt, dass sich der Zustand der Seniorin in den letzten Tagen verschlechtert habe. Sie litt unter Schwindel und Atemnot.

»Frau Müller?«, sprach Nina Danielas Mutter leise an. »Sind Sie wach?«

Doch die alte Dame reagierte nicht. Ela, die sich bislang in dem abgedunkelten Raum auf dem Arm ihrer Mutter ehrfürchtig still verhalten hatte, fing nun an, sich lautstark zu beschweren. »Psst«, versuchte Yasemin, ihre Tochter zu beruhigen.

»Danni? Danni, mein Schatz?« Plötzlich wurde die Frau im Bett munter.

»Nein, Frau Müller. Wir sind Freunde von Danni«, log Yasemin. »Das ist Ela, meine Tochter.« Yasemin stellte sich vor das Bett, sodass die Seniorin sie gut sehen konnte.

Nina zog die Jalousien etwas hoch. Die alte Dame wischte sich über die Augen und versuchte, sich aufzurichten.

»Warten Sie, ich helfe Ihnen.« Nina drückte auf die Fernbedienung und das Kopfteil des Bettes fuhr hoch.

»Du, du, du – du bist ja zuckersüß!« Frau Müller pikte Ela vorsichtig mit ihrem knorrigen Zeigefinger in den Bauch und die Kleine lachte vergnügt. »Isst sie gut?«

»Ja, sie isst gut und sie ist ein liebes Kind«, antwortete Yasemin.

Die Seniorin nickte. »Meine Tochter war ein schlechter Esser. Ich habe ihr damals Sahne ins Essen gemischt, damit sie überhaupt etwas auf die Rippen bekam.« Sie seufzte. »Zu Beginn sind es die kleinen Sorgen, die man mit Sahne beheben kann. Später wird das schwieriger.«

»Ja, davor warnen mich alle«, entgegnete Yasemin und machte es sich mit Ela auf einem Stuhl bequem.

»Frau Müller«, sprach nun Nina die alte Dame an, denn sie wollte ihren klaren Moment unbedingt nutzen. »Wegen Ihrer Tochter sind wir übrigens hier. Sie ist auf einer längeren Reise?«

»Das sagen sie, aber das stimmt nicht!« Jetzt wurde die alte Frau laut. »Danni reist nicht weit. Sie mag das nicht. Sie fühlt sich dann nicht wohl. Ich kenne doch mein Kind!« Sie fasste sich für einen Moment an ihren Brustkorb und verzog das Gesicht. »Aber Melanie sagt, sie ist in Indien. Sie kommt bald wieder. Bald. Meine Danni.« Sie blickte hinaus aus dem Fenster.

»Frau Müller«, Nina ließ nicht locker, »wer ist Melanie?«

Doch die Angesprochene reagierte nicht auf die Frage, sondern deutete stattdessen auf den Nachttisch. »Da ist Danni drin.«

Nina öffnete die Schublade, entdeckte Fotos und reichte sie der Seniorin. Beim Zuziehen fiel ihr Blick auf einen Schlüssel, der unter den Bildern gelegen hatte und auf dessen Anhänger *Danni* stand. Offenbar hatte ihre Tochter einen Ersatzschlüssel für ihre Wohnung hinterlegt. Das war klug. Nina hatte für einen Schlüsseldienst in Wuppertal schon einmal weit über hundert Euro bezahlt. Diskret steckte sie den Bund in ihre Tasche, während Yasemin sich geduldig die Fotos anschaute.

»Frau Müller, können Sie sich daran erinnern, wann Ihre Tochter ...«

»Danni, mein Schatz, mein Liebes, komm zu Mama.« Die alte Dame streckte ihre Arme nach Ela aus.

»Das ist nicht Danni, Frau Müller«, sagte Yasemin sanft. »Ihre Danni ist schon erwachsen. Sie kommt Sie bald besuchen.«

Die Frau antwortete nicht, sondern hielt sich erneut den Brustkorb und wimmerte. Sie schien starke Schmerzen zu haben.

Nina und Yasemin wechselten einen Blick und drückten dann die Klingel.

»Frau Müller geht's gar nicht gut, sie hat Schmerzen«, teilte Nina der hereinkommenden Pflegerin mit.

Die junge Frau nickte. »Ich gebe dem Arzt Bescheid. Sie kommen besser ein anderes Mal wieder. Frau Müller braucht jetzt Ruhe.«

»Sagen Sie, darf ich Ihnen kurz eine Frage stellen?«, nutzte Nina die Chance. »Frau Müller berichtete von einer Melanie, die sie ab und zu besucht ...«

Die Pflegerin zuckte mit den Schultern. »Kann sein.« Mit gehetztem Blick schaute sie den Flur hinunter. »Nehmen Sie es mir nicht übel, ich habe keine Zeit. In drei weiteren Zimmern blinkt ebenfalls das rote Licht, ich muss den Arzt rufen und wir sind heute wegen Krankheit unterbesetzt. Wie immer eigentlich.« Den letzten Satz murmelte sie leise. »Wir freuen uns über jeden Besuch für die Bewohner, aber ich kenne die auch nicht alle. Und ich muss jetzt wirklich weiter, sorry.«

Nina nickte, was die Pflegerin schon nicht mehr sah.

Sie verabschiedeten sich von der alten Dame, die ihre Augen wieder geschlossen hatte und sie nicht mehr wahrzunehmen schien. Bedrückt machten sich die beiden Freundinnen auf den Weg zum Ausgang.

»Alt werden kann ein Arschloch sein«, sprach Yasemin Ninas Gedanken aus, als sie Ela an der frischen Luft in den Buggy setzte. Es war bereits dunkel geworden. »Zum Beispiel, wenn man ganz allein in einem Heim hockt.«

Nina sog die klare Luft ein. Nur zu gern ließen sie sich von Ela aus ihren trüben Gedanken reißen, die einen Hund erblickte und fröhlich juchzend in die Hände klatschte.

Nachdem sie das Heim hinter sich gelassen hatten, holte Nina den Schlüssel hervor und zeigte ihn Yasemin. »Ich fahre gleich morgen früh zu Danielas Wohnung und schaue mich dort um. Bittest du Doro, Infos über die Vierte im Bunde, Johanna, zu sammeln? Ihr letzter Wohnort war wahrscheinlich Köln, meinte Tim.«

»Klar.«

»Wie ich sie kenne, hat sie damit ohnehin schon begonnen.«

Nina griff zu ihrem Handy. Tim würde bestimmt noch wissen, wo genau Daniela wohnte.

56

Am nächsten Tag stand Nina in aller Frühe vor einem unauffälligen Mehrparteienhaus etwas außerhalb im Norden der Stadt und war erleichtert, dass der Schlüssel tatsächlich in das Schloss passte. Danielas Wohnung befand sich im dritten Stock. Erfolglos versuchte Nina, aus dem Briefkasten, der im Hausflur angebracht war, Post herauszufischen. Nina betrachtete das Schloss und musste lächeln. Sie würde sich aus Danielas Wohnung ein Messer oder einen Schraubendreher mitnehmen und es nachher vor dem Verlassen des Hauses knacken.

Als sie die Wohnungstür öffnete, erstaunte sie der Geruch.

Nina hatte abgestandene Luft erwartet, wie sie üblicherweise in Wohnungen hing, die für eine Weile sich selbst überlassen waren. Doch vielleicht hatte die Putzfrau oder ein Nachbar vor nicht allzu langer Zeit gelüftet.

Sie schaute sich in dem kleinen Flur um. Ein paar Jacken am Haken, einige Schuhe auf dem Boden, eine verdorrte Pflanze auf der kleinen Kommode. Nichts Auffälliges. Das Wohnzimmer war aufgeräumt, das Bett gemacht. Nina öffnete den Kleiderschrank. Er wirkte gut gefüllt. Wenn Daniela wirklich ein halbes Jahr unterwegs war, sollte sie dann nicht einiges des Inhalts mitgenommen haben? Doch vielleicht war sie bewusst mit leichtem Gepäck gereist, der volle Kleiderschrank allein war kein Grund, misstrauisch zu werden.

Sie betrat die Küche und damit den letzten Raum der Wohnung. Wie es aussah, konnte sie sich das Öffnen des Briefkastens sparen. Auf dem weißen Tisch lag Post, sorgfältig geordnet, teils geöffnet und mit Kommentaren wie *erledigt* oder *anrufen* vermerkt. Nina betrachtete die Buchstaben. Die Schrift erinnerte sie an etwas, doch sie kam nicht darauf, an was. In der Schublade unter der Tischplatte lag neben einer alten Kaugummipackung, diversen Kundenkarten, einem Haarband und einem Feuerzeug ein kleiner Stapel an gebundenen Notizbüchern. Nina nahm das oberste in die Hand und überflog die ersten Seiten. Dann nahm sie die anderen heraus und blätterte sie durch. Das waren Tagebücher. Teils war die Handschrift kindlich, teils wirkte sie erwachsen. In einem der älteren Bücher fand sie vorne einen Eintrag:

Dies ist Annas Tagebuch. Natürlich ist das nicht mein richtiger Name. Auch die Namen meiner Freunde habe ich verändert oder abgekürzt, für den Fall, dass ich mein Tagebuch verliere. Ich bin ja nicht blöd.

Nina schaute auf ihre Uhr. Sie musste sich sputen, wenn sie pünktlich auf dem Friedhof ihre Arbeit beginnen wollte. Sie klemmte die Tagebücher unter den Arm und verließ die Wohnung. Dorothee hatte für die kommenden Tage genügend Lesestoff, so viel stand fest.

57

»Und?«, hörte Nina plötzlich Carls Stimme hinter sich, als sie Unkraut vom Grab eines Ehepaars pflückte. Sie zuckte zusammen. »Ich höre dich nie kommen«, stellte sie fest. »Wie ein Geist stehst du plötzlich da! Wahrscheinlich existierst du gar nicht und nur ich kann dich sehen.«

Er verzog seinen Mund zu etwas, das einem Lächeln ähnelte. »Und?«, fragte er erneut.

»Chef.« Für einen Moment legte sie Messer und Harke beiseite und erhob sich. »Ich schätze deine Wortkargheit. Ich finde, generell reden die Menschen zu viel und sagen zu wenig. Aber manchmal bedarf es doch zwei, drei Worte mehr.«

Er seufzte. »Und? Baustelle bereinigt?«

Nun lächelte sie. »Ja, danke der Nachfrage. Die Reparaturarbeiten laufen besser als gedacht.«

»Gut.« Er fasste kurz an seine Kappe, drehte sich um und zog von dannen.

Kaum hatte sie ihre Arbeit wieder aufgenommen, brummte ihr Handy in der Tasche. Ihr Display zeigte erneut eine nicht gespeicherte Mobilfunknummer an.

»Hallo?«

»Ich bin Legastheniker«, sagte eine aufgeregte männliche Stimme.

»Herr Höhner?«

»Ja. Ich bin Legastheniker.«

»Ich versteh nicht so ganz, warum …« Doch in dem Moment klickte es in Ninas Kopf.

»Ich habe immer versucht, es zu vertuschen. Häufig hat es mir Probleme bereitet, aber jetzt könnte es meine Ehe retten!«

»Die SMS«, sagte Nina langsam.

»Genau. Sie haben sie doch gelesen, oder? Und, waren Fehler drin? Die automatische Korrektur verbessert nicht alles. Das ist mir heute Morgen unter der Dusche eingefallen. Schauen Sie sich meine Nachrichten an, die ich sonst versende. Es sind nicht viele, denn ich schreibe nicht gern.«

»Nein, die Nachricht war fehlerfrei, soweit ich es in Erinnerung habe.«

»Sehen Sie! Sie müssen zu meiner Frau fahren und ihr das sagen! Bitte! Ihnen wird sie glauben. Sie will mich nicht sehen.«

In Ninas Hirn ratterte es. »Hören Sie, Herr Höhner, das werde ich tun. Aber wenn nicht Sie die SMS geschrieben haben, ist die Frage, wer es dann war, und dem muss ich dringend nachgehen. Ich melde mich so schnell wie möglich wieder bei Ihnen. Versprochen.« Sie legte auf. Ihr Körper kribbelte vor Aufregung.

Sie wählte Lenas Nummer. Niemand antwortete. Nina beschlich ein ungutes Gefühl. Doch für den Moment waren ihr die Hände gebunden. Bis zum Nachmittag würde sie noch Unkraut pflücken müssen. Danach würde sie in die Kommandozentrale fahren. Dorothee war eine schnelle Leserin, vielleicht hielt sie bereits Neuigkeiten für sie bereit.

Vor ihnen lagen inzwischen sehr viele Puzzleteile. Es war an ihnen, sie richtig zu verbinden.

58

Nina rannte die paar Meter von ihrem Auto bis in den Kiosk, um nicht komplett vom Regen durchnässt zu werden. Auf den Treppenstufen öffnete die junge Frau, die Nina nun schon mehrfach im Kiosk gesehen hatte, gerade ihren Regenschirm und zog von dannen.

»Die entwickelt sich langsam zur Stammkundin, oder?«, sagte Nina, als sie den Verkaufsraum betreten hatte, und deutete durch die Fensterscheibe auf die Frau, die sich zügig entfernte.

Yasemin nickte. »Jau.«

»Marcel Höhner ist Legastheniker«, fiel Nina nun mit der Neuigkeit ins Haus.

»Lega… was?«, fragte Yasemin zurück.

»Er hat eine Lese- und Rechtschreibschwäche. Die SMS, die Lena uns gezeigt hat, war komplett fehlerfrei.«

»Ui«, entgegnete Yasemin. »Dann is' die Frage, wer die SMS wirklich verschickt hat.«

»Exakt. Wo ist Doro?«, fragte Nina.

»In ihrer Wohnung. Lesen. Sie macht nichts anderes, seit du ihr die Tagebücher gegeben hast. Ich glaube, sie hat sogar das Pinkeln abgestellt.«

Nina lachte leise, um die schlafende Ela in der Wippe nicht zu wecken, gab der Kleinen einen sanften Kuss auf die Stirn und flüsterte Yasemin zu, dass sie Doro einen Besuch abstatten werde.

Als sie oben an der Wohnungstür klingelte, dauerte es eine ganze Weile, bis der Türsummer endlich ertönte.

»Hi, Doro, ich bin's, Nina!«, rief sie. Doch eine Antwort blieb aus. »Doro?«

»Hier«, erklang endlich eine Stimme aus dem Wohnzimmer.

Ihre Vermieterin saß im Sessel, vor sich eines der Tagebücher. Sie wirkte blass und nahm Nina kaum zur Kenntnis.

»Geht's dir nicht gut?«

»Hm? Doch. Eigentlich schon. Aber ich habe hier gerade etwas gelesen, da wird mir ganz schlecht. Da kann es doch keinen Zusammenhang …? Oder doch? Ich steig da nicht durch!«

»Jetzt mal langsam. Was hast du gelesen?«

Doro ließ das Tagebuch auf den Schoß fallen. »Ich habe mit den jüngeren angefangen. Also mit denen, in denen die Schreibende schon erwachsen ist. Es dreht sich vieles um Aussehen, Optik, Fitness, Hochleistungssport, Diäten und um ihren Freund. Zu dem komme ich gleich. Sie schreibt auch über ihr Studium. Und dass sie es abbricht, nachdem sie in ihrem Hauptfach durch die Zwischenprüfung gesegelt ist.« Sie machte eine kurze Pause, bevor sie ergänzte: »Bei Professor Lindemann.«

Nina setzte sich. »Dein Bekannter, der in Berlin gestorben ist? Sie nennt ihn namentlich?«

»Na ja, sie nennt ihn ›Arschloch-Prof Lindemann‹. Als Erwachsene machte sich die werte Anna wohl nicht mehr die Mühe, die Namen der anderen zu verfremden. Sie hat noch damals in Bielefeld bei ihm studiert.« Doro nahm einen Schluck Tee und bedeutete Nina, an ihre Seite zu kommen. »So, und jetzt will ich dir mal etwas zeigen.« Sie hielt ihr das Tagebuch hin. »Die Einträge sind ausnahmslos mit einem pinken oder blauen Stift geschrieben worden. Volkers Name ist am Rand mit einem schwarzen Stift angekreuzt worden – wahrscheinlich nachträglich. Und noch ein zweiter Name wurde angekreuzt.« Dorothee blätterte einige Seiten vor. »Hier.«

Nina las die Zeilen dieses Eintrags. Er handelte von einem Alex, offenbar der Freund der Schreibenden.

»Hast du schon versucht, was über ihn rauszukriegen?«

»Noch nicht. Aber ich setze mich schnellstmöglich dran. Doch ich hab noch einiges an Lektüre vor mir.« Sie blickte Nina ungeduldig an. »Ich weiß, wir stehen kurz davor, den Fall zu lösen.«

»Trotzdem pinkeln nicht vergessen«, rutschte es Nina heraus.

»Bitte, was?«

»Ähem, nichts.«

Nachdenklich blätterte Dorothee durch die Seiten. »Insgesamt bin ich schockiert, wie selbstbezogen und hasserfüllt diese junge Frau schreibt. Alles dreht sich nur um sie, um ihre Bedürfnisse, ihr verletztes Ego, ihre spinnerten, größenwahnsinnigen Ideen. Da ist keinerlei Empathie für Mitmenschen herauszulesen. Puh! Narziss ist die Bescheidenheit in Person gegen die. Ich! Icher! Am Ichsten!«

»Über Daniela hast du nichts gelesen? Die Tagebücher befanden sich schließlich in ihrer Wohnung.«

Doro schüttelte den Kopf. »Noch nicht. Aber wie gesagt, ich habe noch einiges vor mir.« Sie deutete auf den Stapel neben sich. »Theoretisch ist ja auch nicht auszuschließen, dass Anna Daniela ist.«

Nina dachte nach. »Ich kann ja noch mal in ihre Wohnung gehen und nach einem aktuellen Schriftstück suchen. Dann vergleichen wir die Handschriften.«

Doro nickte.

»Allerdings versuche ich erst mal, Lena zu erwischen, denn irgendwas stimmt mit den SMS nicht, die sie angeblich von Marcel erhalten hat.«

Doro schaute sie fragend an und Nina berichtete ihr von Marcel Höhners Anruf.

»So. Ich muss los. Und du musst lesen. Sobald deine Recherchen etwas ergeben, ruf mich an, ja?«

»Aber natürlich, Liebes.« Dorothee hatte schon das nächste Tagebuch aufgeklappt, schaute dann aber noch einmal hoch. »Nina?«

»Hm?«

»Wie immer du es hinbekommen hast, dass Yasemin mir verziehen hat und wieder fast die Alte ist – ich danke dir von Herzen dafür.«

Ninas Wangen röteten sich. Sie winkte Doro zum Abschied und murmelte beim Hinausgehen: »Da nicht für.«

59

Lena schien schwieriger erreichbar zu sein als die Kanzlerin. Ninas Bauchgefühl grummelte ihr nun lautstark zu, dass da was nicht stimmte. Als beim fünften Anrufversuch direkt die Mailbox anging, setzte sich Nina ins Auto und fuhr zu Pascal. So konnte sie hoffentlich zwei Fliegen mit einer Klappe schlagen: Lena treffen und Pascal auf seine früheren Schulfreunde ansprechen – denn dazu waren sie seit der Entführung Elas nicht gekommen.

Die Einfahrt seines Hauses war bedeckt mit Eicheln und dunklen Blättern. Die Heide vor der Haustür war verdorrt. Der Nieselregen tat sein Übriges, um die Kulisse traurig wirken zu lassen. Nina klingelte. Und wartete. Klingelte erneut. Doch niemand öffnete.

Vielleicht war Pascal nicht da. Vielleicht lag er aber auch auf dem Sofa, starrte mit Restalkohol im Blut an die Decke und beweinte sein Schicksal. So würde sie es machen. Deshalb gab sie noch nicht auf und klingelte stattdessen Sturm.

Es trug Früchte. Kurze Zeit später öffnete ein sichtlich genervter Pascal Neumann die Tür.

»Geht doch«, sagte sie und schritt ungefragt durch den Flur in sein Wohnzimmer.

»Was willst du hier?«, fragte er matt. »Mein Leben ist doch eh im Arsch. Die Polizei ermittelt jetzt gegen mich, statt für mich. Auch wenn ich ihnen alles über das Geschehene erzählt hab.« Er seufzte tief. »Und ihr wolltet doch nicht weiter drei Engel für Charly spielen, was ich ja verstehe. Ich hätte nicht anders reagiert, wenn jemand Emma …«

»Ich würde gern mit Lena sprechen«, ging Nina nicht weiter auf seine Worte ein.

»Die ist nicht da. Wir haben uns gestritten.«

Entgegen Ninas Erwartungen erblickte sie auf dem Wohnzimmertisch keine geleerten Alkoholflaschen, sondern eine Packung Milch, eine angebissene Scheibe Toastbrot mit bereits welligem Käse darauf und eine Packung Beruhigungstabletten, deren Wirkstoffe aus Hopfen und Lavendel gewonnen wurden. Selbst in der tiefsten Krise bewahrte Pascal Contenance.

»Daniela und Johanna – klingelt's bei den Namen?«, fragte sie unvermittelt und drehte sich zu ihm um.

Er ließ sich auf das Sofa fallen und stieß einen kurzen Seufzer aus. »Ehrlich gesagt, habe ich gerade keine große Lust, über meine Schulzeit zu plaudern.«

»Solltest du aber, wenn es dazu beiträgt, dein Leben wieder auf die Reihe zu bringen.«

Er schaute sie mit hochgezogenen Augenbrauen an. »Was haben denn die beiden mit all dem Mist hier zu tun?«

»Das versuche ich gerade herauszufinden. Hast du noch Kontakt zu Daniela? Weißt du etwas darüber, dass sie eine lange Indienreise antreten wollte?«

»Danni?« Er lachte kurz auf. »Menschen mögen sich ändern. Aber wenn sie noch etwas von der Danni von damals in sich trägt, kann ich mir das beim besten Willen nicht vorstellen. Sie wurde schon bei Kurztrips nervös und packte stundenlang viel zu viel und dann das Falsche ein. Am wohlsten fühlte sie sich zu Hause. Sicherlich einer der Gründe, warum wir auf Dauer nicht zusammenpassten.«

»Du warst mit Daniela zusammen?«

»Damals in der Oberstufe, ja.« Er grinste kurz. »Das war ein bisschen heikel. Ich war erst mit Johanna zusammen. Die beiden waren beste Freundinnen.« Er hielt kurz inne. »Eine Zeit lang bin ich zweigleisig gefahren.« Das Ende des Satzes verpackte er mit seinen Fingern in Anführungszeichen. »Marcel hat mir geholfen, alles unter einen Hut zu kriegen.« Er kratzte sich am Kopf. »Na ja, ich war dumm und schwanzgesteuert. Johanna hatte eine beeindruckende Ausstrahlung. Es fiel mir nicht leicht, mich von ihr zu trennen. Aber sie wurde mit der Zeit schrecklich anstrengend. Zickig. Unfair. Das ist ein Wesenszug, auf den ich empfindlich reagiere. Die Welt musste sich immer um sie drehen. Danni war das exakte Gegenteil. Danni war … lieb. Ein guter Mensch. Tiefbraune, gütige Augen.«

»Weißt du, dass Johanna tot ist?«

»Was? Nein.«

»Du hattest also zu beiden keinen Kontakt mehr?«

Pascal schüttelte den Kopf. »Seit zig Jahren nicht mehr. Danni und ich haben uns ein Jahr nach dem Abi getrennt. Johanna ist sitzengeblieben. Nach ihrem Abschluss hat sie, meine ich, in Bielefeld studiert. Irgendwann erzählte mir ein Kumpel, dass sie nach Köln gezogen ist. Nach unserer Trennung hat sie sich extrem heftig in den Sport gestürzt, das weiß ich noch. Und in Köln wollte sie angeblich ein Fitnessstudio gründen. Völlig bescheuert.«

»Wieso?«

»Johanna hatte einen angeborenen Herzfehler. Die Ärzte haben sie gewarnt, dass sie sich nicht zu sehr verausgaben darf. Als wir zusammen waren, habe ich immer versucht, sie zu bremsen. War nicht einfach. Sie war schon sehr eitel.« Er blickte aus dem Fenster in seinen Garten und schluckte sichtlich. »Tot. Krass. So schnell kann es gehen.«

»Hör zu«, sagte Nina, »ich habe in den letzten Tagen einige interessante Dinge erfahren. Ich werde dir nichts Halbgares auftischen. Aber spätestens, wenn diese Packung leer ist«, sie nahm den Blister mit den Beruhigungstabletten in die Hand, »habe ich dein Problem gelöst. Du hast mir sehr geholfen.«

»Aha. Nimm's mir nicht übel, dass sich meine Hoffnung in Grenzen hält.«

»Klar, du glaubst mir erst, wenn ich Resultate liefere. Deshalb muss ich jetzt auch los. Falls du mit Lena sprichst, richte ihr bitte aus, dass sie mich dringend anrufen soll, versprochen?«

Er erhob sich vom Sofa. »Versprochen.«

»Ich finde allein hinaus. Aber wo du schon stehst, könntest du die Gelegenheit ergreifen und dir eine neue Stulle schmieren. Das«, Nina deutete auf den Käse, »würde selbst ich nicht mehr runterkriegen.«

Ihr Telefon vibrierte, als sie die Haustür gerade hinter sich geschlossen hatte. »Doro? Du hast Ergebnisse? Ich auch. Ich weiß, wer die Tagebücher geschrieben hat. Ja, ich komme in die Kommandozentrale. Gib Yasemin Bescheid.«

60

Auf dem Tisch standen eine Kanne Jasmintee und eine Duftkerze, die Dorothees Wohnzimmer wie eine Sauna riechen ließ.

»Latschenkiefer«, erläuterte Doro. »Wirkt stimmungsaufhellend, ist gut für die Atemwege und regt den Kreislauf an. Das wird uns zu Höchstleistungen antreiben«, versicherte sie und schritt zur Magnettafel, die nicht länger ihr Dasein in der Abstellkammer fristen musste.

»Na, dann mal los!«, forderte Yasemin auf. »Ela schläft nicht ewig und mit jeder Minute, die ich den Kiosk geschlossen habe, geht mir wertvolles Windelgeld verloren.«

»Also, wüsste ich es nicht besser, würde ich behaupten, Johanna tritt zum Kreuzzug gegen alle an, die ihr wirklich oder vermeintlich Unrecht getan haben«, sagte Nina und goss ihren Freundinnen und sich Tee in die Tassen. »Aber sie wird nicht von den Toten auferstanden sein.«

»Nein, wird sie nicht. Notieren wir doch mal, was wir über Johanna wissen.« Dorothee schrieb ihren Namen an die Tafel. »Sie ist mit Pascal, Daniela und Marcel zur Schule gegangen. Daniela und sie waren beste Freundinnen, hat Pascal dir erzählt«, wandte sich Dorothee an Nina, während sie die Namen der Cliquen-Mitglieder aufschrieb.

Die nickte. »Bis Daniela und Pascal was miteinander angefangen haben.«

»Na ja, das macht man aber auch nicht«, warf Yasemin ein.

»Mag sein«, antwortete Nina. »Doch Liebeskummer ist noch lange kein Grund, das Leben anderer zu zerstören.«

»Das stimmt«, entgegnete Yasemin. »Es ist ein Grund, Eiscreme zu essen, bis einem schlecht ist, Liebesschnulzen zu gucken und in Selbstmitleid zu versinken. Und dann, ganz wichtig, vereinbart man einen Friseurtermin und pfeift auf den Verflossenen.«

Nina lachte.

»So, Konzentration«, bat Doro. »Johanna macht ein Jahr später als die anderen ihr Abitur«, fuhr sie fort, »danach studiert sie hier an der Uni. Unter anderem bei Volker Lindemann, wie wir aus den Tagebüchern erfahren. Bei ihm fällt sie durch die Zwischenprüfung und bricht ihr Studium ab.«

»Danach geht sie nach Pascals Aussage nach Köln«, ergänzte Nina und Dorothee nickte nun: »Was die späteren Tagebucheinträge, die ich mittlerweile gelesen hab, bestätigen. Sie heuert in einem Fitnessstudio an und hegt große Träume, was ihr eigenes Studio angeht. Etwas größenwahnsinnige Träume, wenn ich das als Fußnote ergänzen darf. Sie lernt Alex kennen, irgendwann trennt der sich, sie ist am Boden zerstört. Also wirklich am Boden zerstört und wünscht ihm die Pest an den Hals.« Sie nimmt eines der Tagebücher in die Hand. »Ich zitiere: *Jahre meines Lebens habe ich an dich verschwendet. Ohne mich bist du nichts. Du verdankst mir so viel und was tust du? Verrätst mich, verlässt mich. Aber du hast dich mit der Falschen angelegt. Eines Tages …* «

»Eines Tages was?«, fragte Yasemin ungeduldig, als Doro nicht weiterlas.

»Das Tagebuch endet mit drei Pünktchen. Dieser letzte Eintrag ist vor zwei Jahren geschrieben worden.«

»Natürlich.« Yasemin seufzte.

»Diese Tagebücher«, nahm Nina den Faden wieder auf, »haben wir in Danielas Wohnung gefunden, die angeblich auf einer Indienreise ist. Was die, die sie gut kennen, stark bezweifeln.«

Alle drei Frauen schwiegen für einen Moment und atmeten den Duft von Latschenkiefer ein.

»Was ist, wenn Danielas Mutter recht hat und ihre Tochter ist nicht verreist, sondern wirklich verschwunden? Entführt?«, fragte Yasemin in die Runde.

»Ja, das klingt mittlerweile bedeutend plausibler als die lange Reise«, stimmte Nina zu. »Lasst uns Danielas Nachbarn befragen. Vielleicht ist denen irgendetwas aufgefallen.«

»In Ordnung. Das übernehmt ihr«, entschied Dorothee. »Während ich diesen Alex aus den Tagebüchern ausfindig mache und meine Freunde vom Lions Club über die Todesumstände von Volker Lindemann befrage.«

»Gut. Und ich nehme mir die Tagebücher aus ihrer Schulzeit für heute als Bettlektüre mit. Es kann nicht schaden, auch die zu überfliegen«, überlegte Nina.

Als hätte Ela gespürt, dass damit zunächst alles gesagt worden war, fing sie im Nebenzimmer an zu brüllen.

61

Nina lag auf ihrem Bett und schaute für eine Weile aus dem Fenster hinaus in die Dunkelheit. Dann nahm sie ihr Smartphone in die Hand und wählte Tims Nummer.

»Na, Frau Gruber, noch wach?«, begrüßte er sie.

Sie schaute weiter ins Schwarze. »Du weißt doch, ich bin ein Nachtmensch.«

»Mhm.«

»Was machst du gerade?«

»Ich schaue Wrestling.«

»Wrestling?«

»Ja, das entspannt mich.«

»Ach guck. Tim Brüggenthies muss sich auch mal entspannen. Dabei wirkst du immer gechillt, wenn wir uns sehen.«

»Wir sehen uns ja nicht besonders oft.«

»Das war jetzt unversteckte Kritik, die du geäußert hast, richtig?«

»Richtig. Versteckte wäre bei dir völlig sinnlos.«

Sie lachte. »Stimmt. Ich hab's nicht so mit dem Zwischen-den-Zeilen-Lesen.«

»Mhm.«

»Übrigens: Wir sind zurück.«

»Wer?«

»Doro, Yasemin und ich. Wir sind wieder ein Team. Ich habe deinen Ratschlag befolgt. Und dein Strohhalm erweist sich vielleicht als eine heiße Spur. Was ich aber eigentlich sagen wollte, ist: Danke für deine Hilfe.«

»Gern geschehen. Aber bist du dir sicher, dass ihr unter den Umständen weiter eure Nase in den Fall stecken wollt?«

»Ja. Es ist wie eine Therapie für Yasemin.«

»Aha. Du machst keine riskanten Alleingänge, hörst du?«

»Ja, versprochen. Und, Tim?«

»Mhm?«

»Wann sehen wir uns das nächste Mal?«

»Vermisst du mich?«

Sie schwieg für einen Moment und sagte dann: »Ja. Sehr.«
Nun schwieg er.

»Hallo?«

»Ich bin noch dran. Ich bin nur so erstaunt, dass du so klar
Gefühle äußerst.«

»Ich habe mir vorgenommen, das jetzt häufiger zu machen.
Ich würde gerne mal mit dir in Ruhe reden.«

»Über Gefühle?«

Nina nahm all ihren Mut zusammen. »Auch. Über unsere
Zukunft.«

»Wow.« Er atmete tief ein. »Ich habe in den nächsten Tagen leider wahnsinnig viel zu tun. Du weißt, die Sonderkommission. Aber ich würde mich gerne am Wochenende mit dir
treffen.«

Nina lächelte. »Das freut mich. Dann lass uns vorher tele-
fonieren.«

»Gut. Schlaf schön, Frau Gruber.«

»Gute Nacht, Herr Brüggenthies.«

Zufrieden legte sie auf und griff zu den Tagebüchern. Auch
wenn ihre Augen langsam schwer wurden, wollte sie zumindest die ersten Seiten überfliegen.

Sie las über die Einschulung ins Gymnasium, über Hausaufgaben, weniger über Freunde, mehr über Feinde und über
Lidschatten. Einige Seiten später taucht ein Mädchen auf, das
die Tagebuchschreiberin Bambi nennt. Mit ihr gründet sie eine
Bande, ganz offiziell im Wald an der Klosterruine. Die Ernst-
haftigkeit, mit der das beschrieben wurde, ließ Nina einen
unbehaglichen Schauer über den Rücken laufen. Bambi war
wahrscheinlich Daniela. Hatte Pascal nicht etwas von tiefbrau-
nen Augen gesagt? Ihr Name war ein paar Seiten später eben-

falls nachträglich angestrichen worden und am Rand war mit drei Ausrufungszeichen das Wort *Verräter* notiert. Es war die Schrift eines Erwachsenen, obgleich die Punkte des *ä*, die als Kreise gemalt waren, verspielt wirkten. Der Anfangsbuchstabe des Wortes war überproportional groß und insgesamt neigte sich die Schrift nach links. Es war dieselbe Handschrift, die die Post in Danielas Wohnung kommentiert hatte. Nina setzte sich auf. Woher, verdammt noch mal, kannte sie die Schrift?

Und dann fiel es ihr ein.

Ihr wurde heiß und kalt.

Die Ginkgo-Tabletten!

Nina sprang aus dem Bett, zog sich ihre Schuhe an, lief die Treppe hoch zur Wohnung ihrer Vermieterin und klingelte. Erst dann stellte sie sich die Frage, wie spät es mittlerweile war und ob Dorothee wohl schon schlief. Doch nur wenige Sekunden später hörte sie im Inneren der Wohnung Schritte.

»Wer ist da?«, fragte Doro mit Skepsis in der Stimme.

»Ich bin's, Nina.«

Dorothee öffnete die Wohnungstür. »Liebes, hast du etwas vergessen?«

»Im Gegenteil. Mir ist etwas eingefallen!«

Zügig schritt Nina mit dem Tagebuch in der Hand ins Wohnzimmer und registrierte, dass Doro offensichtlich noch am Computer gearbeitet hatte.

Sie schlug die Tagebuchseite auf. »Die Schrift!« Nina pochte mit dem Zeigefinger auf das Wort *Verräter*. »Das ist Lenas Schrift! Ich habe sie wiedererkannt von einem Einkaufszettel, den sie in Yasemins Kiosk geschrieben hat – die Ginkgo-Tabletten für Erika, du erinnerst dich? Die gleiche Handschrift findet sich auf geöffneten Briefen in Danielas Wohnung.«

Dorothee setzte sich auf ihren Stuhl vor den PC. »Aber was hat Lena mit Johanna zu tun?« Im selben Moment schlug sie sich vor den Kopf. »Annalena«, murmelte sie.

»Was?«

»Schau mal.« Sie drehte den Bildschirm zu Nina. Darauf war ein alter Zeitungsartikel über einen erfolgreichen Schönheitschirurgen zu sehen, der schon fast alle Promis unter dem Messer gehabt hatte. Ein Porträt, in dem über sein Ehrenamt beim lokalen Tierheim ebenso berichtet wurde wie über seine perfekte Familie: seine Ehefrau und seine zwei Töchter. Johanna, die Ältere, besuchte ein Gymnasium, die jüngere dreizehnjährige Annalena ein Internat, verriet der Artikel.

Nina ging näher an den Bildschirm, um das Foto genauer unter die Lupe zu nehmen. Die jüngere Schwester hatte sich etwas zur Seite gedreht, als das Foto geschossen wurde, ihr Gesicht war nur halb zu erkennen.

»Die Wangenknochen und die Mundpartie …«, überlegte Nina laut.

»Ja, das haut hin«, sagte Doro aufgeregt. »Annalena ist Lena. Die einen Rachefeldzug für ihre verstorbene Schwester führt. Allerdings hat sie einen anderen Nachnamen.«

»Vielleicht war sie schon mal verheiratet. Vielleicht ist es nicht ihr richtiger. Aber wieso? Diese Schulfreunde können doch nichts für den Tod ihrer Schwester. Oder der Ex. Oder der Professor. Was ist denn das für ein kranker Scheiß?«

Ihre Vermieterin zuckte die Schultern. »Was in ihrem Kopf vorgeht, kann dir nur sie selbst sagen. Wir müssen sie stoppen, bevor noch Schlimmeres passiert.«

»Ja, und wir müssen herausfinden, was Lena mit Daniela gemacht hat. Oh Gott, ich hoffe, es ist nicht zu spät.«

Dorothee schaute sie mit angespannter Miene an. »Und wir sollten Yasemin dringend von Lena fernhalten. Sonst ist die Gefahr groß, dass Ela ihre Mutter bald hinter Gittern besuchen muss.«

Nina nickte. »Lena hat Ela aus dem Kiosk entführt. Kurz nachdem wir von der Clique erfahren haben und nach Johanna und Daniela suchen wollten. Lena hat Erika ja zur Physiotherapie abgeholt und die wird ihr das alles brühwarm erzählt haben.«

»Genau. Das wurde ihr zu heiß. Und sie hat damit ja auch erreicht, was sie erreichen wollte.«

»Sie hat Zeit gewonnen, um ihren Plan weiterzuverfolgen. Zum Beispiel, um eine Fingerkuppe in Pascals Büfett zu platzieren und Koks in sein Büro zu schmuggeln. Oh Mann«, Nina blickte Doro aufgewühlt an, »glaubst du, die Fingerkuppe ist von …«

Doro schaute wie gebannt auf das Foto der jungen Annalena. »Liegt nahe.«

»Scheiße!« Nina knallte ihre Faust so sehr auf den Tisch, dass es wehtat und Dorothee zusammenzuckte. »Und mit der haben wir unseren Filterkaffee und Schokokekse geteilt. Das verzeih ich mir nie.« Sie sah auf die Uhr. Es war kurz nach Mitternacht. »Ich fahr da jetzt hin.«

»Wohin?« Dorothees Stimme klang besorgt.

»Zu Lenas Wohnung. Und wenn ich sie da nicht antreffe, noch mal zu Pascal.«

62

Es wurde Zeit. Die ständigen Anrufe auf ihrem Handy hatten sie in Alarmbereitschaft versetzt. Und als sie am Nachmittag die Wohnung des Miststücks betreten hatte, hatte sie sofort gespürt, dass etwas nicht stimmte. Die Türen zu den Zimmern waren geöffnet, sie hatte sie stets geschlossen gehalten. In der Küche hatte sie ihre schlimmsten Befürchtungen bestätigt gesehen: Die Tagebücher waren verschwunden. Sie hatte sie dort gelagert, damit Pascal sie nicht in ihrer Wohnung hatte finden können.

Sie waren ihr auf die Schliche gekommen.

Sie würde nicht abwarten, ob sie tatsächlich den richtigen Schluss ziehen würden. In dieser Story würde der gefallene Engel gewinnen und sich ein luxuriöses Leben unter der Sonne gönnen. In drei Tagen hob ihr Flieger ab.

Zur Vorsicht hatte sie sich in das Hotelzimmer unter falschem Namen eingebucht. Sie wollte nicht das Risiko eingehen, in letzter Sekunde abgefangen zu werden.

Sie drehte sich vom Fenster, von dem aus sie auf den Bahnhof blickte, ins Rauminnere.

Wie ein plattes Eichhörnchen lagen dort ihre braunhaarige Perücke und daneben der gefälschte Pass, den sie gottlob nicht in Danielas Wohnung gelassen hatte. Morgen früh würde sie diese mittelmäßige Stadt mit ihren mittelmäßigen Menschen hinter sich lassen. Ein letzter Besuch im Heim und eine letzte Dosis Digitalis sollten der alten Frau den Rest geben.

Köln–Berlin–Bielefeld. Ihre Mission würde erfolgreich zu Ende gehen. Sie spürte eine tiefe Genugtuung.

63

»Wenn du jetzt nicht sofort aufhörst, mitten in der Nacht das ganze Haus wach zu klingeln, rufe ich die Polizei«, brüllte eine erboste männliche Stimme Nina entgegen.

»Schon da«, rief sie trotzig in die zweite Etage hoch. Dort hatte sich das Fenster geöffnet, nachdem sie minutenlang an Lenas Wohnung Sturm geklingelt hatte.

Deprimiert setzte sie sich in ihr Auto. Ob es noch eine reale Chance gab, Daniela lebend zu finden? Die Zeit spielte gegen sie.

Als sie eine Viertelstunde später vor Pascals Haus parkte,

fragte sie sich, ob sie die Ampeln, die ihren Weg gekreuzt hatten, wirklich bei Grün überquert hatte. Nina war so in Gedanken gewesen, dass sie sich an die Fahrt nicht erinnern konnte.

Ungeduldig klingelte sie auch hier Sturm. Falls Pascal zu Hause war, musste sich die Türklingel schließlich durch seinen Schlaf kämpfen.

Tatsächlich öffnete er ihr dann in einem weißen Shirt und Boxershorts und sah sichtlich verwirrt aus. »Was machst du hier mitten in der Nacht?«

»Ist Lena bei dir?«, fragte sie hysterischer zurück, als ihr lieb war.

»Nein, sie hat sich seit gestern nicht blicken lassen.«

»Kann ich kurz reinkommen? Es ist wichtig.«

Er schritt zur Seite und ließ sie eintreten. Nina blieb im Flur stehen und schloss die Tür.

»Hinter alldem steckt Lena.«

»Bitte was? Spinnst du?«, antwortete Pascal entgeistert.

»Lena ist Johannas Schwester. Wusstest du, dass sie eine Schwester hatte?«

»Puh.« Er kratzte sich im Nacken. »Ja, da war was. Aber die hat keiner von uns gekannt. Sie war jünger und auf einem Internat. Ich habe sie nie gesehen und Johanna hat, als wir zusammen waren, auch kaum von ihr gesprochen.«

»Jedenfalls ist diese Annalena auf einem Rachefeldzug für ihre verstorbene Schwester. Alle, die ihr im Leben vermeintlich Unrecht getan haben, werden von Lena sprichwörtlich heimgesucht.«

»Das ist doch völlig irrsinnig! Wir waren Jugendliche! Da hat man mal hier eine Freundin und mal dort. Was soll denn das?« Pascals Stimme wurde laut.

»Ich weiß, ich weiß. Wenn du irgendetwas von Lena hörst, tu bitte so, als ob du sie vermisst und unbedingt wiedersehen willst. Wir sind uns ziemlich sicher, dass sie Daniela in ihrer Gewalt hat und dass die Fingerkuppe …«

Nun wurde sein Gesicht blass. »Nein!«

Nina nickte. »Wir müssen dringend herausfinden, wo Lena ist. Ihr Handy ist aus.«

»Ich weiß. Ich habe auch schon mehrfach versucht, sie zu erreichen.«

»Seid ihr über Skype oder irgendwas anderes verbunden, das uns helfen könnte?«

Pascal dachte kurz nach und schüttelte dann den Kopf.

»Okay. Kontaktier mich sofort, wenn Lena sich meldet, und pass auf dich auf. Sie ist gefährlich«, warnte sie zum Abschied.

Als sie in ihre Wohnung zurückgekehrt war, zeigte die Uhr in der Küche halb zwei an. Nina fröstelte und legte sich mit einer Wärmflasche ins Bett.

Da an Schlaf ohnehin nicht zu denken war, schob sie die Wärmflasche auf ihre kalten Füße und nahm eines von Johannas Tagebüchern zur Hand. Sie las von Klausuren und der drängenden Frage, wie sie ihren Freund dazu bewegen könnte, ihr die sauteure Uhr zu schenken, die sie unbedingt besitzen wollte. Nina seufzte. Die Notizen halfen ihr nicht weiter.

Sie überflog Seiten mit melodramatischen Einträgen über Streit mit den Eltern, den Freunden, die schnell zu Feinden wurden, wenn sie nicht nach Johannas Pfeife tanzten. Immer fühlte sie sich überlegen, niemand konnte ihr das Wasser reichen. Sie ritzte die Initialen von ihrem ersten Freund und sich in die Rinde eines Baumes im Wald in der Nähe der Klosterruine, um sie wütend beim ersten Streit wieder zu überschreiben.

Der arme Baum, dachte Nina noch, bevor ihr das Buch aus der Hand glitt und ihr die Augen zufielen.

64

Erschrocken fuhr Nina hoch. Wo war sie? War sie etwa eingeschlafen? Sie hatte doch die Bücher zu Ende lesen und nach Hinweisen suchen wollen!

Nina spürte ihr Herz in den Ohren pochen, lehnte sich zurück, um sich zu sammeln, um richtig wach zu werden. Ihr Herzschlag normalisierte sich. Was hatte sie sich für einen Mist zusammengeträumt! War durch den Wald gelaufen, gehetzt, hatte Fingerkuppen auf dem Weg liegen sehen. Hatte die ganze Zeit nach Ela gesucht und ihren Namen gebrüllt. Hörte plötzlich ein Babyschreien und hatte versucht, es zu lokalisieren. Lief nach rechts, dann doch nach links. Sie konnte einfach nicht feststellen, aus welcher Richtung das Brüllen kam! War schließlich an die Ruine im Wald gelangt und hatte dort, zwischen den alten Steinen, eine leere Babyschale gefunden.

Dann war sie hochgeschreckt.

Was für ein Scheiß!, dachte sie und spürte den kalten Schweiß auf ihrer Stirn. Sie verließ das Bett, stellte in der Küche die Kaffeemaschine an und ging ins Bad, um diesen schrecklichen Traum abzuduschen und in den Ausguss fließen zu lassen. Nachdem Nina das Wasser minutenlang angenehm warm auf ihre Schultern hatte rieseln lassen, drehte sie den Hahn auf kalt und verfiel sogleich in Schnappatmung. Ihre Haut war knallrot, als sie sich abtrocknete. Und während sie ihre Haare abrubbelte, fiel es ihr wie Schuppen von den Augen.

Der Wald. Die Ruine.

Sie rannte ins Schlafzimmer, zog sich Jeans und Pulli über, griff sich die volle Kaffeekanne, rannte das Treppenhaus hoch und klingelte an Dorothees Tür.

»Bist du schon wach?«

»Nein, ich schlafe noch. Deshalb stehe ich voll bekleidet im Flur und habe dir gerade geöffnet«, antwortete Dorothee.

»Du hast recht. Blöde Frage. Ich steh heute Morgen etwas neben mir. Immerhin habe ich Kaffee mitgebracht«, entgegnete Nina, während sie in die Küche schritt, zwei Becher aus dem Schrank nahm und ihrer Freundin und sich eingoss.

»Ich habe heute Nacht kein Auge zugemacht«, tat Doro kund. »Was gut war, so habe ich viel geschafft. Ich habe Neuigkeiten über Johannas Ex-Freund Alex aus Köln.«

»Und?« Nina reichte Dorothee einen Becher.

»Tot. Vergiftet. Seine Leiche wurde im Rhein gefunden. Ob er selbst die falsche Pflanze gegessen hat oder es Fremdeinwirkung war, ist unklar.«

»Wir kennen die Antwort und werden sie den Kollegen in Köln liefern – nachdem wir uns um Daniela gekümmert haben, die hoffentlich noch lebt. Ruf mal bitte auf der digitalen Landkarte die Klosterruine im Teuto auf.« Sie deutete auf Doros Computer.

Das ließ sich ihre Vermieterin nicht zweimal sagen. »Ist herrlich da oben. War es zumindest, als ich vor zwanzig Jahren das letzte Mal da war«, entgegnete sie. »So. Bitte schön.« Sie zoomte die Landkarte heran, sodass die Ruine des Jostbergklosters und das unmittelbare Umfeld gut zu erkennen waren. »Was genau suchen wir?«

»Das Gebäude rund einen halben Kilometer daneben, was ist das?«

»Das ist eine alte Gaststätte. Wird seit Jahrzehnten nicht mehr betrieben. Das Gebäude steht unter Denkmalschutz und verrottet langsam. Alle paar Jahre gibt's mal wieder einen Artikel in der Lokalzeitung, weil es angeblich einen Interessenten geben oder endlich der Abriss vorangetrieben werden soll.«

»Schön ruhig da oben. Nahezu abgeschieden«, stellte Nina fest.

Dorothee nickte. Und blickte sie im nächsten Augenblick mit großen Augen an.

»Die Ruine spielt in den Tagebüchern immer wieder eine Rolle«, erläuterte Nina. »Johanna gründet mit Bambi, also Danni, dort ihre Bande. Sie bekommt dort in der Mittelstufe ihren ersten Kuss, sie flieht dorthin, wenn sie Ruhe haben will, sie feiern dort Partys und schließlich erwischt sie dort Danni mit Pascal.«

Für ihren Körperumfang sprang Doro nun erstaunlich schnell von ihrem Stuhl auf. »Worauf wartest du noch? Halt, du darfst keinesfalls allein dahin, das ist zu gefährlich. Nimm Tim mit.«

Nina dachte an das Telefonat und das Versprechen, das sie Tim gegeben hatte. »Ich ruf ihn gleich an und bitte ihn, sich an der Ruine mit mir zu treffen«, stimmte sie zu, nahm einen letzten Schluck aus ihrem Kaffeebecher und verabschiedete sich von ihrer Freundin.

65

Während Nina in ihrer Wohnung ihre Grundausrüstung für riskante Unterfangen zusammensuchte, hatte sie das Telefon zwischen Wange und Schulter geklemmt und versuchte, Tim zu erreichen.

Vergeblich.

Nina seufzte. Sie konnte nicht warten. Jede Minute könnte für Daniela überlebenswichtig sein.

Erneut wählte sie Tims Mobilnummer und sprach ihm auf die Mailbox. Sie erklärte die Situation und bat ihn, ihr so schnell wie möglich in den Wald zu folgen.

Prüfend schaute Nina ein letztes Mal in ihre Gürteltasche: Sie hatte etwas Werkzeug, Verbandszeug und eine Pistole eingepackt, die Doro ihr nach ihrem ersten Fall für zukünftige Notfälle übergeben hatte. Zufrieden zog sie den Reißverschluss zu, schnallte sich die Tasche um, schnappte ihre Jacke und rannte hinunter zum Auto.

Mit dem Blick auf die digitale Landkarte hatte sich Nina eingeprägt, wo sie parken konnte, sodass der Fußweg zu den Ruinen des Jostbergklosters möglichst kurz war.

Es nieselte, doch dank der hohen und dichten Bäume um sie herum spürte sie von dem Regen kaum etwas. Von der Ruine, die sie soeben hinter sich gelassen hatte, blickte sie nun auf das leer stehende Gebäude der früheren Gaststätte. Die Baustellengitter, die den Zutritt verwehren sollten, waren einfach zu umgehen. Schilder machten darauf aufmerksam, dass Eltern für ihre Kinder hafteten. Die Natur war im Laufe der Jahre ungefragt Mieter des Hauses geworden. Ein Baum wuchs durch das auf der linken Hälfte eingefallene Dach. An den Fassaden schlängelten sich Pflanzen hoch. Nina kämpfte sich über den vom Regen matschigen Waldboden näher heran. Durch die eingeschlagenen Fensterscheiben blickte sie in das Innere. Jede Menge Äste, Laub und Vogelkot lagen auf dem Boden. Ein alter Stuhl stand in der hinteren Ecke, einen Kamin entdeckte sie an der Wand gegenüber. Nina zog ihr Handy aus der Tasche und war erleichtert, als sie sah, dass sie hier oben Empfang hatte. Tim hatte sich jedoch leider noch nicht gemeldet.

Auf der Rückseite des Hauses führte eine alte Außentreppe, die mehr grün als betongrau war, in den Keller des Gebäudes. Leise und vorsichtig schritt sie die rutschige Treppe hinunter. Die Außentür war mit einem Vorhängeschloss versehen, das erstaunlich neu wirkte. Doch das würde ihr nicht die Tour vermasseln. Mit etwas Übung und einer Büroklammer war es ein Leichtes, ein solches Schloss zu knacken.

Dunkelheit umgab sie, als sie nach getaner Arbeit schließlich eintrat. Ihre Augen benötigten einen Moment, um sich an die neuen Lichtverhältnisse zu gewöhnen. Vor ihr befand sich ein feuchter Gang. Es roch muffig. Sie schaltete die Taschenlampe an ihrem Handy an und betrat den Flur. Ungefähr in der Mitte des Ganges erblickte sie versetzt links und rechts jeweils eine Tür und am Kopfende eine dritte. *Eins, zwei oder drei – letzte Chance vorbei*, schoss ihr der Slogan einer TV-Sendung in den Kopf, die in ihrer Kindheit der Hit gewesen war.

Die ihr nächste war eine alte, unverschlossene Holztür auf der rechten Seite. Sie horchte. Bis auf ein gelegentliches Tropfgeräusch drang kein Laut aus diesem Keller. Trotzdem zog sie die Pistole aus ihrer Tasche, bevor sie langsam die Tür öffnete. Zwei Ratten fiepten sie feindselig an und verkrochen sich in der hinteren Ecke. Ansonsten war der Raum leer. Nina ekelte sich vor Ratten, da war ihr sogar Vogelspinne Thekla sympathischer. Sie drehte sich um und horchte an der nächsten Tür. Nichts. An dieser war das gleiche Vorhängeschloss wie an der Außentür angebracht worden.

Sie hielt die Büroklammer schon in der Hand, als sie draußen Schritte hörte. Jemand stieg die Außentreppe hinunter. Zügig verschwand Nina in den ersten Kellerraum und betete, die Ratten würden in ihrer Ecke bleiben. Sie lehnte sich an die Wand neben der Tür und horchte auf die näher kommenden Schritte. Durch die Holzlatten der alten Tür versuchte sie einen Blick auf den Eindringling zu erhaschen. Erleichtert atmete sie durch, als sie Tim erkannte.

»Nicht erschrecken, ich bin's, Nina, und ich komme jetzt raus.«

Tim zuckte zusammen und drehte sich rasend schnell um. »Verdammt noch mal«, blaffte er sie an und nahm seine Waffe herunter.

»Ich habe dich doch vorgewarnt«, zischte Nina mit gesenkter Stimme.

Er schloss kurz die Augen. »Keine Alleingänge, hatten wir gesagt.«

»Genau. Deshalb habe ich dich angerufen und jetzt sind wir beide hier. Lass uns keine Zeit verlieren.«

Nina schritt zur nächsten Tür und knackte routiniert auch dieses Schloss. Bevor sie die Tür öffnete, drehte sie sich zu Tim um. Der signalisierte ihr mit einem Kopfnicken, dass er bereit war.

Der Gestank, der ihnen entgegenströmte, biss in der Nase und ließ Ninas Magen rumoren. Nahezu surreal wirkte auf sie, was ihre Augen als Erstes wahrnahmen: In dem modrigen Kellerraum stand ein nagelneues Laufband. In der Ecke sah sie einen Tisch, auf dem eine Lampe sowie eine Wasserflasche standen. Der Gestank strömte offensichtlich aus dem Eimer im hinteren Bereich des Raumes. Einen geschätzten halben Meter daneben lag auf einer Matte eine gefesselte Frau, um deren linken kleinen Finger ein blutiger Verband gebunden war. Ihre Augen waren geschlossen, sie rührte sich nicht, doch ihr Brustkorb senkte sich schwach auf und nieder. Nina beugte sich über die Gefangene und fühlte vorsichtig ihre Stirn. Sie war heiß. Die Wunde am Finger hatte sich wahrscheinlich entzündet.

»Daniela, hörst du mich?«, fragte sie leise. »Ich heiße Nina und ich bin hier, um dir zu helfen. Du bist jetzt in Sicherheit.« Sie blickte hoch zu Tim, der ihr mit Daumen und Zeigefinger am Ohr signalisierte, dass er ins Freie gehen und die Rettungskräfte alarmieren würde.

Sie nickte ihm zu und griff die Wasserflasche vom Tisch.

»Ich gebe dir jetzt etwas zu trinken, ja, Daniela? Hörst du mich?«, fragte Nina erneut und benetzte die aufgesprungenen Lippen der Entführten mit Wasser.

Danielas Augen flatterten. Offenbar kostete es sie viel Kraft, sie zu öffnen.

»Pscht«, versuchte Nina, sie zu beruhigen. »Alles ist gut. Ruh dich aus. Im Krankenhaus kriegen die dich ganz schnell wieder hin.«

Daniela versuchte, ihren Kopf zu heben, und Nina hielt ihr die Flasche an den Mund. Nach ein paar Schlucken sank Daniela erschöpft zurück.

Tim betrat wieder den Keller. »Die Rettungskräfte sind gleich da.« Besorgt blickte er auf Daniela.

»Mama«, stieß diese nun mühsam hervor.

»Deine Mutter ist im Heim, ich habe sie besucht«, entgegnete Nina. »Es ist alles okay mit ihr.«

»Nein«, rief Daniela nun erstaunlich laut. »Sie vergiftet sie … Herztabletten … Digi…«

Danielas Bewusstsein glitt wieder weg.

Nina wurde nervös. Das war keine Fieberfantasie gewesen, da war sie sich sicher. Die alte Dame war in keinem guten Zustand gewesen. Und was, wenn Lena gestern oder heute bei ihr gewesen war?

»Tim«, sagte sie entschlossen, »ich muss zu Danielas Mutter fahren. Und zwar jetzt sofort.« Sie wusste, dass die Entführte bei ihm in den besten Händen war, bis Krankenwagen und Notarzt eintreffen würden.

Als er Ninas flehenden Blick sah, drückte er nur kurz ihre Hand. »Halt dich von Lena fern, hörst du? Ich schicke dir die Kollegen zum Heim.«

So schnell sie konnte, rannte sie aus dem Keller durch den Wald zu ihrem Auto.

66

Für einen Augenblick, so fühlte es sich für Nina zumindest an, setzte ihr Herzschlag aus, als sie im Seniorenheim St. Kamillus Raum 224 betrat und auf Frau Müllers leeres Bett starrte.

Sie konnte nicht warten, bis Tims angekündigte Verstärkung eintraf. Hilfe suchend drehte Nina sich um, doch niemand war zu sehen. Sie rannte den Flur hinunter und stieß um ein Haar mit einer Pflegerin zusammen, die soeben ein anderes Zimmer verlassen hatte.

»Wo ist Frau Müller?«, fragte Nina ohne jede weitere Begrüßung.

»Ähem, und Sie sind?«, reagierte die Pflegekraft gereizt.

»Eine Freundin der Familie.« Sie versuchte zu lächeln. »Ich mach mir Sorgen. Ihr Bett ist leer und allein kann sie ja nicht mehr ... also ...« *Bitte, bitte, sprich jetzt einfach*, schickte Nina erneut ein Stoßgebet gen Himmel.

Die Pflegerin schenkte ihr einen kritischen Blick, entschied dann aber offenbar, dass Nina zu den guten Menschen auf diesem Planeten gehörte. »Frau Müller ist vor einer Stunde ins Krankenhaus gekommen. Ihr Zustand hat sich massiv verschlechtert. Wir haben versucht, ihre Tochter zu kontaktieren, aber die ist ja auf dieser Indienreise und selbst über ihr Handy nicht erreichbar.« Sie machte eine kurze Pause und schüttelte den Kopf. »Es sieht nicht gut aus«, fügte sie dann leise hinzu. »Frau Müller ist eine feine Frau, ich hoffe, ihre Tochter kommt rechtzeitig zurück.«

Nina versuchte, den Kloß in ihrem Hals hinunterzuschlucken. »Das tut mir sehr leid zu hören. Entschuldigen Sie, aber ich muss los«, verabschiedete sich hastig und stürzte aus dem Heim.

Zwanzig Minuten und einen Aufstand später blickte sie dem behandelnden Arzt ins Gesicht, der seine Arme demonstrativ verschränkte und wirkte, als sei es nur eine Frage von Sekunden, bis er vor Wut platzte.

»Sie haben zwei Minuten, dann rufe ich den Sicherheitsdienst«, sagte er mit eiserner Stimme.

Nina machte eine beschwichtigende Geste. »Hören Sie, es tut mir wirklich leid, dass ich Ihre Station etwas aufgemischt habe, aber es ist lebenswichtig. Frau Müller ist vergiftet worden.«

Der junge Arzt hob seine dunklen Augenbrauen und wartete auf weitere Details.

»Alles, was ich weiß, ist, dass es ein Medikament sein muss, das bei Herzkrankheiten verwendet wird.« Nina kramte in ihrem Hirn nach Danielas Wortlaut. »Daniela, die Tochter von Frau Müller, sagte noch was von … Diggi…«

Nun wurde der Arzt hellhörig. »Digitalis?«

Nina machte eine hilflose Handbewegung. »Vielleicht. Sie wurde dann ohnmächtig.«

»Sie wurde ohnmächtig? Wo befindet sich denn die Tochter?«, fragte der Arzt nun in einem scharfen Ton. »Soll das ein schlechter Scherz sein? Entweder sagen Sie mir jetzt, was hier los ist, oder ich rufe nicht den Sicherheitsdienst, sondern gleich die Polizei.«

Nina verzweifelte. »Keine Sorge, die ist bereits alarmiert. Hören Sie, ich verstehe Ihre Skepsis. Und wenn ich Ihnen jetzt sage, dass Frau Müllers Tochter entführt worden ist und ich sie heute in einem Kellerverlies gefunden habe, wo sie mir diese Information über ihre Mutter gegeben hat, wird das nicht glaubwürdig klingen. Aber das ist die Wahrheit. Mein Freund, der Polizeibeamter ist, ist bei Daniela geblieben und vielleicht bringen die alarmierten Rettungskräfte sie ja gleich in dieses Krankenhaus. Alles, was ich will, ist, dass Danielas Mutter so schnell wie möglich geholfen werden kann.« Sie schloss ihre Augen und ließ sich erschöpft auf den Stuhl sinken, der an der Wand hinter ihr stand.

»Digitalis«, wiederholte der Arzt schließlich nachdenklich. »Die Symptome sind durchaus charakteristisch für eine Digitalis-Vergiftung«, murmelte er. »Entschuldigen Sie mich.«

»Gibt es ein Gegengift? Wird sie durchkommen?«, rief Nina ihm hinterher.

»Es gibt ein Antidot. Wird aus Schafserum gewonnen. Ob sie durchkommt, kann ich Ihnen nicht versprechen. Ihr Gesamtzustand ist schlecht«, antwortete er noch und verschwand dann im Flurlabyrinth des Krankenhauses.

Nina seufzte schwer. Sie hatte getan, was sie tun konnte. Jetzt hieß es warten. Und hoffen.

Doch nur Sekunden später schüttelte sie über sich selbst den Kopf. Die Story war nicht auserzählt. Sie mussten Lena aufhalten.

67

Schloss Nina ihre Augen, konnte sie sich in die Provence träumen.

»Lavendel entspannt. Komm, setz dich«, begrüßte Doro sie in ihrem Wohnzimmer. Ihre Vermieterin wirkte sichtlich erleichtert, dass Nina und Tim unversehrt zurückgekehrt waren und Daniela lebend gefunden hatten.

Nachdem Nina das Krankenhaus verlassen hatte, hatte sie Doro angerufen und ihr alles berichtet.

Yasemin, die mit Ela auf dem Teppich spielte, erhob sich und umarmte Nina stürmisch. »Du bist noch ganz!« Sie schaute auf Ninas Jeans, an der noch der halbe Wald zu hängen schien. »Doro hat mir erzählt, was ihr heute Nacht herausgefunden habt.« Für einen Moment hielt sie inne und ihr Blick verfinsterte sich so sehr, dass es Nina fröstelte. »Es wäre besser, wenn mir Lena nicht mehr über den Weg läuft.«

Dorothee und Nina nickten synchron. Nina blickte auf Ela, die in jenem Moment begeistert mit ihrer kleinen Hand immer wieder gegen die Scheibe von Theklas Terrarium patschte. Die Angst um Ela hatte sie selbst fast um den Verstand gebracht, wie hatte es da nur Yasemin ergehen müssen. Der Schock saß noch tief.

»Tim hat sich eben noch mal bei mir gemeldet«, informierte

Nina ihre Freundinnen. »Daniela liegt jetzt in Bethel, im selben Krankenhaus wie ihre Mutter. Ihr Zustand ist kritisch. Sie versetzen sie wohl in ein künstliches Koma, damit sich der Körper erholen kann.« Nina blickte aus dem Fenster. »Das muss so ein schrecklicher Albtraum für Daniela gewesen sein. Abgesehen von den körperlichen Qualen und der Angst um ihr eigenes Leben, fürchtete sie auch noch die ganze Zeit um das Leben ihrer Mutter.«

Doro legte eine Hand auf ihre Schulter. »Sie lebt. Das hat sie Tim und dir zu verdanken. Und nun hoffen wir das Beste und denken positiv.«

Nina nickte. »Nach Lena wird jetzt natürlich offiziell gefahndet. Ich werde gleich zu den Kollegen fahren und alles zu Protokoll geben, was ich weiß und was hilfreich sein könnte. Pascal nehme ich mit.«

»Sehr gut. Dann habe ich noch eine wichtige Neuigkeit für dich«, entgegnete Doro. »Meine Bekannte vom Lions Club hat mich angerufen. Ich hatte ihr eine Mail geschickt und sie gefragt, ob sie etwas über die Todesumstände von Volker weiß.« Doro holte tief Luft. »Er hat sich umgebracht. Und wisst ihr, wieso? Weil jemand sein Leben zerstört hat. Rufmord.«

»Was genau ist passiert?«, fragte Nina.

»Volker hatte sein Leben der Wissenschaft gewidmet«, erläuterte Doro. »Erst wurde er des Plagiats beschuldigt, später tauchten widerliche Bilder im Netz auf, die ihn des sexuellen Missbrauchs bezichtigten. Nichts davon ist wahr. Die Bilder hat die Polizei als Fälschungen entlarvt. Die Überprüfung seiner Doktorarbeit hat kleinere Regelverstöße ergeben, aber nichts, weshalb man ihm den Titel aberkannt hätte. Doch für ihn kamen diese Ergebnisse viel zu spät.«

Doro räusperte sich, bevor sie fortfuhr. »Meine Bekannte erzählte auch noch von einer jungen Frau, mit der er vor seinem Tod angebandelt hatte. Alle, die ihn kannten, haben über diese Affäre den Kopf geschüttelt. Er sei der Frau verfallen gewesen, so die Worte meiner Bekannten. Sie hat ihn wohl auch um all sein Geld gebracht.« Dorothee schaute auf die Hände in ihrem Schoß und hing offenbar ihren eigenen Gedanken nach.

»Das ist tragisch und tut mir sehr leid«, sagte Nina leise.

»Annalena muss endlich zur Strecke gebracht werden«, sagte Doro nun mit fester Stimme.

Nina seufzte. »Ich befürchte fast, dafür ist es zu spät. Ich weiß ja nicht, um wie viel Geld sie Volker Lindemann gebracht hat, aber wenn er alleinstehend war und sein Leben lang gearbeitet hat, wird es wahrscheinlich nicht wenig gewesen sein. Und vielleicht war er nicht der Einzige, den sie finanziell abgezockt hat. Viel Geld macht es ihr leichter, sich abzusetzen. Und das garantiert nicht unter ihrem richtigen Namen – denn dumm ist sie nicht, das muss man ihr leider lassen. Annalena ist ein manipulatives Miststück.«

»Ich denke, wir haben noch eine Chance«, widersprach Doro. »Sie wird sich nicht absetzen wollen, ohne ihren Triumph mit der Person zu feiern, deren Platz sie einnehmen will.«

»Wie meinste das?«, hakte Yasemin nach.

»Nach allem, was ich in den Tagebüchern von Johanna gelesen und recherchiert habe, scheint sie eine narzisstische Persönlichkeit gehabt zu haben. Ist euch aufgefallen, dass Johanna zum Beispiel ihre Schwester Annalena in den Tagebüchern nie erwähnt hat? Es ging immer nur um sie und ihre Bedürfnisse. Sie wird Annalena kleingehalten haben. Und die hat zur großen Schwester aufgeschaut. Als Johanna starb, war sie zunächst ganz auf sich allein gestellt. Ihre Welt brach zusammen. Dann schmiedete Annalena ihren Racheplan und plötzlich hatte sie Macht über das Leben anderer.«

»Voll krank«, urteilte Yasemin.

»Aber psychologisch betrachtet recht plausibel und logisch«, konstatierte Doro.

»Woher weißt du all diesen Kram?«, fragte Yasemin.

»Ich habe ein paar Semester Psychologie studiert. Aber davon abgesehen, habe ich auch viel über die menschliche Psyche gelesen. Das kann jemandem wie mir ja auch nicht schaden.« Sie zwinkerte ihren beiden Freundinnen zu. »Und wer nicht vor die Tür geht, hat mehr Zeit zu lesen. Was ich aber eigentlich sagen wollte: Bevor sie endgültig flieht, wird sie ihrer Schwester erzählen wollen, wie grandios sie sie gerächt hat. Denn was ist ein Triumph ohne Anerkennung? Sie hat ihr Leben lang danach gelechzt, von Johanna gesehen zu werden.«

»Äh, kleiner Haken an der Sache: Johanna ist tot«, warf Yasemin ein.

Doro nickte. »Und damit eine besonders gute Zuhörerin. Man kann auch mit Toten reden.«

Da konnte Nina nicht widersprechen und verstand, worauf ihre Vermieterin hinauswollte. »Wir müssten herausfinden, auf welchem Friedhof die Schwester beerdigt worden ist«, dachte sie laut nach.

»Westfriedhof in Köln«, antwortete Doro prompt und reichte Nina ein Papier, das vorher auf ihrem Schreibtisch gelegen hatte. »Ich habe markiert, wo.«

Nina warf ihr einen beeindruckten Blick zu. »Super, Doro, danke. Ich fahre jetzt direkt zu Tim aufs Präsidium und übergebe den Kolleginnen und Kollegen alles, was wir zusammengetragen haben.« Sie erhob sich und knipste mit ihrem Smartphone die vollgeschriebene Wandtafel ab. »Scheiße«, murmelte Nina, als sie Marcels Namen las.

»Was ist los?«, fragte Yasemin.

»Ich hatte Marcel Höhner versprochen, mit seiner Frau Sabine über die SMS zu sprechen und ihr zu sagen, dass er es nicht war. Sie weigert sich, mit ihm zu reden. Vielleicht kann ich dazu beitragen, die Ehe doch noch zu retten. Aber ich bin ganz darin verkommen und jetzt muss ich dringend aufs Präsidium.«

»Die ist mit ihrer Mutter auf Barbaras Hof, ne? Ist doch cool! Dann machen Ela und ich einen Ausflug, gucken die Pferde auf der Weide an und ich spreche mit Sabine. 'ne Ehe zu retten gibt fette Karmapunkte. Und bei der Gelegenheit nehme ich auch gleich unsere gebrannten Kunstwerke aus Ton mit.«

Nina lachte. »Danke, Yasemin, du bist ein Schatz! Aber meine Schale kannst du dort ruhig vergessen.«

68

Sie saßen auf einer Bank, zwischen ihnen befanden sich eine Tüte mit belegten Brötchen, eine Thermoskanne mit Kaffee und eine Tafel Schokolade. »Frühstück auf dem Friedhof. Das macht man auch nicht alle Tage«, stellte Nina fest.

Tim betrachtete sie von der Seite. »Wird eben nie langweilig mit dir.«

Nina war unglaublich dankbar, dass Tim sie hierher begleitet hatte. Sie hatte den Bielefelder Kollegen alles über Lena Sanders erzählt und es lief eine bundesweite Fahndung nach ihr. Alles bis auf Dorothees Theorie über Lenas Abschied von der großen Schwester. Davon hatte sie nur Tim erzählt.

»Du musst zugeben, das klingt so irre, da wird die Kölner Polizei bestimmt keine Beamten abstellen, um den Friedhof vierundzwanzig Stunden lang zu bewachen«, hatte Nina abschließend behauptet.

»Vielleicht nicht, vielleicht doch – wenn man einen Psychologen hinzuzieht, der Doros Theorie als sehr wahrscheinlich bestätigen würde.«

»Ja, das würde aber Zeit in Anspruch nehmen, die wir nicht haben«, hatte Nina zu bedenken gegeben und ihn vielsagend angeblickt.

»Zumal du gerne Lena persönlich dingfest machen würdest, für das, was sie Yasemin und Ela angetan hat.«

»Begleitest du mich?«

»Du meinst, auf ein Wochenende nach Köln, um gemeinsam auszuspannen? Ja, das könnte ich mir gut vorstellen. Ich habe in einer Stunde Feierabend«, hatte seine Antwort gelautet.

Am Tag zuvor hatten sie bis zwei Uhr nachts ausgeharrt. Dann hatten sie beschlossen, dass Annalena so spät den Friedhof wahrscheinlich nicht mehr besuchen würde, und hatten sich drei Stunden Schlaf in einem warmen Hotelzimmer gegönnt.

Seit sechs Uhr saßen sie nun wieder dick eingemummelt auf dieser Bank, die durch ein paar Zweige gut verdeckt einen ausreichenden Blick auf Johannas Grab ermöglichte.

»Montag muss ich wieder im Dienst erscheinen. Annalena müsste also bitte während der nächsten achtundvierzig Stunden das Grab ihrer Schwester aufsuchen. Ich glaube aber, dass die längst auf den Malediven in der Sonne brät«, sagte Tim und gähnte.

»Von mir aus soll sie lieber in der Hölle braten.«

»Klar. Aber noch mal: Falls sie kommen sollte – was ich nicht glaube –, aber falls sie kommt, reißt du dich zusammen und wir alarmieren sofort die Kölner Kolleginnen und Kollegen.«

Nina antwortete mit der dritten Regel ihrer Mutter, die sie in ihrem Leben befolgte: »Versprochen ist versprochen und wird nicht gebrochen.«

Sie blickte von der Bank über den Friedhof, goss sich eine weitere Tasse Kaffee ein, um sich warmzuhalten und, wenn sie ehrlich war, um Zeit zu schinden. Seit einer geschlagenen

Stunde nahm sie sich vor, Tim offen und ehrlich zu sagen, was sie wirklich für ihn empfand. Noch ein Schluck, dann sagst du es ihm endlich, du feige Nudel, schalt sie sich innerlich selbst.

»Tim …«

»Hm?«

»Auch noch Kaffee?«

»Hab noch, danke.«

»Du, Tim …«

»Ja?«

»Als wir neulich abends telefoniert haben, da warst du anscheinend auf irgendeiner Feier. Und ich hörte eine Frauenstimme neben dir.«

Für einen Moment schien er nachzudenken. Dann nickte er.

»Und dann, nach dem Arminia-Spiel, hat dich in der Kneipe diese Tussi, Entschuldigung, diese … Schönheit begeistert umarmt. Ihr habt ganz schön vertraut miteinander gewirkt.«

Er nickte erneut.

Sie atmete hörbar aus. »War das dieselbe Frau?«

Er nickte ein drittes Mal.

»Hast du was mit ihr?«

Er schüttelte den Kopf.

»Boah, Tim, ich weiß, du bist Westfale. Aber ein bisschen mehr Kommunikation wäre schön.«

Er nahm einen Schluck Kaffee und schaute auf die Gräber. »Das sagt die Richtige.« Er seufzte. »Nein, ich hatte nichts mit ihr. Ich kenne sie vom Fußball. An dem besagten Abend waren wir auf einer Party eines gemeinsamen Freundes. Sie hat mir deutlich gemacht, dass sie mich mehr als sympathisch findet.«

»Und du? Wie findest du sie?«

»Ich habe ihr gesagt, dass ich in einer Beziehung stecke.«

»Das beantwortet nicht meine Frage.«

Er rutschte auf der Bank hin und her und nahm sich ein

Brötchen aus der Tüte, in das er nicht hineinbiss. »Ich mag an ihr, dass sie ihr Herz auf der Zunge trägt. Bei ihr weiß man, woran man ist.«

»Und bei mir nicht«, stellte Nina matt fest.

Er zuckte mit den Schultern. »Du bist so ... so ... schwer greifbar! Mal lässt du Nähe zu und diese Zeiten mit dir sind traumhaft. Und mal schottest du dich komplett ab. Das ist auf Dauer mühsam. Wir spielen dieses Spiel schon seit fast zwei Jahren. Ich werde langsam müde. Ich möchte eine Partnerin an meiner Seite haben, die sich ganz auf eine Beziehung einlässt. Ich brauche das.« Bei dem letzten Satz schaute er ihr ernst in die Augen.

Nina konnte seinem Blick nicht standhalten. Sie blickte auf ihre Fußspitzen und fing an zu reden. »Als du mir die Frage gestellt hast, ob ich mal Kinder haben will, habe ich Panik bekommen. Bescheuert. Ich mag meine Unabhängigkeit. Mir fehlt nichts ohne Kind. Außerdem hätte ich Sorge, dass die Erde für den Nachwuchs kein gutes Leben mehr bereithält. Aber all das hätte ich dir ja ehrlich sagen können. Ich war bislang nicht gut darin, anderen Menschen zu vertrauen. Mich richtig zu binden. Das hat bestimmt auch damit zu tun, wie ich groß geworden bin. Aber das soll keine Entschuldigung sein. Ab einem gewissen Punkt ist jeder seines eigenen Glückes Schmied.« Ihre Stimme wurde brüchig. »Ich habe letztens ein Grab von einem Typen gepflegt, der mein Jahrgang war. Er hatte anscheinend keine Familie, keine Freunde, niemand, der an ihn denkt.« Sie schluckte schwer. »Wenn ich mich weiter so bescheuert anstelle, ende ich auch so.«

»Ach, Quatsch, Nina!« Tim räumte die Kanne und die Tüte zwischen ihnen weg und nahm sie in den Arm. Sie ließ es geschehen.

»Was ich aber mit Sicherheit weiß, ist, dass du ein toller Mann bist und, wenn's nicht schon zu spät ist, dann möchte

ich die Frau an deiner Seite sein. Mit ganzem Herzen.« Jetzt
kamen ihr tatsächlich die Tränen.

»Pscht, du willst doch unsere Mörderin nicht vertreiben«,
entgegnete er leise. »Nichts ist zu spät.«

Nina löste sich von ihm, zog ein Taschentuch aus ihrer
Jacke und putzte sich lautstark die Nase. »Wie wär's, wenn
wir uns eine gemeinsame Wohnung suchen? Könntest du dir
das vorstellen?« Unsicher blickte sie ihn an.

Er lächelte. »Das könnte ich mir sehr gut vorstellen. Aber
unbedingt in der Nähe von Yasemin, Ela und Doro. Die drei
brauchen dich.«

»Tim?«

»Ja?«

»Ich liebe dich.«

»Ich dich auch.«

69

Der kühle Herbstwind ließ Nina frösteln und schließlich ganz
erwachen. Sie konnte sich nicht daran erinnern, wann sie das
letzte Mal so gut geschlafen hatte.

Langsam erhob sie sich von Tims Schoß. »Wie spät ist es?«,
fragte sie.

»Gleich elf Uhr.«

»Oh. Ich habe zwei Stunden geschlafen?«

Er nickte. »Du schnarchst sehr lustig, habe ich dir das schon
mal gesagt?«

»Ich schnarche überhaupt nicht«, antwortete Nina entrüstet.

Er lachte. »Okay. Dann waren das wohl die Borkenkäfer.«

Noch etwas verschlafen nahm Nina ihr Handy aus der
Tasche und tatsächlich hatte sie eine Nachricht von Yasemin

erhalten. »Gott sei Dank«, entfuhr es ihr, als sie den Inhalt gelesen hatte.

»Gute Nachrichten?«, fragte Tim.

»Ja, von Yasemin. Danielas Zustand ist stabil, schreibt sie. Ihr Körper erholt sich langsam.«

»Und was ist mit ihrer Mutter?«

Nina lächelte. »Das Gegengift hat wohl angeschlagen. Auch ihr Zustand verbessert sich.«

In diesem Moment nahm Nina eine Bewegung in ihrem Augenwinkel wahr. Sie blickte zur Grabstätte. Tatsächlich schritt eine Frau in einem dunkelbraunen Wintermantel mit hochgeschlagener Kapuze auf Johannas Grab zu. Nina stupste Tim an und deutete auf die Frau.

»Das ist sie, ganz bestimmt!«, flüsterte Nina. »Ruf deine Kollegen. Bis die kommen, rede ich mit ihr. Nur reden, ich reiß mich zusammen, versprochen.«

Bevor Tim widersprechen konnte, war sie aufgesprungen und näherte sich der Frau leise von hinten.

»Ich habe dich gerächt, und das ganz allein«, hörte sie Annalena sprechen. »Habe geschafft, wofür du zu schwach warst. All die Jahre hast du mir weismachen wollen, dass ich ohne dich nichts bin. Aber weißt du was? Ich bin allein viel besser dran, das weiß ich jetzt. Ich schaffe alles und niemand kann mich aufhalten, hörst du? Und nun, Schwesterherz, baue ich mir das Leben auf, von dem du immer geträumt, es aber nie geschissen gekriegt hast.«

»Ich befürchte, daraus wird nichts«, machte sich Nina nun bemerkbar. »Es sei denn, du hast von einem Leben hinter Gittern geträumt.«

Annalena drehte sich so abrupt um, dass ihre Kapuze vom Kopf fiel und lange braune Haare zum Vorschein kamen.

Nina lächelte. »Ich finde, blond steht dir besser. Aber die Perücke sieht wirklich wie Echthaar aus.«

»Ach, Nina«, entgegnete Annalena nun. »Du bist wie eine lästige Fliege. Wieso musstet ihr drei euch einmischen? Die ganze Geschichte geht euch doch gar nichts an.«

Nina schüttelte bitter lächelnd den Kopf. »Ich weiß, das klingt völlig fremd für dich. Aber wir stehen für Freunde und Familie ein, weißt du? Erika hat uns um Hilfe gebeten. Also helfen wir. Doch Worte wie Freundschaft und Liebe sind für dich nur leere Hülsen. Ähnlich, wie das bei deiner Schwester der Fall gewesen sein muss.«

»Vergleich mich nicht mit meiner Schwester«, zischte Annalena. »Immer habe ich versucht, es ihr recht zu machen. Wir tragen beide Anna in unseren Namen, ist dir das aufgefallen? Das haben unsere Eltern absichtlich gemacht. Es sollte uns lebenslang verbinden. Uns daran erinnern, dass wir eins sind.« Sie spuckte vor sich auf den Boden. »Aber Johanna hat es oft genug vergessen! Die vielen Jahre, die wir nach dem Tod unserer Eltern in einer WG gelebt haben, waren alles andere als ein Zuckerschlecken. Die vielen Ups and Downs. Ihre Undankbarkeit. Aber jetzt bin ich frei, verstehst du?« Sie breitete ihre Arme aus und sah Nina euphorisch an. »Und ihr kleinen Geister haltet mich sicherlich nicht mehr auf.«

»Hab doch mal ein bisschen Mitleid und kläre mich kleinen Geist auf. Denn eins muss man dir lassen: Du scheinst dich im Netz gut auszukennen, sonst hättest du die Rufmordkampagnen so nicht durchziehen können.«

Sie grinste höhnisch. »Tja, da hat sich mein Informatikstudium doch noch ausgezahlt. Im Gegensatz zu meiner Schwester habe ich mein Studium nämlich abgeschlossen.«

Nina schwieg für einen Moment. »Wie kannst du dich frei fühlen, wenn du Menschenleben auf dem Gewissen hast?«, fragte sie dann. »Du hast Volker Lindemann in den Tod getrieben, hast Johannas Ex getötet und das Leben von Daniela, Marcel und Pascal zerstört.«

»Ich habe meine Schwester gerächt. Sie bekamen alle, was sie verdienten.«

»Schwachsinn. Deine Schwester ist an Herzversagen gestorben, weil sie nicht auf die Ärzte gehört hat. Du wolltest dich nur profilieren. Dich zur Nummer eins küren. Aber jetzt erklär's mir endlich: Die Nachrichten, die du angeblich von Marcel bekommen hast …«

Annalena lächelte triumphierend. »Och Gottchen, wie leicht man euch verarschen kann! Und du willst eine Polizistin sein? Nimm ein zweites Handy, speichere in deinem Ersthandy die Nummer des Zweithandys unter Marcels Namen ab. Schick von dort SMS auf dein Ersthandy. Marcel wird als Absender angezeigt. Das Schöne am iPhone ist, dass dort die Mobilnummer im Nachrichtenfach nicht angezeigt wird, sondern nur der Kontaktname. Ich würde es noch mal langsamer erklären, damit selbst du es kapierst, aber ich muss jetzt wirklich los, mein Flug geht.«

Ehe sich Nina versah, umarmte Annalena sie und sie spürte etwas Spitzes an ihrem Hals.

»Wenn dir dein Leben lieb ist und du nicht willst, dass ich dir die Spritze in den Hals jage, holst du deine Verstärkung aus den Büschen und sagst der Polizei, dass sie mich besser fliegen lässt.«

Nina verfluchte sich innerlich. Annalena hatte recht. Und sie wollte Polizistin sein? Wie hatte sie nur so blöd sein können!

Sekunden später sah sie Tim hinter den Bäumen auf sie zukommen. Er hielt die Arme hoch.

»Du schuldest mir eigentlich noch ein Dankeschön«, flüsterte Annalena in Ninas Ohr und ließ dabei Tim, der sich langsam näherte, nicht aus den Augen. »Schließlich habe ich der Kleinen deiner Freundin kein Haar gekrümmt. Ich hätte ja auch ganz anders …«

Nina sah rot. All ihre Ängste, all ihre Wut, die sich angestaut hatte, legte sie in diesen großen Wurf, den sie mit einem beeindruckend lauten Schrei unterstrich. Ein Wurf, der Annalena über ihre Schulter vor sich hart auf den Boden aufprallen ließ. Dabei spürte sie die Spitze der Nadel nur kurz ihren Hals entlangstreifen.

Tim stürzte zu den beiden Frauen, trat auf die rechte Hand der am Boden liegenden Annalena, bis diese die Spritze losließ, und legte ihr anschließend Handschellen an. Annalena versuchte fluchend und kreischend, sich zu widersetzen, hatte aber gegen Tim keine Chance.

»Die Kollegen sind gleich da und nehmen sie mit aufs Präsidium. Beeindruckender Wurf«, wandte er sich an Nina. »Schon mal über eine Wrestling-Karriere nachgedacht?«

Er ließ Annalena, die sich offenbar ihrem Schicksal ergeben hatte, auf dem Rasen liegen, erhob sich und betrachtete Ninas Hals. »Da ist ein kleiner Kratzer«, stellte er besorgt fest. »Was war in der Spritze?«, wollte er von Annalena wissen.

Doch die lächelte nur.

»Was war …«, fing er nun an zu brüllen und packte sie am Kragen.

»Tim«, bremste Nina ihn. »Sie ist es nicht wert. Wir finden es auch ohne sie heraus. Wahrscheinlich habe ich ohnehin nichts abbekommen.«

Nina sah zu den Polizeibeamten, die über die Wiese mit den vielen Gräbern zu ihnen eilten, dann wurde ihr schwarz vor Augen.

70

Woher kam dieses Geräusch? *Klick, klack, klick, klack.* Das nervte. Sie wollte weiterschlafen, sie war so müde, aber das Geräusch zog sie gnadenlos aus dem Schlummerland hinaus. Nun nahm sie auch die Helligkeit wahr, die auf ihre geschlossenen Lider fiel. Hatte sie gestern Nacht ihre Jalousien nicht heruntergezogen? Sie gönnte sich noch einen Moment, ließ ihrem Bewusstsein Zeit, zu sich zu kommen. Dann öffnete sie ihre Augen, um dem seltsamen Geräusch auf den Grund zu gehen.

Was ihre Augen registrierten, verwirrte Nina. Sie lag nicht in ihrem Schlafzimmer, sie besaß keine weiße Bettwäsche. Sie war im Krankenhaus.

Langsam drehte sie ihren Kopf zur Seite und sah Tim neben dem Bett sitzen. Er war in eine Zeitschrift vertieft und drückte immer wieder auf das Ende eines Kugelschreibers, den er in seiner Hand hielt. *Klick, klack.*

»Lass den Kuli leben«, sagte sie heiser. Ihr Mund fühlte sich trocken an.

»Nina!« Tim sprang hoch. »Wie geht's dir?«

Sie spürte in sich hinein. »Noch ein wenig müde. Ansonsten ziemlich gut.«

»Du hattest einen Schwächeanfall. Es war kein Gift in der Spritze. Annalena hat geblufft. Aber das war wohl alles etwas viel für dich in den letzten Wochen. Dir fehlten einige Mineralstoffe und du brauchst viel Schlaf. Außerdem sollst du mehr als drei Tassen Kaffee am Tag trinken.«

Nina nickte. »In Ordnung. Hast du eine Flasche Gin zur Hand?«

Tim schmunzelte. »Humor ist auch gut. Humor hilft in jeder Lebenslage. Oh, warte.« Er griff zu seinem Handy. »Ich hab da zwei Personen etwas versprochen.«

Sekunden später hielt Tim Nina das Display seines Smartphones hin, von dem Yasemin wie wild winkte und Dorothee ihr einen prüfenden Blick zuwarf.

»Wir haben uns Sorgen gemacht, was machst du denn fürn Mist?«, rief Yasemin ihr zu.

»Ich habe mich nur ein bisschen ausgeruht«, entgegnete Nina. »Bei mir zu Hause höre ich ständig das kleine Kind der Nachbarin durch die Wände brüllen, da finde ich einfach keinen Schlaf.« Nina zwinkerte Yasemin zu, die laut lachte.

»Liebes, geht's dir denn wirklich besser?«, fragte Doro besorgt.

»Ja, alles ist gut. Es war nur ein Schwächeanfall.«

»Komm nach Hause«, forderte Yasemin. »Ohne dich macht das Tatort-Schauen keinen Spaß.«

»Aber nur, wenn Doro Schnitzel mit Jägersoße zum Abendessen kocht.«

»Ist gebongt«, antwortete Yasemin schnell für Dorothee. Im Hintergrund hörte Nina Ela brabbeln.

»Aber meinst du nicht, es wäre klüger, wenn du noch eine Nacht im Krankenhaus bleibst?«, sagte Doro, die zeitgleich offenbar versuchte, Yasemins Nachwuchs zu bespaßen.

»Bis heute Abend«, ignorierte Nina ihren Einwand, winkte Yasemin zum Abschied zu und beendete das Videogespräch.

Tim schaute Nina mit einem verständnisvollen Lächeln an, als sie ihm das Handy zurückgab, und begann sogleich, ihre wenigen Sachen zusammenzusuchen.

Eine Stunde und eine Unterschrift später hatten sie das Krankenhaus und Köln verlassen.

71

Das, was auf dem Tresen stand, sah delikat aus: Kleine Küchlein, raffiniert belegte Schnittchen und ungewöhnliche Salatkreationen in kleinen Gläschen tummelten sich zwischen Luftschlangen, Kaffeetassen und Wassergläsern. Pascal und sein Team hatten ein köstliches Flying Buffet als kleines Dankeschön in Yasemins Kiosk geliefert.

Erikas Wangen leuchteten rot vom Gin und vor Freude darüber, dass für ihren Neffen alles ein gutes Ende gefunden hatte. »Ich kann euch gar nicht genug danken. Und ich habe gute Nachrichten: Pascal hat heute Abend eine Frau zum Essen eingeladen, deshalb steht er auch schon wieder in der Küche.«

Nina hob erstaunt die Augenbrauen. An seiner Stelle hätte sie für eine Weile genug von Frauen.

»Barbara«, verkündete Erika triumphierend. »Die beiden scheinen sich wieder anzunähern.«

»Und was ist mit Barbaras Typen?«, fragte Yasemin neugierig.

»Der ist nach Frankreich in irgendein Kloster gereist. Seine Mitte finden.«

»Na, dann hoffen wir mal, dass er die 'ne Weile suchen muss.«

Alle lachten und Erika nickte. »Dein Wort in Gottes Ohren, Kindchen. So, und weil ich in den letzten Wochen so aufgewühlt war, habe ich viel gestrickt. Für euch.« Sie griff in ihren Korb und reichte Yasemin glitzernde graue Handschuhe. »Damit bleiben deine Hände auch auf dem Spielplatz schön warm. Genau wie«, sie setzte der kleinen Ela eine kunterbunte Mütze auf, »Elas Kopf. Mit deiner Kurzhaarfrisur«, nun wandte sich Erika an Nina, »brauchst auch du dringend eine Mütze und dann habe ich hier noch zwei Schals. Einen für Tim.« Sie reichte dem Genannten ein anthrazitfarbenes Exemplar, das er begeistert entgegennahm. »Und den orangefarbenen für Dorothee. Damit will ich dich spätestens im nächsten Winter auf der Straße sehen, liebe Nachbarin.«

Dorothee lächelte Erika an. »Ich gebe mein Bestes.«

»Boah, Leute, bin ich froh, dass alles gut ausgegangen ist«, sagte Yasemin.

»Wie geht's denn Danni und ihrer Mutter?«, erkundigte sich Erika.

»Die Ärzte sind vorsichtig zuversichtlich«, antwortete Tim. »Danielas Zustand hat sich so gebessert, dass sie sie bald aus dem künstlichen Koma holen wollen. Nina und ich fahren später wieder ins Krankenhaus. Hast du von Pascal etwas über Marcel gehört?«, erkundigte er sich bei Erika.

»Oh ja. Yasemin, du hast ganze Arbeit geleistet! Sabine ist wieder zu Hause. Und Pascal und er haben sich ausgesprochen. Dabei ist wohl viel Bier geflossen, aber es sind keine Fäuste geflogen.«

Nina drehte sich um, weil sie hinter sich eine Bewegung wahrnahm. Die junge Frau, die bereits mehrfach Yasemins Kiosk aufgesucht hatte, kam auf sie zu, um ihre Zeitschriften zu bezahlen. Weil auf dem Tresen kein Platz war, drückte sie Yasemin das Geld dieses Mal direkt in die Hand.

»Möchten Sie auch ein Schnittchen? Greifen Sie gerne zu, wir haben heute Grund zum Feiern und meine Kunden dürfen gerne mit reinhauen«, startete Yasemin einen weiteren Versuch, ein Gespräch mit der Unbekannten anzufangen.

Die Kundin hatte Yasemin, während die ihre Einladung ausgesprochen hatte, konzentriert angeschaut. Nun hob sie ihre Hände, gab ein Zeichen und formte mit ihren Lippen ein lautloses *Danke*.

Plötzlich ergab das stille Verhalten der Fremden für Nina einen Sinn. Sie tippte sanft an die Schulter der Frau, um ihre Aufmerksamkeit zu erhalten. Dann hob Nina ihrerseits die Hände und begann, sich mit der Kundin zu unterhalten. Die Frau strahlte, als sie sah, dass Nina der Gebärdensprache mächtig war.

Nina stellte sich und ihre Freundinnen vor und fragte die Kundin, ob sie in der Nähe wohnen würde.

»Das ist Klarissa«, übersetzte Nina für die Umstehenden. »Sie ist vor Kurzem in den Westen gezogen. Sie nimmt gerne ein Schnittchen. Und wenn ihr mit ihr sprechen möchtet, schaut sie einfach dabei an, denn sie kann problemlos von den Lippen lesen.«

»Wow. Du kannst Gebärdensprache?«, sagte Yasemin erstaunt.

»Ja, das kann im Polizeidienst nicht schaden. Ich habe mal vor Jahren an zwei Kursen teilgenommen. Das hat mir viel Spaß gemacht.«

»Magst du Gin?«, wandte sich Yasemin nun an Klarissa.

»Liebes, du musst nicht schreien.« Doro schmunzelte und auch Klarissas Lippen formten ein Lächeln, denn sie hatte offensichtlich auch Dorothees Worte verstanden.

Klarissa nickte Yasemin freundlich zu. Die stellte sogleich für alle Gläser bereit.

»Wir passen für diese Runde leider, denn wir müssen los.« Nina hielt die Hand auf ihr Glas.

»Na, da brauchst du aber echt eine gute Entschuldigung, wenn du jetzt 'ne Fliege machen willst«, empörte sich Yasemin.

»Habe ich. Wir fahren zu Hetta. Ich möchte ihr Tim vorstellen. Sie soll ihn kennenlernen, bevor wir zusammenziehen.« Ninas Wangen röteten sich.

Doro lächelte zufrieden und Yasemin klatschte begeistert in ihre Hände. »Endlich wirste vernünftig!«

72

Es regnete in Strömen, als sie den Wagen vor Hettas Haustür abstellten. Auf der Fahrt hatte Nina vor Nervosität kaum ein Wort herausgebracht. Sie hoffte, dass ihre Mutter sich von ihrer netten Seite zeigen und der Besuch ohne Peinlichkeiten vonstattengehen würde.

»Hallo?«, schallte die Stimme ihrer Mutter durch die Gegensprechanlage.

»Ich bin's«, sagte Nina. »Dieses Mal habe ich Kuchen mitgebracht.«

Doch eine Antwort oder das Brummen des Türöffners blieben aus. Nina schaute Tim irritiert an und schüttelte ratlos den Kopf. Sie hatte ihren Besuch bei Hetta wie immer nicht angekündigt, schließlich saß ihre Mutter sowieso die meiste Zeit qualmend zu Hause.

Sie klingelte noch mal. »Mama? Jetzt mach die Tür auf, Herrgott. Es regnet.«

Endlich ertönte der Türöffner. Mit einem mulmigen Gefühl stieg Nina die Stufen empor. Ihre Mutter begrüßte sie im Hausflur. Sie sah gepflegt, aber blass aus.

»Hallo«, begrüßte Nina sie angespannt. »Das ist Tim. Ich dachte, ich stelle euch mal einander vor.«

»Hallo, Tim«, entgegnete Hetta und nahm Nina den Kuchen ab.

»Hallo, Frau Gruber, freut mich, Sie kennenzulernen.«

»Kommt rein«, forderte Hetta die beiden auf. Und nach einer kurzen Pause setzte sie hinzu: »Ich habe Besuch. Wusste ja nicht, dass ihr kommt.«

Nina war erstaunt. Sie konnte sich nicht erinnern, dass ihre Mutter jemals Besuch empfangen hätte. »Ist doch schön«, entgegnete sie und ging ins Wohnzimmer.

»Carl?«, rief Nina überrascht aus, als sie ihren Chef auf dem Sofa ihrer Mutter erblickte. »Was machst du denn hier?«

»Hallo, Nina«, sagte er langsam und schaute ihren Begleiter fragend an.

»Tim. Tim Brüggenthies«, stellte der sich vor und reichte Carl die Hand.

Hetta kehrte mit Kuchen und Tellern aus der Küche zurück. »Setzt euch«, sagte sie mit nervöser Stimme.

»Ist irgendwas?«, fragte Nina, nachdem sich eine beklemmende Stille breit gemacht hatte. »Ich wusste nicht, dass ihr

richtig befreundet seid. Woher kennt ihr euch eigentlich?«
Nina wurde immer nervöser und griff nach Tims Hand.

Hetta steckte sich eine Zigarette an. »Nina, das ist jetzt
etwas blöd, ich wollte das eigentlich anders … also …«

»Also was, Hetta?«

»Ich kenne Carl von früher.«

»Ja, und?«

Wieder schwieg ihre Mutter für einen Moment und Carl
nahm seine Kappe ab.

»Nina. Carl ist dein Vater.«

Nina drückte Tims Hand so fest, dass es sehr schmerzhaft
für ihn sein musste, doch er erwiderte nur stumm ihren Griff.
Für einen Augenblick drehte sich alles um sie herum und sie
verspürte Angst, wieder in Ohnmacht zu fallen. Dann riss sie
sich zusammen, konzentrierte sich auf ihre Atmung und nahm
einen Schluck von dem Wasser, das Hetta auf den Wohnzimmertisch gestellt hatte. »Dann hätte ich zur Feier des Tages
wohl noch ein Stück Kuchen mehr mitbringen sollen«, hörte
sie sich mit einer Stimme sagen, die seltsam weit weg klang.

Tim ließ ihre Hand nicht los.

»Entschuldigt«, sagte Nina nach einer Weile. »Das muss
ich erst mal sacken lassen.« Sie drehte sich zu Tim. »Lass uns
ein anderes Mal wiederkommen.«

Er nickte und die beiden erhoben sich. »Tschüss, Mama.
Tschüss … Carl«, sagte sie wie ferngesteuert.

Ihre Mutter folgte ihnen in den Flur. »Nina, ich …«

»Später, Hetta, ja? Ich melde mich.«

Sie zog die Wohnungstür hinter sich und Tim zu. »Können
wir eine Runde drehen?«, fragte sie ihn draußen und deutete
auf den Obersee auf der gegenüberliegenden Straßenseite.

»Natürlich«, entgegnete er.

Schweigend legten sie die halbe Runde um den Stausee zurück und blieben schließlich an einer Schleuse stehen.

»Weißt du was?«, sagte Nina und starrte weiter auf das herabfallende Wasser.

»Hm?«

»Familie ist doch eigentlich was Gutes. Es kann vielleicht nicht schaden, etwas mehr davon zu haben.«

Tim nickte vorsichtig.

»Ich habe drei Millionen Fragen in meinem Kopf. Ich bin geschockt. Wütend. Aufgewühlt. Und ich fühl mich verarscht.« Sie guckte hoch.

Nun lachte er leise. »Würde mir sicherlich auch so gehen.« Er deutete hinüber zu einem Café. »Wie wär's, wenn wir uns einen heißen Kakao bestellen und gemeinsam versuchen, deine Fragen zu sortieren?«

Nina lächelte. Sie ergriff seine Hand. »Das wäre ein guter Anfang.«

Ein dickes Danke

sende ich in alphabetischer Reihenfolge allen, die mir Zeit geschenkt und mit ihrem Fachwissen geholfen haben: Bora Bayrakci, Eugen Dottei, Jens Holtmann, Klaus Kuhlemann, Tim Niedergassel, Torsten Niemeier, Andreas Pöschel, Klaus Stickelbroeck, Su Turhan. (Und ein dickes 'tschuldigung an jene, die ich vergessen habe. Alle Fehler in diesem Buch gehen selbstredend allein auf meine Kappe.)

Ulrike Rodi, vielen Dank für die erneut so konstruktive Zusammenarbeit im Lektorat (ja, da musst du jetzt durch).

Liebe Leser*innen, danke, dass Sie mein Buch zur Hand genommen und mit Yasemin, Nina und Doro den zweiten Fall gelöst haben. Ich freue mich über Ihre Fragen und Ihr Feedback an info@christianeantons.de. Über Lesetermine informiere ich auf www.christianeantons.de

Und folgen Sie mir gerne! Sie finden mich auf Instagram und auf Facebook.

Christiane Antons
im Frühjahr 2020

Drei Frauen, drei Generationen, ein Mord

Christiane Antons

Yasemins Kiosk –

Zwei Kaffee und eine Leiche
ISBN 978-3-89425-582-4
Auch als E-Book erhältlich

Ein Toter im Altpapiercontainer –
und das ist nicht Yasemins einziges Problem …

Das Leben muss man nehmen, wie es kommt – das haben alle drei gelernt: Dorothee Klasbrummel, Besitzerin eines Bielefelder Mehrfamilienhauses, hat seit fünfzehn Jahren ihre Wohnung nicht verlassen. Polizistin Nina Gruber wurde suspendiert und die junge lebensfrohe Kioskbesitzerin Yasemin Nowak sieht sich den zunehmend unheimlicher werdenden Liebesbeweisen eines Stalkers ausgesetzt. Als im Altpapiercontainer des Kiosks eine Leiche gefunden wird, tun sich die ungleichen Frauen zusammen und ermitteln auf eigene Faust. Primär, um sich von den eigenen Problemen abzulenken. Doch diese Rechnung geht nicht auf …

»Ja! Das hat Klasse! Das hat Charme! Und spannend ist es auch noch.« Ute Spangenmacher, www.bookola.de

»Flott geschriebener Krimi mit einem sympathischen Frauentrio, das man sofort ins Herz schließt.« Günter Keil, Freundin

»Eine sympathische Geschichte mit viel Lokalkolorit und Humor.« Stefan Keim, WDR 4

»Ein Debüt ganz nach meinem Geschmack, spannend und mit großartigen Figuren, auch eine gute Prise Humor fehlt nicht.« Eva Hüppen, www.leser-welt.de

»Eine raffiniert zusammengesetzte Geschichte … – mit viel Alltagscharme und Witz.« Julia Gass, Ruhr Nachrichten

Lust auf weitere Lektüre?

Silke Ziegler

Im Tal der Hoffnung

Ein Südfrankreich-Krimi
ISBN 978-3-89425-594-7
Auch als E-Book erhältlich

Sechs tote Frauen, eine hat überlebt. Warum?

Eine grausame Verbrechensserie erschüttert das südfranzösische Montpellier: Jahr für Jahr wird eine Studentin entführt, missbraucht und getötet. Als Adèle Nélard verschwindet, wendet sich ihr Vater an Raphaël Dumont. Der charmante Ex-Polizist genießt einen hervorragenden Ruf als Privatdetektiv und sieht nur einen Weg, sich dem Täter zu nähern: Er muss Coralie Beladier finden und sie überzeugen, ihm zu helfen. Denn sie ist das einzige Opfer, das der Entführer hat laufen lassen. Und dafür muss es einen Grund geben …

Die perfekte Mischung aus packendem Krimi und romantischer Liebesgeschichte!